黄 沙 与 绿 洲 之 间

杨献平

——著

四川人民出版社

图书在版编目（CIP）数据

黄沙与绿洲之间 / 杨献平著. －－ 成都：四川人民
出版社，2025.1. －－ ISBN 978－7－220－13949－9

Ⅰ. I267

中国国家版本馆 CIP 数据核字第 2024DN6339 号

HUANGSHA YU LÜZHOU ZHIJIAN

黄沙与绿洲之间

杨献平　著

出 版 人	黄立新
责任编辑	王　雪
版式设计	张迪茗
封面设计	郑坤洪
责任印制	祝　健

出版发行	四川人民出版社（成都三色路 238 号）
网　　址	http://www.scpph.com
E-mail	scrmcbs@sina.com
新浪微博	@四川人民出版社
微信公众号	四川人民出版社
发行部业务电话	（028）86361653　86361656
防盗版举报电话	（028）86361653
照　　排	四川胜翔数码印务设计有限公司
印　　刷	成都东江印务有限公司
成品尺寸	145mm×210mm
印　　张	8.25
字　　数	197 千
版　　次	2025 年 1 月第 1 版
印　　次	2025 年 1 月第 1 次印刷
书　　号	ISBN 978－7－220－13949－9
定　　价	58.00 元

作 者 简 介

杨 献 平
YangXianPing

杨献平，河北沙河人。从军于巴丹吉林沙漠和成都。作品见于《天涯》《中国作家》《人民文学》等刊。曾获全军文艺优秀作品奖、首届三毛散文奖首奖、在场主义散文奖、四川文学奖等。主要作品有长篇小说《混沌记》及中短篇小说多部，散文集《沙漠里的细水微光》《生死故乡》《作为故乡的南太行》《南太行纪事》《中年纪》《弱水流沙之地》，诗集《命中》等。中国作家协会会员。现供职于四川省作家协会《星星》诗刊。

目录

弱水流沙之地

　　无边的苍黄，沙丘此起彼伏，尤其是月光之夜，浩大的瀚海，却有着处子的静谧、深邃与坦然。在以往的想象中，沙漠狂躁，风暴和沙尘随时都在崛起和横扫，垄断和遮蔽天地间的一切，可没想到，古人所说的瀚海泽卤，也有着温驯与美好的一面。一九九一年十二月，年少、迷茫的我，从南太行山区的乡村至冀南平原，再到石家庄，乘坐绿皮火车，一路向西，起初根本不知道自己究竟要去到哪里，"哪里"又是怎么样的一种环境和气候，包括它的自然和人文，等等。直到我落身于巴丹吉林沙漠，才顿然明白自己的目的地。那时候我肯定是一个穷小子，而且出身乡村。在那个商品经济甚嚣尘上的年代，资本逐渐成为人的另一种身份和地位的重要支撑，作为一文不名的小青年，我的仓皇和迷茫程度可想而知。我最初的梦想是在城市有个容身之处，哪怕像某座大厦背后闲置起来的一块砖。但残酷的是，我从草木繁茂的南太行纸片一样跌落在一片空旷之地。

　　它的名字叫巴丹吉林，是一片巨大的沙漠，面积四万多平方公里，据说为中国第三，世界第四。它是阿拉善台地的一部分，外接蒙古国，域内有著名的贺兰山、额济纳、弱水河，以及当代的酒泉卫星发射中心，二十世纪一〇到三〇年代，因出土大量的居延汉简，而备受瞩目。南即河西走廊，处在古老的丝绸之路蜂腰地带。武威、张掖、酒泉、嘉峪关、敦煌等古城坐落在祁连山北侧的大戈壁和绿洲之间。

从酒泉市向北，过金塔盆地，紧接着无边的大戈壁。莽苍苍的天地，远处的荒山秃岭犹如龙脊，蜿蜒在天边。我睡了一觉醒来，看到飘舞的雪花，硬扎扎地飞旋而来，撞得窗玻璃吱吱有声。四周的荒野上，也被大雪敷上了一层棉絮式的白，整个天地，顿然肃穆了起来。再次进入城镇，然后是间隔很远的村庄，干枯的白杨树、荒着的田地包围它们。没有楼房，只是黄土夯筑的四合院，一座座排列在平阔的荒野中。

进入单位，我发现，成排的杨树上落满了乌鸦，它们干燥的叫声也是黑色的。如刀的风捧着轻浮沙尘，逐渐覆上了我单薄的身体，而且在内心也开始有所动作。我当时就感到了沮丧，如同一根树苗，还没有扎下根来，就被暴露在了孤独的旷野之中。这是一座神秘的军营，处在巴丹吉林沙漠的西部边缘。西边有河流，在沙漠之中，细小的流水在巨大的河床之中，像是艰难蜿蜒前行的白蛇。两边是成片的杨树，杨树里包裹着村庄。再四周，是铁青色的戈壁滩，表面有各种各样的卵石，沙子粗大。这里或许是 3000 万年前，喜马拉雅造山运动之前的浩渺海底。即使站着不动，也有一种摇晃和被淹没之感。

春秋冬是风沙的疆场，石子在风中成为奔腾的蚂蚁或者箭矢。往往，早晨起来，被子上蓬松着一层沙子，掸掉后，它们就会在水泥地上蹦跳如舞蹈。夏天是美好的季节，风沙不惊，烈日垂直。草木尽管稀疏，但大都会集中生长。尤其是戈壁边缘的海子，嫩草和红柳一起迸发，因拖拉机而闲置了的驴子、马、骡子甩着尾巴，把太阳向西边驱赶。日落时分，从远处看，就像是一幅充满古意的油画，家园和边疆的味道浓郁。而秋天是一瞬间的事情，但没有了岑参诗歌中的"胡天八月即飞雪"，只是一种被强力拧干了的冷，刮在人身上，感觉比手术刀还锋利。

西北漫长的冬天，犹如一场酷刑，同时也是一种历练。但是，作为容身于沙漠的人，特别是出身乡村的小伙子，我内心隐隐的惶恐与担忧比冬天还要深厚，表面不动声色，内里乱云飞渡。我知道，一个人首要之需，不是如何在某个地方随遇而安，也不是任由时间把自己带到此时彼时。我始终很清醒，也一直认为自己是俗世中人，烟火百姓。斯时，我的人生刚刚开始，前路那么漫长，如果不能够很好地安身立命，自给自足，就不会是一个成功的人，当然，也不会是一个称职的人子、人夫和人父，甚至都无资格考虑。这是残酷的也是现实的。相信很多如我这般的人，对此都有深刻的认知和体验。

生存是一个宏大的命题，每个人必须面对，深度开掘，身体力行。那时候，身边有不少人因为有各种层面的关照，或鱼跃龙门，或原地转换。我曾一度对自己的农民身份而感到悲哀，有时候也迁怨于自己做农民的父母亲，他们如果是要员、财阀，哪怕是暴发户、走私者都可以在此时助我一臂之力。有时候郁闷，一人坐在小片的杨树林里喝酒，我当然买不起好的，就喝二块五毛钱的北京红星二锅头。辛辣，且带着一股浓郁的红薯发酵了的味道。我极不喜欢。但酒也是跟随饮者的经济能力和社会身份的。自己喝得晕晕乎乎，站起身来，对着满树的叶子大喊。叶子们在季节中交换颜色，从诞生到坠落，就像人的宿命。

有一次，趁着傍晚，夕阳在戈壁涂上鲜血之色，我一个人往戈壁深处走。戈壁上结着一层硬痂，脚踩上去，硬痂裂开，露出白森森的土，还有一些黑色、白色、红色或者杂色的卵石，猛一看，似乎是一群沉埋的眼睛从低处向上看我。我吃惊，瞬间呆住了。蹲下来仔细端详，却发现，它们也在看我，而且都不会眨一下眼皮。我想，这戈壁之下，一定埋藏了很多鲜为人知的秘密。这戈壁之中，也一定有着我可能无法参详的心事。我继续向北走，那是沙漠腹地。大约一个小时之后，我看到了金黄色的沙漠，在尚未黑去的天空下，如同一张膨胀或者飞起来的黄金地毯，高低不平，但异常灿烂。路上不断有骆驼草、沙棵和芨芨草。还没有接近，就呼啦啦地飞起一些沙鸡，或者跑出几只野兔。还有些蜥蜴，以恐龙的姿势和速度，在沙子上一闪而过。

最有意思的是黑甲虫和蚂蚁。我在斯文·赫定的《亚洲腹地探险八年》中看到，他们在二十世纪初期的巴丹吉林沙漠——今天的额济纳附近建立过气象站，见到过沙漠中的毒物——红蜘蛛、蝎子和四脚蛇，并按照当地的风俗，抓了这些动物，塞进瓶子里泡酒喝。对于他所记叙的情景，我总是觉得恍惚。这样的一个地方，那样的一些异邦人，他们所为的，不过是为了探险及其所获。其实，人类在大地上的诸多生活痕迹和遗留物，说是文物和历史，但根本问题是，唯有时间才可以造就，而历史的代价，却是无数人、无数次的生和死，乃至无数事物的诞生与消亡。

往回走的时候，我忽然明白，就像沙漠与高地，北方与南方，这世上，人也是有区别的。相似的脸庞，甚至文化习性，但我，和他，和你之间，是各个不同的。一个人就是这一个，不是其他，也不可代替。对于命运前途，俗世生存，我也是我，如何能得益或埋怨于父母亲呢？再者，每个人的出身都是荣耀的，不管身在何处，怎样的环境，有人生养并给我以人的基本生活、尊严、知识、文化和梦想，已经是足够幸运了。为此，我深深感恩。

五年后，我暂时离开巴丹吉林沙漠，去上海读书。这对于平民子弟而言，是异常难得的人生际遇，得益于许多人的帮助，他们的名字深刻在我的内心。在喧哗都市，枕着彻夜的灯光、飞机和车船声，我发现，这里并不适合我。而最初令我厌弃的巴丹吉林沙漠却叫我怀念至极。我觉得那个天高地阔，风吹尘土扬，春夏模糊，冬季漫长，且人烟稀少的人间绝域，或许正是适合我以生命和灵魂客居、旅行的地方。

当时，有许多同学力图留在上海，以各种方式。我对此毫不动心。而且，使我强烈想要回到巴丹吉林沙漠的另一个动力，是我自己的出身和职业。我以为，自己出身乡村，最好的选择，不是谋求在大城市的俗世生活，而是在某些适合自己的地方，做一些什么样的事情。哪怕无意义，没有价值，甚至最终被风吹散，一败涂地，只要去做，总是很有意思的一个过程。所幸，再次回到巴丹吉林沙漠之后不久，我结婚了。其实，对于婚姻，我内心里是反抗的。很长一段时间，我潜意识里觉得自己不适合结婚，而且是一生；但从父母的角度考虑，孩子不结婚，他们就不会放心，也会觉得人生不够正常。

在很多时候，人一旦长大，就再也不是自己的了，一切都要跟着传统的惯性走。再后来，我有了儿子锐锐。这一切，像做梦一样，在巴丹吉林沙漠展开。那些年，我父亲、母亲，还有弟弟和弟媳妇，包括那时候还在襁褓中的侄女儿恬恬，也都先后来过巴丹吉林沙漠。我还建议父母亲和弟弟迁徙到附近的村庄或者城镇。是母亲态度坚决，穷家难舍，最终作罢。今天看来，母亲的这种决定是对的。男女婚姻，在今天这个年代更趋复杂，也不可靠。人们在借助各种"工具"进行自我解放和开发的同时，也逐渐地失去了自己。

几乎每年，我都要到沙漠深处去一两次。在巴丹吉林沙漠深处的古日乃牧场，看到海市蜃楼。那情景，果真如传说一般，亭台轩榭，歌姬妖娆，花朵奔放，草木葳蕤。我知道，那只是一个幻象，但其中的浪漫和理想主义叫我蓬勃不已又黯然神伤。在无边的戈壁上，牧人骑马牧羊，牲畜们在芦苇丛中，以及荒寂的莽原上低头吃草，抬头喊叫。有一年夏天，我参加了他们的赛马节。个子矮但耐力异常的蒙古马在戈壁上腾起烟云。我还认识了美丽的女子青格勒、格日勒和牧民巴图。先后十多次去了额济纳，在路博德修建的烽燧，乃至西夏的黑城遗址瞻仰与抚摸。

在额济纳的胡杨林中，我想到古代最雄伟的战争与异族宫阙，想到最庸俗的肉身之欢与精神之爱。在老子的弱水河畔，大禹、晋高僧乐尊、唐玄奘、李元昊、冯胜、左宗棠及彭加木的途经之地，我发现，巴丹吉林沙漠从上古时代起，就是一个神话诞生、流传与飘逸之地。两汉时期，这里是汉匈作战的前沿；后唐时期，巴丹吉林沙漠成为丝绸之路回鹘道的交通要冲。胡曾、王维等人在此走马吟诗，在水波激滟的居延海边，抒发帝国豪情与个人抱负。而最令人神往与叹息的便是公元前99年，年轻的酒泉教射骑都尉将军李陵带着"五千荆楚勇士，奇才剑客"沿着弱水河出发，深入漠北寻击匈奴主力，以阿尔泰山中断，以五千人马对敌八万人，"苦战八昼夜，杀伤过当"，最终"四百人脱归"，李陵被俘，从此陇西李家败落，李陵悲苦一生之后，埋骨大漠。

这种悲情，我想千古以来，是无以排解的。皇帝和他的臣子、将军等的关系，实在是一个奇怪的存在。我注意到的情况是，有史以来，王朝的兴衰都系在某些人身上，成也人，败也人。能臣良将乃至谋略之士对于王朝兴衰、盛世乱世的作用，实在是强大无匹的。如李牧之于赵国，张良之于刘汉，郭子仪之于李唐，刘伯温之于朱明，刘秉忠等人之于元朝，等等，莫不如此。反之亦然。而李陵之悲剧，及其全军之勇决，实在是一曲旷古悲歌。

我觉得奇怪，巴丹吉林这一片沙漠之地，何以产生了如此之多的往事呢，而且还都充满了传奇色彩。很多时候，我去到居延海，想起王维在此写下"大漠孤烟直，长河落日圆"的情景，也想象乌孙、月氏和匈奴在此驻牧的种种已经不可知的细节。空阔的天空之上，流云如帆船，如丝绸，如裂帛，倒映在涟漪不断的居延海中，忽然觉得《易》以"兑"为"泽"的比喻和引申，简直是了不起的一种创造。水中有天，天又如水。水天一色，也天水相映。

最可怕的是风暴。大的如龙卷风，起初晴朗的天地，远处忽然一片黑暗，接天连地的风柱如怒龙，似天宫倒塌，卷着诸多的沙子和尘埃，迅速奔移，有的时候，会将牛羊骆驼等动物卷入其中，即使不死，也会瞬间凭空上百里。有几次，我正在黑城拍摄纪录片，忽然遮天蔽日，天空变黑，呼啸的大风犹如奔腾的万千马蹄，轰杳而来。我们几个赶紧缩在黑城的墙根，用衣服包住头脸，蜷缩在墙根。许久之后，大地安静下来，睁开眼睛，一切复又如初，刚才的风暴，犹如一场梦魇。沙漠中这种行止不定的风暴，使我觉得，人生的某些磨难也大致如此，同时也揭示了一个基本的道理，即无常才是世间万物之恒常状态。

就像这黑城，当年作为西夏王朝的威服司军镇所在地也好，元代的亦集乃路总管府也罢，都是人居之地。明朝的冯胜在此遭到了元朝守将卜颜帖木儿的坚决抵抗，大军围城半年之久，也没有破城之道。这位卜颜帖木儿，在当地的传说中，被称为"黑将军"。哈日浩特之黑城名字便由此而来。就此，冯胜军中有占卜者曰："黑城地高河低，官军在城外打井无水，而城内军民却不见饥渴之象，必有暗道通水，如将水道堵截，（我军）则必胜无疑。"冯胜依计而行，大破黑城。后弃城而走，这座古城也由此废弃。

关于这一段历史，《明史·列传第十七》中只寥寥说："至亦集乃路，守将卜颜帖木儿亦降。"黑将军之类的，大抵是民间的穿凿附会，带有某些主观情绪，以及强烈的个人好恶。但正史也有很多的玄虚之说，如《明史·列传第十七》记载说："（冯胜）生时黑气满室，经日不散。"这也算是另一种穿凿附会。对于民众来说，传奇和传说，才是他们真正喜闻乐道的。中国人的内心甚至骨子里，自始至终都带有强烈的玄幻色彩，这大致是原始的万物有灵的自然性认知和"崇圣"的集体精神的体现和延宕。

王朝之间的冲突，一个取代一个，这种推演似乎有些残忍。但对于英雄，则始终有着某种崇敬与渴慕之心，也时常从他们的命运中，觉得了某些吊诡与玄秘。与此同时，利用节假日，我时常行走于巴丹吉林沙漠周边的乡村之间，与当地的老人攀谈。我感兴趣的话题是，这里的人们最初到底是用什么样的方式迁徙到这里并传衍至今的？从多数人的回答来看，巴丹吉林沙漠其中的额济纳、鼎新、巴彦淖尔等绿洲地带的人们，都说自己的先祖源自四川、安徽、河南、山东等地，迁徙至此的方式有三种，一是在某些朝代被征调戍边，二是参与屯田，三是流放和贬谪者的后裔。当然，还有一部分是近些年由武威民勤及青海等地陆续移民而来的。

但更多的回答则是，不知道自己的先祖究竟来自何处，也不怎么关心。听到诸如此类的话，我还是有些失望的。慎终追远这种儒家气息浓厚且笼罩了整个中华民族的文化精神甚至信仰的传统，在西北地区是有些淡薄的。这可能是这一带历史上民族流变剧烈、融合的时间和深度较深而导致的。从另一方面说，这未尝不是一件好事。在乎"当下"，也是一种生活态度。

　　就像我们身边流淌的弱水河，名字出自古老的《尚书·禹贡》。她从早期匈奴人命名的祁连山，流注到大漠深处的居延海。"弱水"这个名字，是指这条河流"鸿毛不浮，水弱不能载舟"之本性。但这条河流对于居延乃至阿拉善台地及其中诸多的生灵生命，有着多与少，生与死的意义。从史前年代到今天，一条河流造就、养育，甚至掩埋与冲刷的事物何止万千。她给予人和草木，以及双峰驼、黄羊、野驴、蜥蜴、蚂蚁、蜘蛛、沙鸡、狐狸等的润泽与灌溉之恩，是无与伦比的，也是具有决定性的。当然，《西游记》中说弱水便是沙和尚所在的流沙河，诗曰："八百流沙界，三千弱水深，鹅毛飘不起，芦花定底沉。"还有人说，弱水位于鬼门关前，是人世和阴间的界河。至于苏轼"蓬莱不可到，弱水三万里"，则是一种艺术上的泛指和夸张。

　　有些年的春天，我和许多人一起，以踏青的诗意名义，骑着自行车，在沙土和灰尘的道路上迎着渐渐热辣的日光骑行。此时的弱水河，河床巨大，而流水弱小，来自祁连山的雪水以湍急或者舒缓的方式流动。河水只占了河床二十分之一的样子，远看如同一条白色的丝线，在戈壁、沙漠与绿洲之间，孤独地流淌。两岸散落着诸多的汉代烽燧与关隘，如大湾城、地湾城、肩水金关，等等。站在残缺已久但还坚韧的烽火台之上，俯瞰河道犹如峡谷，在平阔的戈壁大漠中蜿蜒奔纵。细小的河流，静默得让人想起自身的某一条微小血管。大漠长天，苍茫无际，烽燧坐落其中。一个人站得再高，在瀚海泽卤，无异于微尘碎沙。漠风吹袭，猎猎有声。即使无风，站在烽火台上，也有大风不住席卷。

那风是高于平地和人间的，属于半空，甚至灵魂的和精神的大风，只有登临如烽燧古关这样的人文建筑，才能真切地感受到它一以贯之的强劲与汹涌。遥想人类绵长的冷兵器年代，在此戍守的将士们，他们的豪情和勇气，似乎正延续了人类的某一些本性甚至偏执的理想。人类自古以来就有这种天性。有史以来，相互之间的攻伐与防守，充斥于史书的每一页，贯穿于每个人先祖的血液和命运。

有一次，我们外出踏青，回程路过弱水河在鼎新绿洲最为湍急的一段，河水看起来平静，但内里却极深，暗涛在我们赤裸的腿上显示力量。其中几位女生害怕，我们又不好意思抱着背着，只能让她们坐在自行车后座上，把她们一个个地推过来。

还有几次，同乡在当地谈了对象，我跟着他们去弱水河边玩儿。正是中午，荒芜的戈壁上没有一棵大树可以遮挡日光，我们躲在红柳丛中，汗流浃背。他们初恋，在这种表皮发红如渗血的灌木丛中眉目传情，我则百无聊赖。为了不影响这对情侣，我一个人走到弱水河中，洗了手，再捧起一把喝下。冰冷的河水让我第一次体验到了冻彻心肺与凉风穿胸的感觉。再后来，我恋爱之后，也带着女朋友去过一次弱水河岸边，也在红柳丛中躲避毒辣的日光。这世上，只要有人和生命的地方，就有爱情和婚配，只要有人，一切荒芜之地，也都会变得诗意和美好。

在沙漠，个人的生活是和众多人一起的。同一个单位，分工不同，但都隶属于一个大的集体。分工合作，为了一个大目标，我觉得这样的生活是积极的，也是有意义的。人类是一个整体，但因为文化传统和文明的不同，再加上其他方面的迥异与差别，自然也有冲突与和解。军人和军队的存在价值，就是以战止战，以能战和善战，使得和平更持久甚至成为一种永久的状态。但地域文化乃至气息、气质对于人的潜移默化力量也强大无比，多年的沙漠生活，我身体甚至灵魂里，都弥漫着强烈的沙漠的味道。

你在此地，就被笼罩，而且是一种无孔不入，但无法琢磨和审视的气息，无时无刻不被浸染。我还发现，自己已经是巴丹吉林沙漠的一部分了，它的一枚沙子，一片绿叶，甚至是一粒浮尘，我都觉得异常亲切。就像在沙漠珍视并努力呵护树木花草一样，我与沙漠的关系与日俱深。

在其他地方，很多人对我说，沙漠太艰苦了，不是人生活的地方。我就从内心里有些排斥，甚至会因此觉得他们的说法带有侮辱性质。在我心里，巴丹吉林沙漠似乎不是一个地域，而是与我同气连枝的同胞兄弟了。在巴丹吉林沙漠，我一直感到庆幸，有一片沙漠，那么一些人，连同沙漠中稀少但却各有姿态和尊严的动植物与我日日夜夜地相互关照与扶掖，这是多么幸运的一件事！此外，我还觉得，这么多年了，我的性情乃至品性没有多少改变，尚未在庞杂的俗世和当下社会中被八面玲珑、随行就市、佯装与"自装"等影响和改变，甚至还为自己卑微的出身感到自豪，也通过自己的努力和付出，使得自己的儿子的生活条件，比当年的自己好过百倍。那些年，我也不断带着儿子回老家，一个月甚至更多的时间住在乡村，儿子也没有嫌弃乡村的贫穷与孤陋，更没有造作与自恃、虚大与搞怪的流行病。人生如此，我还能要求什么，一个人，在大地、人群之间立身，爱人，人爱，这就足够了。

巴丹吉林沙漠尽管远离城市，在沙漠之中像是一座孤岛，风沙频繁，出门便是铁青色大戈壁滩。人的生活极其简单，相对于外面的世界，这里就像是世外桃源。尽管，任何的"世外桃源"都只是相对而言，也都只是一个幻境。

夏天夜里，我坐在月光照彻的戈壁滩上，看远处天空上的繁星，光芒凌厉或者温和地照耀着苍天和大地，偶尔会有夜间捕食的蜥蜴爬上腿脚。微风开始发凉的时候，大地静谧，整个人间好像都沉睡了，唯独我一个人在这瀚海之中。那种空旷中的孤立和孤傲，自在里的沉静与沉实，是当下这世上极少人可以体验到的。

赫拉克利特说："智慧就在于说出真理，按照自然行事，倾听自然的话。"在巴丹吉林沙漠的每一时刻，我都在谛听，也在努力觉悟。十年前，我的身体离开了那个场域，进入都市。空旷与繁华，喧哗和寂静。这种明显的区隔，容身的环境，使得我总是有一些恍惚与不安。每当深夜，我会想到，其实我是适合沙漠戈壁的，尤其是中国的西北。但从另一个角度看，一个人活着，不唯自己，当我们成为别人的儿女、儿女的父母亲，就有了最基本的责任义务。

这些年来，身处成都，繁华与嘈杂同体连生，身在闹市的孤独，以及生存的各种掣肘与桎梏，可能更惨烈。很多时候，尽管巴丹吉林沙漠在我印象中越来越缥缈，甚至充满了某种遥远的迷离的意味，可我的内心和灵魂，却时常不自觉地飞跃关山，一次次地回到那一片广阔无垠与大野无疆。

直到现在，我还坚持以为，那浩瀚空阔的穹庐之下，苍茫之中，大地之上，弱水流沙之间，对于人及其他万物而言，它所具备的无边的澄明与混沌、雄浑与精微，都是其他地域所没有的。一个人在沙漠生活过，历练过，他的内心和思想，也更为雄浑、博大，甚至天真一些。在世事中浸泡久了，也真的觉得，古人之"修身齐家治国平天下"之理想其实并不虚妄，即使在这个年代也有积极意义，那就是，一个人修身的目的，还是梦想能够为更多人做一些事情，哪怕饥饿中的一块干粮，瞌睡时的一只枕头。就像巴丹吉林沙漠和其中的弱水河，一颗沙子无以成沙漠，一滴水肯定无法穿越浩大的苦寒与荒凉，唯有积沙成丘和涓滴入海。

那斯腾

　　苇杭泉在甘肃金塔通往阿拉善盟右旗（巴彦浩特）的公路边缘，与海森楚鲁（冰川纪地质奇观）相距二十公里。每年夏天，古日乃牧民那斯腾驱赶上百峰骆驼，在苇杭泉四周大戈壁上放牧。人放养的骆驼一般不会乱跑，即使风沙暴起，它们会自动围成一个圆圈，把头颅仰得高高嘶鸣，或者低在身侧。中间是小骆驼，外围是大骆驼。天气炎热时，骆驼们会卧在某座沙丘背后抬着脑袋倒嚼，偶尔发出一两声沉闷的叫声。

　　有一年，那斯腾的几只羊被路过的人（车辆）顺手牵走。那斯腾心疼了好几天。为防止再次遭受损失，那斯腾通常把羊群放在戈壁的深处——一般不会有车辆路过的地方。豢养的骆驼认人，即使有胆大的，三五个人根本奈何不得。骆驼们感到口渴，就从戈壁返回，聚集在苇杭泉饮水。饮完了四处散开，或者原地休息。

　　那斯腾在苇杭泉附近空阔之地，用胡杨树干筑了一个骆驼圈，空隙很大，但很牢固，结实得像是一座戈壁牢笼，骆驼虽然也凶猛，但它们平素比较安静，也不像驴子、马一样乱踢乱拉，胡乱破坏。骆驼圈旁边，是那斯腾放牧时候居住的小房子，黄泥土坯垒砌，糊得几乎没有一丝缝隙，连蜥蜴都难以找到缝隙。唯一的窗户上的玻璃很厚，里面还钉了铁条。按照他的话说，安全倒是其次，主要是不想有人进来，拿走自己的锅碗瓢盆，还有肉类、为数不多的蔬菜和粮食。

那斯腾说，五十年或者三十年前，巴丹吉林沙漠里还有成群的苍狼和豺，在沙漠上以捕猎兔子、沙鸡和黄羊为生。还有狐狸，白色的和红色的，时常到牧人帐篷或家居外面偷东西吃。现在，苍狼围攻羊群甚至幼驼的场景基本上见不到了。狐狸与人比邻而居，甚至幻化成精的"传说"和"神话"也已经多年不闻。

苇杭泉是巴丹吉林沙漠西部唯一一眼泉水。自从那斯腾祖父那代古日乃牧人就在这附近放牧和饮牲畜。现在，苇杭泉还像以前，清水不住地从地下翻滚出来，沿着石头的壕沟，向着低处流，到戈壁滩边缘，就消失不见了，顺着那斯腾手指的方向，可以看到一条晶亮透彻的水道，清水文静，几无声音。水流向戈壁，有一面较为松软的湿地，长着一些稠密的芦苇。芦苇之外，是一色焦白的沙子，被风吹去皱纹，一条一条的，很是好看。

通常，那斯腾自己动手做饭，早上吃干馍和油炸饼子，喝开水或奶茶。中午吃煮熟了的羊肉。羊肉吃完了之后，就在羊肉汤里煮面条吃，很好味道。有蔬菜的时候，那斯腾会凉拌黄瓜、西红柿和洋葱，再还可以炒白菜、土豆条和茄子。但大多数时间，他吃羊肉，一根根的羊肉，煮熟后放在盆里，吃的时候抓几块，不吃了，就用铝质锅盖盖好，防止进沙子。春天和秋天，戈壁冷风透骨，吃的时候要热热。

在苇杭泉，那斯腾每年春天赶骆驼从古日乃来，一直待到十月中旬。在这期间，那斯腾平均每半月回去一次，交通工具是单人摩托车，摩托车坏了，就骑着自家养的马，来回需要半天多的时间。摩托车时常被沙子困住，马稍微方便些，尽管慢，但马可以自己记住路，也不会陷进沙坑当中。有时候，妻子青格勒会来看他，送吃的、用的和穿的。清闲的时候，妻子也会在这里和他一起过一个夜晚。

那斯腾说："在这里，夜晚只有一个人，除了风，就是骆驼的倒嚼声。想说话只能自言自语，要是想心事，自己会被自己牵住，好几天都回不过神来，直想得头晕脑涨，看啥都像是从没见过，整个人恍惚得不行，傻傻的、痴痴的。最好的办法是不断跟着驼群，在戈壁上游荡。累了坐一会儿，渴了喝口水，无聊时抽根烟。"

要不就扯着嗓子唱歌。他最喜欢德德玛《雕花的马鞍》《美丽的草原我的家》《母亲的草原，父亲的河》《蓝色的蒙古高原》，还有腾格尔《天堂》《蒙古人》《草原之夜》。他喜欢腾格尔和德德玛用蒙古语演唱的歌曲。那斯腾说，一个人唱歌，开始感觉挺好，仿佛这戈壁滩就是草原，自己就是腾格尔和德德玛，站在一眼看不到边际的青草上面，穿着民族服装，身边羊只成片，骏马嘶鸣……那情景，就别提多美了。可是唱得久了，一个是自己管不住自己的嘴巴，没完没了地唱，即使嗓子哑了，疼了，也还哼着唱。

"要是妻子在，两个人可以好好过一夜。苇杭泉静，啥都不用顾忌，可以放开喊，就是叫破天，也不怕别人听到，不觉得害羞。"说到这里，那斯腾咧嘴呵呵笑了一声，声音在光滑的石壁上，蛇一样地蹿向一边。

大多数时间，在苇杭泉，那斯腾看到的人只有自己，飞得最高的是天上的鹰隼，从看不见的高处，猛地扑下来抓兔子或沙鸡，然后闪电一样飞回天空。会跑的是兔子，还有地面上的黑甲虫和黑蚂蚁；跑得最快的当然是蜥蜴，在地面上拖出一道道痕迹。而与他最亲近的骆驼，则都忙着寻草吃草。

巴丹吉林沙漠的春天和秋天的沙尘暴大得不得了，就是平常的旋风，黑柱子一样，乌拉拉地盘旋而来，人搅在其中，肯定会被转晕，不知道自己会被甩在哪个沙窝子。沙尘暴主要是土，沙子就像离弦的箭，打破脸，灌得满身都是，呛人得很。一般人受不来这个罪。

那斯腾说："二十年前，古日乃还挺好，草还比较多，牧场还能容下羊群和骆驼。现在不行了，不知道是羊和骆驼多了，还是草场小了。赶着羊群，还没走，就到黄沙边儿上了。母羊的奶不够，羊羔的成活率也成问题。驼羔也是，牛犊子和小马驹也是。现在政府倡导弃牧种地，保护植被，可放惯了牲畜，咋还能握住锄把儿和镰刀呢。"说完，那斯腾一脸感伤，朝着额济纳方向，久久不语。他刚才说的这些情况，我也曾耳闻目睹，不知从何时开始，额济纳达来呼布镇外围的荒滩上，有人开了田地，不少牧民卖光了牲畜，举家搬迁，开始练习耕种。

那斯腾叹了口气说，迟早我也会去的。像那样，以后就再不用一个人在荒野游荡，在苇杭泉和骆驼们相依为伴了。那里距离城市也近，买啥用啥也都方便，即使出门，也不用太费功夫。那斯腾说，前年夏天他去达来呼布一户种田人家看过，种瓜很烦琐，棉花也是。种瓜苗儿的间隙、浇水、打秧子、掐头都很有讲究。棉花也是，种子密度，夏天的养护，秋天一朵朵摘，人在地里，像骆驼一样在烈日下挪动，晒得比石头还黑。还是放牧比较好，索净。

那斯腾就势在松软的沙子上坐下来，点烟抽烟。烟雾还没出口就被风吹散了。我扭头四处看了看，戈壁真大，除了沙子、零星的白草、沙丘，以及石头和小得看不到的昆虫，荒野之中就我们两个人。站在一面风化的石头上，蓦然觉得人生空旷，灵魂沉重。沙子在风中斗折蛇行，在阔大戈壁上，速度之快，堪比想象中的苍狼。那斯腾脸色沉静，窝在阴凉当中，仰头静静看天。额济纳的天空，是我这些年来见到的最高最幽深和湛蓝的，它几乎没有任何杂质，哪怕云彩的一层金边，也都清晰如线，绝不模糊。

挨着那斯腾坐下，忽然也觉得了某种沉静。戈壁上无所不在的风从头顶呼呼而过，像是猛兽的喘息。我们躲在隐蔽的地方，似乎两只羸弱的羔羊。除了安全，什么都不用想，除了渴望看到绿色和人，还有那斯腾的骆驼，什么都不渴望。那斯腾说，在这里久了，人不是变成少言寡语的傻子，就是头脑清醒的智者。

那斯腾躺在羊皮大氅上睡着了，打起鼾声，像是一只幼兽在洞穴里叫。我躺在一边，久了，身下的沙子有些发凉。站起身来，在阳光下晒了一会儿，又觉得燥热。远处的海森楚鲁泛着一片黑色的光，犹如一片幽深的海洋。戈壁上的道路偶尔经过车辆，速度跟脚下的蚂蚁差不多。

喝了几口水，吃了几口干粮。日光西斜，光芒依旧热烈。那斯腾徒步到戈壁上去照看刚生养的驼羔，我尾随其后。两个人的脚步在层叠的黄沙中深深浅浅地走，身后留下一连串脚印。那斯腾说，天天在这儿走来走去，自己都不知道多少遍了，要是走直线，沿赤道转一百圈没问题。

我说，那些足迹，一定被风沙抹平了，旧印新痕，重叠了不知多少次了吧。你一遍遍走，这么长的路，这么大的戈壁滩，觉得厌烦不厌烦？那斯腾笑了一下，说，我不是地质学者，也不是探险家，就是一个放养骆驼和羊的牧民，走路是为了追赶自己的财产，和你说的那些个高深道理没关系。

　　翻过一道沙丘，就看到了散漫的骆驼，黄色的鬃毛与沙漠融为一体。要不细看，就不会发现那是有生命的骆驼。那斯腾站在沙丘上，打了呼哨，尖厉的声音不怎么嘹亮。骆驼们似乎听到了，纷纷扭了脖子，朝我们看。我想，那些骆驼一定熟悉那斯腾的声音，也一定会服从那斯腾的召唤。

　　果不其然，骆驼们纷纷转了方向，朝我们——苇杭泉方向走来。其中两峰驼羔，跟在母亲后面，一路小跑。那斯腾冲下去，抱起其中一个驼羔，先是匆匆地走，没一会儿，腰开始弯曲，不到一公里，俯身把小驼羔放下，一屁股坐在沙堆上喘粗气。

　　后面的驼群紧紧跟着，越过几道沙丘，到我和那斯腾原先所在的地方，停下脚步。那斯腾见我走得气喘吁吁，走到一峰公骆驼前，口中发出咻咻的声音。身材高大的公骆驼先是前腿跪地，再整个儿卧倒。那斯腾叫我骑上。骆驼对陌生人会甩鼻涕，狂颠着跑，甚至还会在摔下来的人身上乱踩。那斯腾看出了我的担心。笑笑说："放心吧，我的骆驼我知道。"我走近，小心翼翼地骑上。抬腿的时候，公骆驼似乎不满，眼睛里迸着一种愤怒的光。那光让我一阵胆颤，就要抬腿下来。那斯腾冲着公骆驼咻咻几声，像是呵斥。公骆驼低吼一声，飞快站起。

　　我浑身冒汗，心跳如鼓。紧紧抓住驼峰，生怕公骆驼发威，把我从背上扔下来。那斯腾走到公骆驼前，用手掌摸了摸骆驼脸，又在它脖颈处拍了拍，公骆驼眼神柔和了一些，迈开脚步，跟在驼群后面。

坐在骆驼身上，觉得自己蓦然高大起来。身体随着骆驼的身体不住颠动摇晃，就像是骑在大象身上的猴子。公骆驼脚步不紧不慢，也没有像我预想的那样发脾气。张目四望，戈壁平坦如海，沙丘犹如凝固波涛。黝黑色的地平线无限延伸，朝西的太阳光芒刺眼。我想，这骆驼果真是灵性动物，对主人的认同和忠诚，包含了人与自然生灵当中最美好最和谐的素质。

骆驼的样子是有些奇怪，隆起的双峰，如马的脸颊，头顶犹如僧帽的一撮浓密头发，硕大的四蹄——它们是不是恐龙的后裔呢？抑或是沙漠中的怪兽？在浩瀚大漠，骆驼是唯一高贵的神灵。与苍狼、狐狸不同的是，它们在死亡之地，人间绝域，以身为舟，不仅渡己，而且渡自己能负荷的任何一种生命。这种职能和才能似乎是上帝的赋予，是冥冥之中的绝妙造化。

到苇杭泉，那斯腾勒令公骆驼跪下，我翻身而下，生怕踩疼了它的某个部位。忽然觉得身体很轻，风一吹，臀部一阵凉爽，汗水将衣服与皮肤粘连。我冲着那峰公骆驼投去善意和感谢的眼光，公骆驼似乎有些觉察，看我的目光也柔和了许多。

款款的夜幕，在饮水完毕的驼群的脚步声中，开始笼罩巴丹吉林沙漠及周边的大地。圈好骆驼，那斯腾开始引火做饭，火光在越来越密的黑夜中，像是一团呼呼的红火球。我向那斯腾告别，他也没有挽留。开出苇杭泉的时候，那斯腾和那团火焰仍在燃烧，远远地，像是黑暗当中唯一的光明，还可以看到那斯腾的身影，甚至被火焰照得更红的脸颊。我想，这就是古日乃牧民那斯腾一天的放牧生活。在戈壁，他是巴丹吉林沙漠的王。与此同时，他又是他自己的皇帝和臣民，主人和仆从。他一天天重复的时光，一点点消耗的生命，始终与巴丹吉林沙漠须臾不离，俨然是这片荒蛮之地的一个组成部分。

除此之外，我还知道，在巴丹吉林乃至所有的沙漠当中，类似那斯腾的牧民肯定不止一个——他们显然与大多数世人有着某种层次的隔膜和不同，太多时候，没人想起在沙漠中的他们。从额济纳旗政府印制的生态资料上，我还知道，额济纳绿洲及周边草场每年以0.4平方千米速度沙化，处在其中的古日乃草原只是其中一环，或者说是一个屏障和堡垒。

那斯腾说，他的名字译成汉语，有点舞蹈的意思。我不知道他的这个解释是否准确，但很有意思，与他在巴丹吉林沙漠西部边缘大戈壁上的放牧生活放置在一起，就有了某种诗歌的意境。他妻子青格勒的名字，译成汉语是"天"的意思。如果牵强一些说，他们俩，在巴丹吉林的放牧生活，就具有了"在苍天下舞蹈"的悲怆、孤独、自由与豪放。

巴丹吉林：沙漠中的人事物

| 在沙漠经历春天 |

尽管已经是公历四月份了，巴丹吉林沙漠仍旧一片荒寒，除了风有些发暖之外，春天还在远处和地下酝酿。"春风不度"中的"不度"我觉得是非常恰切的一个词语，用以形容气候自带诗意。某些时候，我会抓住人工湖边上的柳枝端详。此时的柳条，表皮发红，还有一些栗褐。骨节处倒是有了一些春叶萌发的迹象，这令人振奋。果园当中的野杏树不知何时开出了花朵，粉香粉香的味道，在结满白色灰尘的榆树灌木上流窜。

这香味也惊动了蚂蚁和蜥蜴，还有一种黑甲虫。这些隐秘的动物，在沙漠的生活也是极其卑微的。闻到花香，也或许是逐渐发热的沙土和空气，唤醒了它们蛰伏了一冬的麻木和贫穷，转而兴奋地在杏花下面聚集和觅食。等到桃花盛开的时候，人工湖边的柳枝也一夜之间变绿了。花朵招惹了不厌其烦的蜜蜂，在它们身上舞蹈和吮吸。柳条则随着沙漠的风，剧烈地摇摆。

梨花使得夜间洁白，这种花朵，是春天之夜的探照灯，也是大漠戈壁之暮色里的美娇娘与白衣仙子。香味浓郁得叫人想一梦千年。在气温逐渐热烈的中午，我曾经多次去到桃花梨花跟前，坐在茅草堆上，在花香中独自沉迷。在花朵的世界和味道里，人世则显得寡淡、阴冷和无意义。日光穿过堆满花朵的树杈，在地面上制造阴影。阴影也落在我的身上，斑驳的和凌乱的。我想的是，野外，才是人的最初之地，也可能是最终之所。

有些鸟儿飞来，但多数是麻雀，这些最为常见的飞禽，成群结队，在枯草丛中捡拾草籽养命。它们东张西望的小心翼翼，让我想起生的不易，以及每一种生灵无法避免的、突如其来的伤害和厄难。晴空之中，天如穿井。我注意到，巴丹吉林沙漠的春天极少有大块的浮云游荡，倒是夏秋较多。但总是有黑影，闪电般下落，然后再飞起来。那是来自祁连山的大鹰或者隼。这些猛禽，总是在大地上捕食野兔、沙鸡，甚至牧民的羔羊。对于鹰隼，诗人们总是视之为骄傲的灵魂与高标的精神。然而，任何自然物都是独立的，人类的精神和文化赋予只是一厢情愿的赞美和托付。

如此这般的沙漠春天，我起初觉得它有些僵化、老迈和简陋，但随着在沙漠生活时间的增加，便也渐渐地习以为常了。每年的春天，在巴丹吉林沙漠，都像是一个怀孕的妇人，走在崎岖路上，笨重和摇摆让我觉得美好而又令人无奈。我知道，人无法逾越和掌控自身之外的任何事物，作为某个人间地域上的季节，她显然有着自身的特质。值得庆幸的是，我早已习惯了这样的生活，沙漠的春天，只是迟一些而已，到公历五月底，它一定会来的，这一点毋庸置疑。

任何事物都有自己的律令与节奏，不可违抗。这是巴丹吉林沙漠的气候教给我的。到四月下旬，太阳的热烈充斥了整个戈壁，尽管夜间还冷，但白昼的力量使得万物整齐而又团结地向着新的一年进发。这时候，沙枣树也开花了。这种枝干扭曲，总也长不高的沙生植物，它们的花朵是在叶子之后才绽放的，一朵朵地，悬挂在苍灰色的新叶子之间。

沙枣花犹如米粒，金黄色的，几十上百朵挤在一根嫩芽上，那种香味，宛如天地之间有人打翻了上天的蜜罐，百米开外，蜜香钻进鼻孔，甜得人心花怒放，哪怕是再绝望的人，嗅到沙枣花的蜜香，也会精神为之一振，觉得万事万物，都是那么光明而淳厚。很多时候，我早上起来，站在阳台上，抬头，看见楼房之外的戈壁、稀疏的树木、飞来飞去的鸟雀，蜷缩在树枝上的绿叶；低头，瞅见向阳墙根的韭菜、野草，一只蜘蛛在墙壁一角垂下绳子，阳光照射的灰尘军团在眼前飞纵、翻滚，好像在进行一场激烈的战争。

在此情境之中，一切都是新鲜的，尽管我已经经历了几十个人间的春天，但在巴丹吉林沙漠，春天是如此缓慢有序，充满张力。与草木繁茂的内地相比，沙漠是空阔和荒凉的，其中的草木和动植物数量之少，有些地方，沙枣树、骆驼草和梭梭木面积很大，但还是可以数过来的，比如一百棵、五十棵或者二百零几棵，等等。

对于大地来说，草木无限，动物成群，才是其强大生命力的绝佳表现，而沙漠戈壁的大和无际，沙石的无法计量乃至密集成堆，成大漠，则令人心生惆怅。我们热爱的，是这世界上那些鲜活的事物，是诸多鲜活事物在一起时候的碰撞，乃至和谐互助。众生的存在，构成了人间的繁茂，也使得天地之间，物竞天择，阴阳合和，到处都是无限的生机和希望。很多时候，我还看到，轻微的风徐徐吹动，去冬的枯叶在树沟轻轻翻动，没人能够听懂它们的声音，它们只是它们，一个看客，怎么也不能深入其中。

杨树枝上吊着无数的黑虫一样的杨絮，不知道什么时候出现的，掉落的时候我也没有看见；或者看见了，却没有注意——我们习惯于关注自己，身边的大都无关紧要。它们只是一个陪衬，一个可有可无的东西，这多少有点冷漠和残酷。接着，树枝内部的叶子，在飘满灰尘的沙漠空气中，颜色嫩黄、体质羸弱，令人心生爱怜。很多时候，我走近一棵树，拉弯其中一枝，看那些叶子们是怎样的一副表情。通常，它们也无动于衷，天真得近乎傻，张着小小的臂膊，懵懵懂懂，一副逆来顺受、顺其自然的样子。它们不知道，好多人将拿了镰刀、斧头，或者干脆用手，把它们从树上劈砍或撕扯下来，丢在一边。要是太阳好，不一会儿，它们就蔫了，再一天，身体变黑、变脆，乃至消失不见。

谁也不会刻意躲过突如其来的灾难？不管无意还是有意，都是伤害。树们不知，叶子们更不知。它们温驯，在我们的生活当中，它们是如此的无足轻重。但在巴丹吉林沙漠，除了必要的修剪和采伐，没有人轻易采摘它们，即使其中突然有一枝枯了，看到的人们都会有很多的叹息。觉得可惜，不应当的。这也并不等于人人都心存善良，在远方，太多的采伐和伤害我们无法预知和制止。

天空的蓝比冬天时候多了深沉，在我的仰望中，一动不动，像是凝固的蓝色沙漠。看得久了，有点晕眩。后院的杏花、梨花仍旧开着，仍旧有大批的金黄色的蜜蜂在她们上面飞飞停停，从一朵花到另一朵花，从这棵树到另一棵树，其间是它们翅膀不住扇动的声音，嗡嗡的，好像舞蹈，也好像无止境的飞行。谁家的小狗叫了几声，随后，我看到一个女孩，红裙子、白袜子、脸蛋潮红，高挽手袖，端着几块骨头，这多少有点不大协调。房间里面腾格尔、齐秦、周杰伦的歌声各不相让，嘈杂喧嚣，在我的耳膜响动。时间久了，倒是腾格尔进入了内心，隐隐的忧伤、疼，孤独而辽阔，亲切而从容。腾格尔乃至其他游牧民族歌手的歌唱，可能更能与戈壁大漠的气质相匹配。

楼下和围墙外，不断有人，这个走过来，那个走过去，有些熟悉有些生硬。但在很多时候，熟悉的未必亲切，生硬的就未必不好接近。有一些飞行姿势很美的鸟儿，在我眼前的蓝空中飞翔，但轻易不发出叫声。伸来的杨树枝条上缀满灰尘，白白的、厚厚的一层，叶子吃力地向外拔着身体，嫩黄的颜色，匍匐、拥挤，不断向上，向春天的内部，舒展着生命肢体，这多么美好！

这时候，几乎每一扇窗玻璃上，都留着去年的污垢，我还没来得及清理它们。巴丹吉林的春天总是时冷时暖，像一个善于表情转换的演员，出其不意地在我们身体上制造厄难。此时此刻，必然的沙尘暴一定还在沙漠纵深地带酝酿行动计划。但它的浓重土腥，以及遮天蔽日的袭击，似乎可以嗅到和觉得了。

巴丹吉林沙漠乃至阿拉善台地是整个中国最大的沙尘源地，每年的春秋和冬季是它们的疆场。风起，天地昏黄，飞沙走石，人在其中，脸颊和手臂被打得生疼，七窍内，全部被沙尘灌满，牙齿之间总是咯嘣咯嘣地响。很多的沙子，成了我的腹中之物；很多的黄尘，贯穿了我的身体。在沙尘暴中，万物蒙难，内心仓皇。好在，这些年来，我已经习惯了，一年一年地历经，一年一年地忍受。对我来说，每年好多场的沙尘暴，早已经像饭食、睡眠一样正常。

但我仍旧是热爱的，春天，给予了人类和万物最根本的萌发和成长，显现与创造。尽管沙漠的春天如此烦琐，但身处其中，我总是心怀期待，耐心地等待，并且和春天一起，在这沙漠中度过诸多美好的时刻。如同多年前的某一个春天，房间里有儿子轻微的鼾声，他睡眠的姿势诗歌一样生动。新生的孩子，总是让我们觉得美好和心疼。

我的那些书籍，队列整齐，像是一群先贤圣者，沉默地站在我的身后。这种感觉令人心安，又很惶惑。还有几本摊开的，在窗台上，在持续的风中，其中的文字、思想和趣味，正在被神灵朗诵。窗外是孩子们的叫声，在操场上，在马路上，在楼房的灰色墙壁上跌宕；是无数青草和叶子们的静谧成长，在戈壁内外，甚至沙漠腹地，演绎着它们自己的生命。这些存在，虽然稀疏和空旷，可他们对于在沙漠的每一个人的感受和体验，却是深刻、隆重且带有喜庆与催发的意味的。为此，我曾在诗歌中写道："春天的姑娘，风中的青草/生命在奔跑……春天的姑娘，拉住我的手掌/头颅贴在上天的胸膛/听见一万颗心脏/在大地的每一寸肌肤/高举火把，照见古往今来的人类心脏。"

| 生日应是对一种奇迹的感念与庆典 |

生日这个词语让我木然，似乎看到一片混沌的鲜血，还有疼痛的嘶喊。嗅觉当中也有一种说不清的味道。早在前一天，觉察到自己的生日之后，这种感觉和味道就开始在心里弥漫了，像是一群蜂拥的虫子，模糊的翅膀，不透明的飞翔。它们动作缓慢，在一片狭小的空间中，围绕我，声音单纯而又嘈杂。生日前后，我总是想起乡村，想起两个或者四个鸡蛋的童年和少年时代，每次过生日，母亲记得的时候就给我煮鸡蛋吃，那是最好的食物了。

往往，洗干净后，母亲就把鸡蛋煮在米汤锅里，跟着米粥一起翻滚。熟了，捞出来，鸡蛋上还沾着米粒，被米汤煮红的蛋壳很硬，我使劲敲都敲不碎。母亲和我都不知道，一个人一天只能吃一只鸡蛋，多了就是浪费。但母亲认为，鸡蛋是最好的，吃多了会身体好，长得结实高大。

有一年生日，母亲给我做了一碗面条，外加两个荷包蛋——在我的记忆中，这是唯一的一次，直到我离开家乡，混迹他乡之后，再没有吃过母亲做的生日饭。倒是自己二十四岁生日那天，在单位，自己用电炉煮了四个鸡蛋，一边吃一边想起母亲，有点心酸，竟然哭了出来。在巴丹吉林沙漠的第五年，受其他同乡的感染，生日那天，花了三百多块钱，在饭店就餐，一帮子朋友和同乡聚在一起，喝到沉沉醉倒。半夜醒来，口干若同火烧。喝了一肚子凉水，躺在床上，忽然惭愧起来：母亲从来没有为自己过过生日，父亲连自己的生日都不知道。

1999年在上海，我的生日是同学帮忙过的。那天下雨，整个天空都淅淅沥沥，珠线不断。同学文勇、小平、小龙等冒雨跑到五角场的超市，买了好多的啤酒和熟食。又将一间放置行李的房屋打扫干净。等其他人睡后，几个人坐在里面大口喝酒，大口吃肉。喝到午夜，仍都没有醉意。

我常常想：生日是什么呢？一个人走出母亲肚腹的那天（那个时候，我们都知道些什么）。由母亲告诉的出生日期，然后在每年的这个时候想起来，做一些所谓的祝福。我觉得沮丧，向死而生的路途，一个生日一个生日之后，最终的灰烬和坟墓——我想那就是最终的最为豪华的生日宴会了。

2001年春天，我的又一个生日，周围没有一个人，即使有也不会告诉。那个早晨，刚刚下过一场雨，整日尘土飞扬的沙漠突然干净起来，到处都是春天的气息。我骑着车子，在林荫当中，走走停停，在果园的梨花和桃花当中，想起往事，想起母亲从饭锅里捞鸡蛋，并一一为我剥开，想起在弟弟生日时候，和他争抢一只鸡蛋的情景。

那一个生日的向晚时分，西边的天空堆起大块的云团，太阳下落之际，云彩的形状千奇百怪，狮子、奔马、野狼、兔子和大象，金色的云边美轮美奂。落在麦地的阳光也是纯黄色的，近处的小路和远处的戈壁都像是铺了一层金色的黄油。站在一棵杨树下面，我就那么看着，有风从背后，从更远的地方吹送，掀起衣襟。有一些白色的羊只沿着长满蒿草的沟渠游弋过来。直到天黑，我才骑上车子，返回宿舍。入夜，上床，总觉得很高兴，忍不住笑。我努力想了好久，也说不清是究竟因为什么。

生日对于一个人来说，并不存在任何意义。只要记住自己是哪一天呱呱落地足够了，形式能够说明和表达什么呢？我甚至还想，要过生日，到65岁以后才是正当的。也从那个时候开始，想等个机会，为父母好好过生日，一年一次。然而，最可惜的是：父亲不知道自己的具体生日，生养他的爷爷奶奶也不在了（先前问过奶奶，她说她也记不清了）。

过了好多生日，大都忘记了，每年都有不同，一个人、两个人、三个人，或是更多的人在一起。喧闹或者孤寂，都不过一天时间。但到最终，真正能够记住我生日的没有几个人。2004年春节，我在北京，和几位战友，还有另外一位女士（忘了名字）一起，地点是羊坊店路东侧一家餐馆，一起喝二锅头、啤酒、饮料。在一个胡同的网吧上网，看图片和文字，听音乐。酒虽然不多，但那时候突然晕了，说不清楚的心情，一直持续到回到西郊的学校，沉沉入梦之后。

被人记住生日的人是有福的。2005年4月17日，星期天。我的又一个生日。在巴丹吉林沙漠，凌晨醒来，我就想，和自己的家人在一起，无论吃什么，都是最好的了。人的很多欲望，其实都是虚妄的，也都是无效的。吃什么，在这个年代不是问题了，真正的问题是我们时常惦记着自己的生日，给自己庆生，却忘了自己的来处。尤其像我这样的，在农村贫苦中长大，靠的是父母的辛劳与赐予。他们都五六十岁了，还没有给自己过生日，我自己却给自己过生日，这实在叫人惭愧不安。想到这里，我给母亲打电话。在远方，除了她和父亲之外，就再没有人知道我的生日了。

母亲说，今儿是你生日！我说，是的。母亲又说，买点好吃的，今儿就歇着，不要干活了。我答应。此时，眼泪已经喷涌而出了。又说了一些家常话，放下电话，心里鼓荡着，觉得很充盈。中午饭后，忽然又刮起了沙尘暴。先前的巴丹吉林是安静的，无风，街道两边的杨树吐出了绿芽，墙根的青草和去年的韭菜也已经绿意茵茵了。阳光明亮，春风和煦，可就在转眼之间，沙尘暴来了，呼呼的风声，首先从疯狂摔打窗棂开始，然后是沙子击打玻璃的声音。我起身关上，沙尘无孔不入，从我的嘴巴，直入胸腔。

我想，这一个生日，好像是有意思的，也似乎毫无意义。时间这个庞杂的机器，对于任何事物都是公正的，当然也包括人的某些行为和情感。我们都是一瞬间的产物，喜怒哀乐之类的，也都是共同的。生日之于个人而言，应当是对于一种奇迹的庆典，对于生养之人的感恩仪式。除此之外，生日只是生命中的一天，只要平安、快乐、和谐，有爱与怀想，就已经足够美好了。

| 沙漠的田野 |

每年夏天，是整个巴丹吉林最美的时间，可我很少走到它的中间去
看，总是很远地，站在树荫下面，或者在围墙的根部，在风吹的凉爽之
中，看不远处的田野。村庄在浓密的杨树树荫下隐藏，偶尔露出的房屋
大都是白色的，还有灰色的。有的陈旧，有的崭新。正午的炊烟缠绕树
木，又在树叶中消失。偶尔走动的人步履缓慢，手提农具、青草和吃
食。田地一边大都是草滩，草滩中间通常都有一泊长满水草的海子，水
发绿，阳光在上面，与探出腰肢和头颅的蒿草一起摇晃。

草滩上有骡子、马、驴子或者牛，它们不怕阳光的暴晒，长有毛发
的身子看起来油光水滑。在炎热的正午，倒是安静，几乎没有蝉鸣，牲
畜的叫声比汽笛更为嘹亮。村庄和田野之外，便是微绿的戈壁滩了，微
绿的东西是骆驼刺和沙蓬，稀疏的枝叶贴着灼热甚至焦灼的地面，远
看，到处都是熊熊的气浪，有时感觉像水，水声喧哗，清波荡漾。

田地里的棉花开出淡黄色的花朵，有些黄蜂在其中忙碌。阔大的叶
子密密挨挨，有风也不动摇，只是棉花的头颅东摇西晃，相互摩挲。再
一片田里的麦子躯干和头颅尚还青青，整齐摇摆，似乎集体的舞蹈。还
有青色的苜蓿，好像已经长了很久，一棵棵匍匐在地，背面发灰的叶子
像是羞涩的面孔，从密集的缝隙中，看着它们之外的人和事物。

清晨风如水洗，跑步时，多出几十米，就是村庄和田野了。农人们
似乎都起得很早，我们经过的时候，田里到处都是他们的身影。这时候
的露珠很大，且密集成群，他们裤腿湿漉漉的，鞋面上还沾了不少的粗
沙子。有的农人会朝我们看看，但无法辨清他们的眼神和表情。有些头

包花布毛巾的女孩子，看人的脸和眼睛都是斜着的，慌乱而不定。那些上了年纪，或者成婚了的男子女子，倒是很大胆，脸上堆起的神色本真而鲜明。

再远处，有几面海子，在贫瘠的草地上，风吹涟漪，似乎巴丹吉林眼角的皱纹。有些海子里面养殖了鲫鱼和河虾，有些人在夕阳下垂钓。这些海子一边的戈壁滩里，生长着甘草——它们的根深过地面上一层楼房。每年春天时候，附近的几个学校专门放假两天，要学生们挖甘草，一个人要挖二十公斤，他们叫它作"勤工俭学"。我见过最长的一根甘草，两个人轮着挖了两天，挖了五十公斤，还没有挖到根。

远处的苍茫无际是戈壁的，也是这个世界的。很多时候，我一个人在夕阳下面，骑着自行车，沿着四轮车趟出的道路，曲折前行。一个人在戈壁上行走的感觉，是孤独的，那种孤独在傍晚更为深重。有一次，路过一座沙丘之后，突然看到一大片戈壁上的坟墓，一座座的黄土堆，与戈壁沙丘没有太大区别。有的没有墓碑，有的用黄泥做了一个，上面的名字早已模糊不清。微微隆起的土坟当中，在渐渐入暮的傍晚，散发着一种腐朽的，令人沮丧和恐惧的味道。

在夏天的末尾，芦苇是最美的，这时候的巴丹吉林沙漠，除了这些高挑羽毛，在变凉风中整齐舞蹈的植物，再没有什么事物更能令人想到诗歌，想到将军的盔缨和悲怆的沙场征战了。我很多次为芦苇写诗，一个人坐在风吹飒飒的芦苇丛中，抚摸着它们即将干枯甚至死去的叶子，不住地叹息，念想自己的过去和未来，念想周围和那些远去的事物。美的，必然是悲情的；新鲜的，也必然老朽；繁华的，也必然孤独。如此等等，我这样重复说着，像一个孩子一样，在风中的芦苇丛中，一直到日暮黄昏，虫声四起。

无边的田地里，棉桃接连爆开，深夜的野地，除了马路上偶尔奔驰的汽车，没有人听到它们整齐的声音。棉桃的爆裂让我想起，事物的某一种方式的自我杀戮和释放。这时候，最美的女孩子也没有棉花洁白，再朴素的诗句也没有棉花朴素。棉花的叶子开始枯萎了，先是打卷，由叶沿向内，一天一天，最终蜷缩成一只只黑色虫子。

西瓜早就成熟了，还有一些留在地上。再毒热的阳光，还长在藤蔓上的西瓜内瓤也是沁凉的。那些在戈壁深处种植白兰瓜和哈密瓜的人，早早出来寻找买主了。周边的村庄开始忙碌起来，田野当中，到处都是屈身棉花的人，孩子们坐在架子车上，或者在附近的苜蓿地里，追逐打闹，抑或安静。每一个人的脸膛都是黑红色的，有漂亮的眼睛露出来，宝石一样闪亮。

这些年来，在巴丹吉林一边的绿洲，我看到的田野大致如此。果实不仅悬挂高处，也在地下。入夜之后，先前翠绿的绿洲一片漆黑，风中的树叶发出清脆的响声。宽阔的渠水带着上游的泥浆、草屑和肥皂泡沫，无声的流动在田地当中发出咕咕的声音。风凉的时候，就是田野终结的时候。清晨的冷风，时常让我感到一种远离的疼痛。一个夏天过去，一次田野的消失，时间交替，一个人，我总是在这个时候十分清醒，在很多的睡梦当中，看到大片的田野瞬间隐没，看见更多的茅草根根断裂，梦见自己一下子老了，一个人坐在一堆金黄的麦秸秆上，长时间昏睡不醒。

| 在酒泉 |

酒泉是李白为之赋诗的城市（"天若不爱酒，酒星不在天。地若不

爱酒，地应无酒泉"），也是卫青、霍去病、路博德、李陵及其副将韩延年等人的边疆，当然也曾是乌孙、月氏、匈奴、突厥、回鹘、西夏人的牧场。很多时候，从我在额济纳－巴丹吉林沙漠边缘向南，乘车行驶两百公里后，才可以看到成片的白杨树和它们环围的灰白楼宇。我揉揉睡眼，再东张西望一番，一片戈壁之后是村庄，房屋密集之处，就是酒泉了。

进入市区，起初是一色的黄土房子，被几座拔地而起的高楼映衬得更低。接着是并不宽敞的街道，一边的商店、医院和政府机关没有特色。迎面看见鼓楼，它南望祁连，北极流沙，西达伊吾，东至金城，建于明代，虽然距离今天的时间比较短，但也是酒泉的历史见证或者时间的遗存之物……是什么并不重要，重要的是它穿越千年，依旧在那里站着。

在仓后街下车，一车大都相识的人各奔东西，但基本上都必须经由仓门街。迎面是早就逛得有点厌烦的西大街，东面是市属汽车站，开往兰州、定西、额济纳旗和乌鲁木齐的班车一天一班，我曾乘坐过。其中一次，在出市区不远的路段，看到同车的一位女子，在如厕返车的过程中遭遇车祸，她的鲜血在我的内心和记忆里流淌到现在。

酒泉的夜晚是嘈杂的。没有季节之分，表现在人的身上，最直接的体现是衣裳。很多时候，我一个人在街上悠来晃去，不断见到熟人，一个单位或者似曾相识的，偶尔打个招呼，或者一块儿吃饭。更多的时候，相互装着看不见，各走各路。之后的时光，大都属于自己。实在无聊，就去网吧。想喝酒的时候，一个人没有兴致喝不起来。酒这个东西，最怕是自饮。一个人喝酒，也最容易伤感，甚至自伤。有时候也找林染老师和紫凌儿他们，但也很少。其中的林染老师，我觉得在当年新边塞诗歌群落中，和昌耀先生是写得最好的，诗歌也最具品质。

当然，要是两个人，而且是一个单位，关系不错，自然就有了相当自觉的情趣。但我知道，个体之间的差别似乎是这世界为什么允许更多相同的人一起生存的理由之一。有的人会去一下酒吧、美容店等地方，我也曾去过。庸俗似乎才是真正的快乐。更多的时候是不断地喝酒，这需要心情、对象和气氛。我从本质上反对缺少意义的狂轰滥炸。

有几年，每次到酒泉，我一直住在祁连宾馆（现在已经拆除，改成了大明步行街）。正宗的词叫"下榻"，这个词，让我觉得矫情，住宿，就是一个睡觉的事情，并无什么特别之处。那时候，我也曾经遇到不少夜半的电话，隔壁的异响。当时很有想法，但也觉得，这不过是人之常情。人之为人，无非皮肉。对于大多数人来说，一生一世，活的就是吃穿住行与老人子女。再者，抑或就是一种生理性的身体所求和所为。

我相信这是大多数人的人生状态和过程。要求每个人都道德高尚，生而有为，也是虚妄和不切实际的。此外，酒泉的其他几家饭店我经常光顾，没有任何的理由。久而久之，服务人员连我的名字、工作单位和工作性质都了如指掌。而宾馆于我的作厈只是睡眠，尽管通常都在午夜之后。回到自己的房间，洗澡，不管是否真的干净，洗澡感觉肯定很好。看见和看不见的灰尘无处不在，即使一日冲洗万遍，一个人与生俱来、路上遭遇和不小心招惹的那些灰尘，其实都无法彻底清除。

摇着水珠横流的裸体出来，打开电视：皇帝、太监、广告、婚姻、爱情、悲剧、喜剧乃至肥皂剧充斥屏幕，太多的谎言笼罩房间，在我眼里，它们是无知、恶俗、重复的，看不到任何的个性和创造的存在。我睡了，有没有梦无关紧要，重要的是要使意志按时惊醒，并拥有足够的能量。可越是强逼，眼睛和心智反抗得越是凶猛。走廊不断传来高跟鞋和敲门、开门的响声，我知道她们的去向，不管为了什么，但是什么都不重要，也都不新鲜。

清晨的酒泉，街道上人也不是不多，即使夏天，到处都是坚硬的风，打得脸疼。抬起头来，目光就摸到了近在眼前的祁连雪山，山根的雪消融了，大都不知去向，但有一点可以肯定，它们必将在我们的身体里面出现。太阳热烈的脸庞渐渐抬起，照在山顶的积雪上面，漾着极为清澈的反光。

| 双重的废墟 |

临近黄昏的时候，我在距离哈日浩特西边还有六十公里的沙滩上捡到一块石头：手掌一般大小，表面光滑，晶莹剔透，好像刚刚洗浴之后少女的皮肤。举起来，对着即将沉埋戈壁的太阳余光，它边刃浑圆，全身剔透。好像镜子一样，让我看到了我想要看到的东西。我将它放进挎包，身上陡然沉重起来。紧接着是黑夜，在沙漠，它的来临是粗暴的。戈壁大漠常年不断的风，沙子和尘土，远处和近处，也都在继续蜂拥和奔腾。

我坐在一个耸起来的沙丘上，温热的黄沙让我想起祖父冬天的热炕。我再次躺下，仰望着天空，清晰而微弱的星光充满新鲜感。远处的沙丘开始暗淡，黑夜的哈日浩特，人类的废墟，断毁的残墙像是一堆模糊的影子，在风中，连衣袂也不摆动一下。

前一天上午，我从鼎新绿洲起身，先是开车，单独向哈日浩特进发。这季节，沙漠的风还是冷的，我裸露的肌肤上泛起了白色的鸡皮疙瘩。走出大门，就看到了浩大的戈壁。在清晨，这隐忍之物显得安静，像一个睡眠中的猛兽。这是我一个人又一次进入沙漠。戈壁的坚硬从车轮传达到我的身体，在滚滚的尘烟当中，我艰难地深入。一路上压过骆驼和羊只的蹄迹、粪便，还有骆驼草、沙蓬、马兰花、蓬棵的贫瘠身体，乃至胡乱奔跑的蜥蜴、蚂蚁、短蛇和枯了的植物根茎。路过南山时，我在风化的石山下面休息了一会儿，喝水，吃东西，然后起身。

这时候，我觉得自由，什么都可以不放在心上，也都不用顾忌，即使我脱光了衣服在里面开车或者行走，谁也不会看见。从南山向北，是浮沙，无数的浮沙，紧密地铺成一条看起来光洁的道路，因为久无人行，细碎的沙子早已被风磨平了，表面平整，间或有一层新来的沙子，在上面曲曲弯弯，写下象形文字。我知道那叫"沙篆"。

很多地方的沙子是松软的，一只蚂蚁都会留下痕迹，蜥蜴将被陷入。我依稀记得这里曾经有三株活了好多年的胡杨树，尽管它们的枝干大半干枯，枝杈和叶子零零落落，但就是美的，一些绿色，在沙漠当中，它们珍贵得让我想到爱情和诗歌。可惜的是，我这一次来到之后，它们却不见了，我用望远镜看了好久，怎么也找不到了。

蓦然低头，才发现这里的地势比上次来时高出了许多。我知道再也找不到那三棵坚韧的胡杨了，我也知道，它们其实就在我的身下，是沙土埋葬了它们。车子无法行进了，我背上挎包，一个人继续向北，已经接近中午了，阳光热烈得让我想起自己最心爱的那个人，也想起人生最孤单和悲怆的那些遭遇。我一直觉得，要是有一个人跟我一起多好。

热汗从全身的毛孔挤出来，浸湿了衣衫，泛出了白碱。我的脸、小臂和脚踝发疼，有一种剥皮的感觉。所带的水已经不多了，而黄沙仍旧漫漫，轻风撩起的土尘像是牧民燃起的牛粪炊烟，但没有羊肉的香味。我的嘴唇开裂了，我的舌头上尽是血液的咸味。

哈日浩特仍旧在远处，它凸出沙漠的残缺模样在酷烈的气浪中被蒸腾和摇晃，好像海市蜃楼。我似乎看到了蓝色的水洼，甚至听到了清水荡漾的声音。但当我走近之后，它们就消失了，或者又在远处出现。我知道，它们不是在欺骗，它们也在像我一样心存梦幻。我的脚步越来越沉重了，气喘吁吁，像是一只干渴的绵羊，我感觉自己就要倒下了，整个身体有着山峰一样的沉重。我想我千万不可以倒下，哈日浩特就要到了，我向往的地方，它就在前方。

　　足迹刚刚印下，我一回身，就不见了。我觉得蹊跷，到底是什么把它们掩盖了呢？它们也许并不知道：足迹的失去就是过往的彻底消失，足迹的掩埋就是对一个人生命的掩埋。我突然感到了沮丧，在沙漠当中，一个人，他的行走究竟雷同于一些什么？在此之前，我在一些古籍上无数次找到巴丹吉林沙漠，古代的流沙地带，史书中的周穆王、西王母、老子、彭祖、玄奘、李广、马可·波罗、卜颜帖木儿等人曾在此久住或者路过。多少年过去了，沙漠依旧，他们也都成了这巴丹吉林沙漠中最有名的传奇。可现在，他们在哪儿呢？这日复一日的黄沙下面，是不是还有着他们的汗斑、骨头、足迹和灵魂呢？每当想起他们，我就有了勇气。我想我并不孤单，那么多人，那么久远的事情，他们就在我的身边。

　　第二天下午，哈日浩特到了，我坐倒在残墙的阴影下面，一会儿，热风变作了冷风，嗖嗖的刀刃一样，在我燥热的身体上掠过。我吐掉嘴里的沙子，又挖出了耳朵、鼻孔和眼角堆积的沙尘，才感觉到一丝惬意。需要说起的是，哈日浩特是一个西夏废墟，是其王朝为威服司军镇的驻地（之前可能是回鹘的公主城之一），元朝取而代之后，又成为亦集乃路总管府衙门。马可·波罗来的时候，正值元朝中期，哈日浩特还有不少人生活和居住。明朝的大将冯胜追击蒙古剩余部族时，久攻不下，就生了一个笨但很残忍的办法——改道弱水河，没有水的人，他们能活多久？

果不然，数月之后，哈日浩特被攻陷。明朝也随即废弃了这座古城。直到二十世纪上半叶，科学家在此发现了诸多的居延汉简和西夏文物。其中有赫赫有名的科兹洛夫、斯文·赫定、斯坦因、伯希和、橘瑞超、大谷光瑞等探险家和科学家。

高大的城门一色黄土和木板，夯土版筑——我看不到的年代，那些人，他们是怎么的一种劳作和建筑方式呢？在沙漠当中，谁还能记住他们的姓名？很多的往事在风中飘散，典籍中只是留着几个显赫的姓名。

大风从北边城墙豁口吹过来，带着远处和近处的土，它们在垛口划出的声音像是一声声的号角，抑或是沙漠和时间的一声长叹。我走进去，心脏猛然收缩，废墟中心的安静超出了我的想象——倒塌的房子，无人清理的流沙，残破的墙壁，它们面目狰狞，偶尔的沙土下面露着白森森的骨头——颅骨，那是谁的呢？为什么会在这里？他们的亲人何以甘心自己的亲人暴尸沙野？

还有，一个人的身体多少年后才会完全成为光光的白骨？

我已经找不到当年的街衢了，哈日浩特城内，到处都是摔落的土坯，在不断运行的黄沙中半掩半露，散发着陈腐的，类似古堡一样的恐怖气息。我一直觉得，这城市中，当年的很多人就在我身边，我甚至可以听到他们的呼吸，看见他们走动的样子——在空廓中，我感到了拥挤，那些逝去的人们，正在与我擦肩而过。

东边的清真寺依旧完好，这令我惊奇。这么多年了，就连石头都成了齑粉，而一堆黄土建筑，甚至尖尖的塔顶仍还无损。只是，寺门里拥满了黄沙——大批的黄沙，它们一定是那些信徒的化身，信仰让他们回来，千年百年，仍在蜂拥枯坐。

走到清真寺的旁边，背着阳光，仰脸往上看，十米多高的寺庙本身在我眼睛里显得格外巍峨——奇怪的是，它竟然在阳光下没有阴影，我沿寺身转了一圈，仍旧没有看见。我爬到城墙上面，残破的黄土墙在我的身下微微摇晃，我似乎听见了它们的呻吟，令我惊怵。我想我一定踩着什么了？是人吗？好像不是，它们就是黄土，被人掺和草芥和木板之后，应当具备了自己的生命。而它们出声，是不是对我的抗议或者欢迎呢？我跳下来，墙根的黄沙上留下了我的痕迹——尽管不会长久，我还是喜欢的——能够留下，我很满足。

走完，我就又坐在城墙的阴影下，吃东西，喝水，猜想哈日浩特以往的事情。我后来还断断续续听说：很多考古的人在这里发掘到了汉简、陶器、枪头和弓弩，虽然生锈了，断裂了，可也是一种证实和遗留。而悲哀的是，人的遗留只可由人来证实。

太阳不知不觉，向西滑行，在沙漠上，它的照亮让这些沙子获得了无限的光亮，而哈日浩特——废墟，在光亮之中得以流传。我想，很多年，或者最近，也一定有人会来，在这个废墟里面，以一个活动的生命驻足一会儿，尔后如我一般走远。而废墟仍在，它的孤苦不被人知。

惨白的沙漠开始变红，我一直把那种颜色看成鲜血。因此，在巴丹吉林沙漠，鲜血是经常的，而在哈日浩特，它有了别样的意味——已经不是悲壮可以概括了。在这一个被时间和自己打败的城堡中，一个人的来去，不会区别于一阵风或者它自身掉落的一块土渣。

我想在这里住上一夜，但又觉得恐惧和新奇，一个人在古堡的夜晚总有一些神话和传奇的意味。我不知道为什么突然有这样的想法，就像不知道自己为什么要独自来到哈日浩特一样。我只是坚信,在冥冥之中,总是有一个召唤,一个吸引,一个无望但又神秘、卓越的美丽地方,时刻在招引着每一个人。黄昏的沙漠是安静的,风在远处被关死。没有人的空旷瀚海之中,我一个人的呼吸简单而又清晰。沙漠就在我的身下,天空在仰望中。

有一些甲虫爬过来,有一些沙子自行滑落。它们无声无息,在我身旁,完全按照自己的意愿动作。很久之后,我睡着了,后半夜被冻醒——那时候的天空是我至今见过最美的,高得让我触摸不到希望和未来,同时也让我一个人在远离的孤独中获得了这世界上最大的安静和从容。身边的哈日浩特从不自我出声,它默默站着,在黄沙、残缺、孤独和时间之中,它就是它自己,谁也不能替代、消泯和忘却。

第四天早上返回鼎新绿洲的时候,已是下午了,而我的心思,仍旧沉浸在哈日浩特的氛围当中。一连几天都心思恍惚,不知所为,不小心打碎了一只瓷碗、摔坏了儿子的遥控飞机,自己的胳膊和腿上还被墙角擦破了几片皮,渗出了鲜血。我不知道这是什么原因,可就是很恍惚。十多天后,我从一个当地人口中得知,鼎新镇一个叫芨芨的村子,有一个男人用摩托车带着女儿去到哈日浩特之后,把她掐死了,然后浇了汽油、点燃,而那个男人——女孩儿的继父,只想与那女孩的母亲再生一个孩子。

可怜的孩子,被一个牧羊人发现时,她十二岁的身体早已成了一堆黑色灰烬。

我心惊,失手将装满开水的暖瓶摔在地上,发出爆响。失魂落魄地站立了好久,我翻出自己在哈日浩特的相片,还有那块近乎透明的石头。我想到那个女孩,从鲜活到灰烬,这是怎样的一个过程和劫难?她身体的灰烬一定比哈日浩特废墟小得多，但比黄沙更轻，在风中飞得更远更高。我想我再也不会去哈日浩特了，不是我厌倦它，而是它再一次承载了距离我最近的一种伤害与悲怆。在我看来，这桩案件本身就是一种废墟，甚至比真正的废墟还要幽深和可怕。因此，我将哈日浩特称为双重的废墟。

秘密的河流

| 一 |

中秋之后，天气凉了。我依稀记得：那个晚上的月亮圆得绝世，我一个人站在弱水河边，仰头看着。月亮似乎天堂的一个窗口或镜子，金黄色的脸庞上面凝固着一些褐色的片斑。但它是圆的，圆得让我觉得这尘世真的美好，如果还有来世，十个来世，我仍旧愿意做人。它旁边的白色云彩是金色的，一条一条，好像波斯女子脖颈上的纱巾，在飘动中凝固。那时候，风起来了，不大，也没有携带尘土，它们像是一群伏地河横空而来的黑夜使者，在空廓的巴丹吉林沙漠，从骆驼刺、沙蓬和河岸少数的红柳身上，更是从沉浸于黑夜的黄沙和卵石乃至整个沙漠的内部升起和来到，我确信它们是首先经过了我的身体，尔后才到达弱水河的。

沙漠的冷渗入肌肤，似乎一些急于取暖的虫子，而此刻的大地都是凉的，我站立，我呼吸，唯一的温热身体，寒冷必将靠近和进入。河水在宽阔的河床中，突起的流沙湿润，形状绵长而又弯曲，在月光下面，它是黑色的，黝黑的黑，泛光的黑。躲在低处的河水没有声音，它好像不在流动，而实质上，作为水，流动和向前的本质，也是坠落和上升的过程。多少年来，就在河边，一个外来者，一个在沙漠干燥而在河流包围中又时常潮湿难当的人，我的一切都是宿命，河流的赐予和沙漠的笼罩，乃至空旷天地的熏染和抚慰。

午夜，风大了，呼呼的声音，在远处，像是一阵凶猛的兽吼，在月光下面，我听到，这声音简直是一种故意的伤害，对一个乐于安静并在河流一边思想的人来说，它的响起是对我正在进行的内心活动的一种否决。我听见了，心脏猛然跳了一下，像是一把刀子突然进入。接着，我就看见了风，这次它携带了黄尘，在月光下形成阴影，似乎一只强大的幽灵，向我，也仅仅向我而来。

我嗅到了浓重的土腥，沙漠的土腥，带着白骨、动物皮毛和沉寂往事的气味，它扑倒了我的身体，首先扼住了我的呼吸，似乎有一双冰冷的指爪，袭击了我的咽喉。我打了一个趔趄，我像一面旗帜一样，缓缓倾斜，衣袂展开，随后是跟随大风的猎猎声。我穿着单薄，连同身体在内，真的像是一面旧朝边关的旗帜。头顶的月亮此时笑了，向我，我想今夜的月亮只是我一个人的，河流、沙漠乃至细碎的植物，都是衬托。我和月亮，在弱水河畔，两两相望，两相照耀。我甚至觉得，要是没有我，这月亮一定残缺，它的光亮也会被一些叫作忧伤或者仇恨之类的东西遮挡得暗淡无光。

我站着，河流无声，而凝固的站立当中有着暗中的流动，不动的也总有一种不动声色的力量。风中的人和自然的河流，在这一年的中秋，在特定时刻的月光当中，无边寂寥的戈壁，大地边缘的荒凉。我们是今夜组合的风景。我不在乎那些人看到没有，我只是觉得，一个人，一个沙漠，一片天空，一轮明月，空荡荡的感觉就是人在大多时候的内心境界，就是一种活着的另类姿势。很久之后，我的身体冰凉，心脏的跳动却格外活跃，在风声的间隙，我甚至可以听到血液流动的声响。它像是一群沾满光亮的音符，由内而外，不一会儿，就四处蔓延开来。

| 二 |

弱水河的尽头是山，是匈奴的"天"，他们称作祁连。那里的森林、峭壁、牧场，众多的牛羊和马匹不断遭受到野兽的伏击。在那儿，不只有人，还有大批的凶狠的狼，雪豹和黑熊，狐狸、飞奔的羚羊和浓香的麝。黑色的鹰住在最高的悬崖，它们向下和向上的飞行没有阻挡。它们自由得时常让匈奴的单于热泪盈眶，有人说，鹰的自由和凶猛培育了匈奴人战争的欲望。而河流也是战争的一个组成，是战争的一种滋养，人在河流中存活，又在战争中新生或者死亡。尸骨和血液落进泥土，最终回归河流。

祁连绵长，祁连旷古，白色的头顶安静祥和，像我多年之前的祖父，银色的头发从来不作飞舞。它只是站立，以庞大的身躯，横卧或者高耸，从那里到这里，再从这里到那里，它的长度足够我再度拥有十个来世。很多时候，我总是在梦中梦见雪豹，单身的狼和望月的狐狸：雪豹追逐的羚羊在岩石上扑倒，单身的狼锋利的牙齿切入草食动物的喉管，望月的狐狸不时发出连续的声音，像在歌唱。而在它们一侧，一个被人命名为莺落峡的峡谷，山上的雪水融化了，似乎祖父的眼泪——天上人间的沧桑。祁连——河西的风暴，西域的箭石、青海的长云、金城的滔天火光——人世最为深切的苦痛和哀伤，人，上帝，生命、流徙的星光，再怎么心如铁石也会柔肠寸断。

雪水细小，雪水汇聚，这个过程让我神往，一滴一滴的水，从雪身上，从祁连山乃至天空的缺口下落并来到。我想它们在破碎和消失的瞬间，一定怀着一副不为人知的痛苦心肠。雪水成流，结冰，沿着泥土、岩石和不时探身来访的植物，向下，向着低处，向着人间的阡陌和疆场。这时候，它们是有声的，而且很大，叮叮咚咚，潺潺流淌，从这个山谷出来，遭遇另一道山谷，一条河流遭遇另一条河流，这时候，"遭遇"是个幸福的动词，它们冲撞而又和谐，生硬而又温暖。

一些草连根掉了，脱离泥土，进入河流，纯粹得让人没有梦想。一些泥土随波逐流，它们在水中翻卷，在流动中沉下，成为水的一部分。向前路上，可以看到炊烟的部落和油菜花漂浮的村庄——人类的部落和村庄，牛哞、羊鸣、马叫、狗吠。我看见一些身穿长袍的人，头戴毡帽、胸前绣花的和腰悬长刀的人，弯腰，跪下，用松木做的水桶，或者干脆用嘴巴，一次一次地伸进河流。流淌的水似乎被咬了一口，但我相信它的疼痛是愉快的，人所体验不到，它的快乐就在身下，就是大地上那些马蹄状的深窝。田地的庄稼：玉米、小麦和棉花，大豆和青稞，在水，在泥土当中，我看见它们脚步松软，在风中摇动。

向前是个宿命，表面的流动也是死亡的过程。干燥的泥土，河流向下，多余的部分越过，死和生，不可以自由选择——它明澈的悲怆让我在好多时候感觉到彻骨的凉。下潜的那些，是不是到达了我们所说的地狱，人类、植物甚或水的另一个世界？继续向前的水，河流，我可以确信，最开始的必将是最先死难和消失的一群。

河流流呀流的，除了流，我没有更好的词语。阳光一直照耀，热烈抑或清冷的光芒，在河流之上，在人类之上，在祁连乃至整个可以供人生存的大地之上。

| 三 |

城市到了，它叫张掖。汉武帝说："断匈奴之臂，张中国之掖。"后来改称甘州，曹植好像在他的某一首诗歌中提到。卫青和霍去病，晋高僧或者北孝文帝。他们在这儿打仗，战争的马蹄，风中的刀刃，杀戮的双方和火焰燃烧的旗帜。这一些，与弱水河有关，又好像无关。河流就是河流，它枝蔓横生，但不涉及人类的战争。是人，用各色各样的工具，从河流身上，从它流动千里的身上一点点取走，就是这样的，而河流也知道，人类的一切都与它自己有关，是水，让他们活着，在尘土飞扬和欲望叫嚣的人间：生产，活着，战争，算计，失败，成功，乃至灰飞烟灭，但最终，上升的绝对没有下沉的多。

河流是最终的胜利者，不作任何阐释，甚至就只是一个动作，戳穿并高出了人类的所有计谋。由南而来的人们在这座城市，歇脚，暂居，从戎、做官或者经商，诗人则大多是途经，他们在大佛寺外写诗，望着匈奴的焉支山和祁连山长声浩叹。我想"八声甘州"这个词牌名最初应当是专门为悲怆，为河流所设立和创造的。相比河流，谁可以连绵不断地发出声音，而且一曲九唱，蜿蜒悠长？那些诗人、官员和过客，刀锋和马蹄，多少年之后，到底去向了哪里？尤其是官员，他们是谁，史书上几个寥落的汉字就是他们的背影么？

我愿意做一个诗人，三流都行，而不愿意去做一个官员。商人是有福的，我仰慕丝绸和金子，但我确信，那些不是我的，我不会拥有，我只是自己，只是一个喜欢用文字和声音面对河流乃至周边，梦境、过往和未来的过客。隋炀帝来了，这个散文家，昏败的帝王，他在弱水河边，用一只金子打制的碗喝下了被柴火和木炭烧开的弱水河水，我不知道那水里有没有放香料、茶叶和青稞面，我宁愿什么也没有，就是弱水河水，煮开的弱水河水。

隋炀帝在这儿主持了万国博览会，回鹘、波斯、吐蕃、党项、突厥、印度……那么多的国家，商人和官员，歌姬和窃贼，马帮和强盗，混迹其中，绸缎和布衣，草帽和毡帽，在这座城市，他们来了，住下来，皇帝走了，他们还逗留不走。多少弱水河水不见了，消失在这些人的身体，我不知道他们当年水入口舌时会是怎样的一种感觉，也不知道他们喝水之后会吐出怎样的一种语言和词汇。我想象不到，但可以肯定，他们一定喝水了，并且一定是弱水河水。

弱水河没有向东，它悖逆了河流的集体使命在张掖绕城三圈，从城西的一侧，沿着秦汉乃至明朝的黄土长城，一路向西，穿过稀疏的村庄、零落的古城和散漫的戈壁，过高台，入酒泉，尔后辗转向北。站在祁连山上，弱水河——刀刃，宽阔的刀刃，在偌大的巴丹吉林戈壁沙漠中，劈开一道峡谷，河流令峡谷节节深陷，频繁的风暴连成丝绸，在河流的两岸，箭石一样相互击打和交织。

| 四 |

我确信，弱水河当中真的有血，匈奴的血，月氏的血，西夏的血，吐蕃的血、蒙古的血乃至古罗马军队的血。而河流为什么仍旧如此清澈呢？在我看不到的多年之前，有一个喇嘛或者汉族的僧人，在这里，他用手掌从河里捧起一把水，水从他的指缝流出来，在空中，溅到干燥的

地面上，轻浮的灰尘升起来，遮住了他的脸庞。太阳的光芒把他的眼睛映暗，白昼成为傍晚，他说道：弱水三千，我只取一瓢饮。僧人也是爱文雅的，他根本就没有水瓢，那只钵也是没有底儿的。不存余粮。僧人是孤独的，也是苦难的，身体苦而内心丰盈，我竟然没有想到，这位高僧在苦难之中仍旧没有忘却用瓢这个文雅而又充满烟火的名词来形容他在弱水河的饮。而僧人也不可避免地喝到了鲜血，上游的鲜血，那些混杂着众多生命的东西，不论它是否在上游搁浅，还是已经流过了这个河段，但血进入了水，水就是血了，从原始的血到混杂的血，连绵悠长的弱水河说到底就是穿梭于时间和时空的一汪鲜血。

而唐时的诗人杜牧矫情得令人可笑，站在长安或者陇西某个地方，他用毛笔在晕黄的纸笺上写下："昭君墓前多青草，弱水河畔尽飞舟。"昭君在远处的内蒙古，墓前不仅青草蓬涟，墓后更是，还有很多的鸟儿和梵音高诵的经幡。那些颜色明丽的鸟儿，叫声像是古筝，它们并不远飞，就在昭君墓周围，鸣叫，活着，飞行、繁衍、死亡和新生。而弱水河"鸿毛不浮，水弱不能载舟"，我不知道杜牧的飞舟到底游弋在哪一条弱水河上。但我可以想象到，那些穿梭的飞舟，一定就是弱水河在流动中溅起的浪花了——对于弱水河来说，弱水无渡而自渡，这样是对这条河流乃至那个一流诗人的最好诠释。

唐玄奘来了，一个人，走到弱水河边。那时候，河水泱泱，横贯沙漠，玄奘也掬起一把弱水河水，张口喝下，甜味的水进入他干渴的胸腔之后，是一阵清凉，是佛家摈弃一场孽障之后的舒心明亮。而佛家毕竟也有着一副肉体，红尘如土，又如水和土，泥垢满身。我想象不出玄奘当年到底是怎样涉过弱水河的，依我的推断，他一定也挽了长裤，蹚水而过。我似乎觉得，他肯定在河中心打了一个趔趄，背上有一卷经卷掉在水里，还没有来得及打捞，那黄页的经卷就随水不见了。

而汉朝的大将霍去病和卫青没有亲自来到弱水河，是他们的部将，但不是李广。他们遵循命令，追赶匈奴，那些唱着哀歌逃跑的匈奴们，军士、单于和王也像牛羊一样慌张，在沙漠当中，丢下鸣镝、箭矢和长刀，妇女脸上的脸色戈壁一样黯淡，没过几天，他们肥硕的牛羊就瘦成了一把骨头。他们的溃败拖着长长的土烟，翻滚着有如风暴，遮挡了焉支和祁连，在流沙地带，他们民族的命运就像沙土中的砾石一样纤毫毕现。

| 五 |

流沙深处，河流默默，向北的身体，在大漠之中，似乎一根长长的腰带，束在苍冥中的神灵身上。两岸的烽燧站起来，早在秦朝，蒙恬的军士们在这里安营扎寨，他们建造起平均相距5里的烽燧，还有数座关隘。烽燧的垛口军士盔明甲亮，手中的长矛和腰间的战刀在阳光中闪闪发亮，它们的光亮映射了附近的弱水河，潜游的鱼儿满身惊惶。军营的炊烟中有着牛粪和骆驼刺的味道，马肉和羊肉的腥膻气味在毛目绿洲的杨树叶子之间穿梭和停留。

肩水金关——这个名字因为弱水河而起，蒙恬和他的皇帝希望这关隘像金水一样坚固，就像渴望秦朝的江山万代流传，不会易主一样。而金关也是夯土版筑的，由黄土、木板和草芥组成，他们忘了，个人的江山原本就是个人的一厢情愿，他们的愿望就像一只野兔向着苍鹰讲述博爱一样。蒙恬和后来的汉朝守军把行营设在弱水以东三里的大地湾，附近是彭祖修行后留下的洞窟，黄土的墙壁上还刻有彭祖和女孩子行房的画像。这令远离中原的兵士们想起了曾经的爱人和女人，他们的欲望火焰也像今天的人们一样持续高涨。几年之后，皇帝下了命令，有一些民众从中原和河西一带，带着自己的父母和女人，孩子和亲戚，来到弱水河畔的毛目绿洲。

皇帝说要他们来这里移民屯边，多么好听的名字呀——国家使命和人民义务，而实质上，他们的女儿成了官兵的妻子。很多年后，他们的儿子替换了烽火台上的那些老兵，成为新一代的戍边军人，他们的女儿和他们联姻，祖祖辈辈，毛目绿洲成了弱水河巴丹吉林沙漠段烟火最为鼎盛的人类生存之地。随之而来的田地和树木，种下，长成或者还没有长成，他们就会伐掉，用斧头或者砍刀，飞溅的木屑打在青草和庄稼上，薄薄的叶片开裂，有水渗出，下滴——那也是弱水河水呀。

再向北，烽燧依旧，一座一座，在高高的土岭上，经年的狼烟在风中攀缘直上。美丽的红狐时常会潜到戍军家属的鸡圈，它们的狡猾和美丽同样叫人喜欢，有人捕猎了，剥下它们的皮毛，年轻的小伙子送给自己最心爱的人，有了家室的男人送给他真爱着的另一个女人。烽燧之后，还是关隘，这一座是哈日浩特，西夏人的城池，在沙漠之中，在流沙深处，当然也在弱水河边，红柳树丛有着红色的根茎，哈日浩特也有着漫长的铁血背景。它的清真寺，它高大的城墙和宽阔的城门，长道宽衢，饮宴的将军，守城的士兵，编织布匹和剪裁丝绸的妇女，马蹄声声，敲着因泼水而坚硬的土路，唱歌的牧羊人，说唱的艺人，相爱的男女躲在城墙后面，他们的私语在风中散失，在尘土中再度清晰或者模糊。而蒙古的铁军之后，西夏消失了，仅仅剩下了几面残碑和几卷经卷。尘烟之中，谁可以将失去的再度唤醒，谁可以使仰望和回想在某一时刻突然重现？

就着弱水河，后来的蒙古部落不但沿袭了他们的城池，也沿袭了他们的寺庙和应有的生活。公元1227年，明朝大将冯胜的大军到来了。这座城池中的民众和兵士没有一个人选择逃跑，他们坚守，以长刀、箭矢，以身体和骨头。我依稀记得，他们的将军名叫卜颜帖木儿。三个月，久攻不下，冯胜和他的谋士们要使弱水河改道，以断水来取代军士的进攻，让河流来灭绝一些人的性命。

这是弱水河第一次被人篡改，也是最后一次。很多天之后，城中缺水，渴死的人在最后时候，一定想着绿水汪汪的弱水河。还有几个女子和几个兵士，竟然偷跑出城，投身在弱水河里，喝足了水，而却没有逃过明军的箭矢，他们的血液和身体就在河里，就此沉下，或者随水向北。

| 六 |

弱水河改道了，人为的改道，哈日浩特就此陷落。确切说，马可·波罗来到这里之后，没过20年，哈日浩特就成了空城。明王朝专注于内部的统治，也没有足够的兵力和财力来驻守哈日浩特。风沙连续，一年一日，在巴丹吉林沙漠，人去城空，吹动的沙子积少成多，逐渐堆满了哈日浩特。城墙在摇晃，断裂和坍塌。俄国人波塔宁在《中国的唐古特——西藏边区和中央蒙古》中说："在（土尔扈特）古文献中提到额里·哈拉·硕克城遗址，它位于坤都仑河（即弱水河下游）北部，即位于额济纳东部支流一天的路程处，也就是说，看不到大的卡拉伊（意为不大的城墙），四周有很多被沙填平的房屋的遗迹。拨开沙，可找到银质的东西，在城墙周围是大片的沙地，周围没有水。"没有水，我不知道

是弱水河无情，还是改道它的人太过冷漠决绝。我后来知道，将军卜颜帖木儿最终也死在弱水河里，他一个人，一匹马，长刀和弓箭被他自己丢弃在岸边，他整个身体都进入了弱水河，在一片淤泥中，缓慢下落进去。他的头颅消失之后，开始突兀的水面很快就恢复了平静。

波塔宁之后，又一个俄国人科兹洛夫来到了哈日浩特，他是被波塔宁的书牵引而来的。1877 年，这个人从西域来到，没有涉足弱水河，洗净身上的土尘，就用金钱从当地人那里敲开了哈日浩特的大门。一连一个月，他在城中，吃饭和用水都由一个当地人送来。他挖掘出大量的西夏和秦汉文物，还有一些史前的动物骨骼。他满载着，路过弱水河的时候，没有人阻拦，作为河流也不会，自然的拦挡对于活动的人来说，都是徒劳的。而水向北流，弱水河仍旧不断，在这里，河流只是河流，就像一个人，面对浩大沙漠这个平面集体，它能够感到的，只是自己的虚弱和真切的无能为力。

| 七 |

直到我。直到现在，我才发觉，身边的弱水河原来是不拒绝光亮的，或者说，更早或者以后，笼罩在弱水河上的光亮将更加暗淡，或者不复存在。当然，不是光亮的无，而是河流的无。我在这里，在它的一侧，很多时候，躺在置于空廓沙漠之上的床上，贴着木板，可以清晰感觉到弱水河不断的流动声音。冬天时候，它结冰了，凝结的过程中，它的声音也会传来。我醒着，听不太清楚，而在梦中，却能够真切地看到。我一直很奇怪，我知道，一个人和一条河流是密不可分的，尽管我不是喝着它的水出生和长大的，但水是同宗的，是一体的，无论分布在

哪儿，它们就是它们，浑然不可分割，也无法分割。

在弱水河边，其实也在它之间。很多的夜晚，有月亮或者没有月亮，我喜欢一个人，站在河边，看，听，想。就像这个夜晚，月亮圆得让我感觉有些虚幻，尤其是在弱水河边，独身的人，四外空旷，月光在大地和天空之间，用金色的光芒构成了一个别致的世界。所有的目睹和回想都是自然的，都是一种本质的靠近和抚慰。

狂风起来之后，我走了，河流仍在，风不能将河流怎样，我也不能。回到房间，风更大了，沙子和枯枝击打着单薄的墙壁，野兽的吼声却使房间更趋安静。我清洗，用弱水河水，洗净巴丹吉林沙漠的尘土和沙子，洗净一天的烦躁、愤怒、想和忧伤。躺下来，月光从窗外照进来，我看到，风并没有带走月光，甚至连一丝弯曲和飘动都没有，光就是光，而那时候，我感觉那光亮是女人的光亮，像我一样安静，它让我在深夜看到了远处的亲人和爱的脸庞。而在逐渐入梦的时候，我似乎又听到了它的歌唱——歌词很短，曲调忧伤。

乌鸦或幻境

唯有一双瞳孔是白的，虽然很小，但有神，走路一跳一跳，尖利的黑喙不住在路面上啄食，它吃到的东西当中有石子，也有草籽和其他食物。每啄食一下，它会抬起头，那只黑得叫人不明所以的脑袋一耸一耸的，左右看看，然后再低头啄食。这是一只乌鸦，黑得似乎只能照到它自己，要不是苍灰色的路面，它就和一块稍大一点的石头没有区别。它谨慎的样子叫我心生悲悯，可又觉得这种鸟儿及其形态有些诡异色彩，甚至玄秘的意味。

这是一条沙土路面，不宽，俨然乡道。两边的茅草深厚，成行的榆树灌木被修剪得整齐划一，像极了我在巴丹吉林沙漠的日常生活。西北乡镇的冬天，如此的情境可谓司空见惯，在空旷的巴丹吉林沙漠边缘的戈壁及其稀疏的村镇内外，成群的乌鸦就像无所不在的幽灵，它们以家族式的聚集，居高临下地占据了干枯的新疆白杨和极其少见的槐树。因为大地与人间的萧索与酷冷，每年冬天，西伯利亚的乌鸦们总是会迁徙至此。对于它们，我极其熟悉，中国北方的崎岖山地甚至平原，冬天最多的鸟类，就是乌鸦，当然还有麻雀、喜鹊和一种被当地人称之为"单工"的鸟儿。

在我们南太行乡村，乌鸦被人们称为黑老鸹。"乌鸦当头过，无灾必有祸"。爷爷说，黑老鸹一身黑羽毛，就像孝子们穿的孝衣。当时我还幼稚地问，啥是孝衣？爷爷说，谁家的爷奶爹娘去世了，他们的孩子们都要披麻戴孝，埋葬了亲人以后，为了告诉别人自己在守孝，就在左手臂上，用黑布缝一个袖章，上面写着一个大大的白色的"孝"字。爷爷还说，乌鸦是鸟里面的大孝子，当它们的娘老得不能自己找东西吃的时候，子女们都会照顾它一直到死，有句老话说："母哺六十日，长则反哺六十日。"可黑老鸹也是不祥的鸟儿，谁家附近的树上落满了黑老鸹，谁家就会有老人去世或者不幸的事情发生。

尽管我不怎么懂得，但也觉得其中充满悖论，而且与人的死亡有关，对于乌鸦，人们一方面强调它的孝义品质，另一方面又对它们充满了恐惧和厌恶。人们看重的只是乌鸦反哺的情义，从而作为一个楷模来宣传，而对乌鸦自身所携带的死亡预兆持抗拒态度，这种爱生恶死的观念，反映了人对自身宿命的恐惧感。曾祖母去世的那个早春时节，她屋后那一株巨大的柿子树上，不知何时落满了黑老鸹，远看，就像一个巨大的乌色云团。黑老鸹们不停地在树枝上蹦跳，一边发出呱呱、哑哑的叫喊，爷爷奶奶，还有家族里的其他人，一时间都穿上了白色孝服，跪在一口黑色的棺椁面前，哭泣声高高低低，长长短短，整个村子都显得特别压抑和阴森。

这是我第一次目击人间的葬礼，而且是最为常见和普通的。一个平民的死亡，完全雷同一粒灰尘的消失，只对产生他们的地方和亲近的那一些人有影响。时至今日，我印象最深的，还是那棵被乌鸦占据的柿子树。埋葬了曾祖母，这些不祥的鸟儿也都去了村外的某些大树和树林里，每天清晨和黄昏，只能听到它们在村子远处的树林里呱呱地叫喊。那种声音，哑哑的、呱呱的，有了一些冷漠和决绝的意味。听得我心尖发颤，脑子里充满了它们的黑色羽毛，而且很庞大和厚实。

爷爷说，《诗经·北风》里有这样一句话："莫赤匪狐，莫黑匪乌"。意思是没有狐狸不是红色的，没有乌鸦不是黑色的，也就是"天下乌鸦一般黑"的意思。《山海经·大荒东经》中记载说："汤谷上有扶木，一日方至，一日方出，皆载于乌。"这里的"乌"，就是乌鸦。爷爷还说，乌鸦很有灵性，在老远的地方，就能提前感知人的死亡气息；谁家要是有人即将去世，乌鸦们就闻到了那种气息，然后不约而同地聚集起来；乌鸦们也喜欢啄食腐肉，和山里的隼和老鹰一样。

可能是因为这个原因，曾祖母去世第七天夜里，我做了人生中第一个有关乌鸦的梦。梦中的景象令人焦灼，更令人思想不透。具体情境是，一个穿黑粗布衣服的小脚妇女，高高的发髻上插着红色的木簪子，簪子上还飘着一绺红缨。她好像从很远的地方来，手里牵着一只白色小山羊。小山羊咩咩叫着，背上驮着两只还没成年的黑乌鸦。她看到我，伸出犹如铁钩的手指，抓住我的衣领，也把我放在小山羊的背上。其中一只乌鸦睁着白色的小眼睛，一跳一跳地盯着我，还不停呱呱地叫着。另一只扇动翅膀，飞起来，又落在我的头顶上，然后抡起它尖利的黑喙，开始啄食，好像在吃我的脑浆。我惊恐莫名，大叫一声，猛地惊醒了过来。

梦境可能是灵魂内部信息的闪电般的呈现，具有不确定性，但有时候又显得特别顽固。直到我离开乡村，到城市去读书，虽然也经常看到乌鸦，但似乎并不在意了，城市人口和建筑的密集，使得乌鸦没了栖身之地，这种从不筑巢的鸟儿，比人类更加热爱旷野中的孤树和树林。

1991年10月，落叶纷飞的南太行乡村，我带着高考失败的沮丧，以及对个人前途甚至一生命运的迷茫，在爹娘为我修建的房屋，就着月光睡着了的时候，两只乌鸦和那位穿粗布衣服的小脚妇女再次出现。不同的是，她牵着的不再是那只白色小山羊，而是一匹红色的骏马，两只马镫在马的肚子上摇荡，发出当当的响声，好像那铁质的马镫，直接敲打着马的骨头。到近前，她笑了一下，那笑容，我似曾相识，似乎曾祖母，那一位我只见过一次，就与世长辞了的人，在我印象中，她就是一个小脚妇女，时常挪动着犹如锥子的小脚在院子内外走动。我正要喊祖奶奶——我们南太行乡村对于曾祖母的专用称呼，她却笑了一下，然后伸出一只手，抓住我的肩膀，飞快地将我放在马背上，那马一声嘶鸣，旋即飞入空中。我大叫一声，觉得一阵眩晕。再看，胯下的红骏马不知何时变成了一只巨大的乌鸦。

这样的梦境，我觉得蹊跷，第二天，我就说给了爷爷。爷爷说，梦见你祖奶奶，那是她老人家在地下想你了，更有可能，你说不定快要出远门了。我将信将疑，觉得爷爷所说的这些，不过是对这一个梦境的猜测或者想当然式的图解，当时并没有在意。数天后，征兵工作开始，母亲让我去试试。对于远方，我早就充满了向往，欣欣然去体检。不久收到通知。1991年12月，也是在一个早晨，积雪的树上落着乌鸦，因为它们摇晃而掉落的积雪簌簌地又落在积雪上。我告别爹娘，和许多同乡乘坐火车，连续走州过县，在河西走廊的酒泉停下，然后又冒着敲玻璃的大雪，沿着弱水河畔的戈壁公路，到达一个名叫河东里的地方。因为劳累，又吃了一顿饱饭。洗漱之后的睡眠迅速而又深沉，浑然忘了这是一个崭新的容身之地。我相信，人对地域和气候始终是敏感的。

临睡前，同来的人说，这个地方名叫巴丹吉林，是一个大沙漠，面积为世界第三，中国第二。我没有吭声，但脑子里却有一个疑问：巴丹吉林，这个名字，新鲜而又奇怪。它是一个蒙古语名，或者出自突厥语。这个名字是什么意思呢？还没有来得及细问，我就睡着了，像一头跑累了的小马驹。好像不久，我就做梦了。梦中，一个身着黄布衫的男孩，手里提着一盏灯笼，独自走在一片阔大的树林里。树林的底部全是黄色的茅草。他抬头看到，身边肌肤雪白的新疆白杨树也是光秃的。唯有树梢之上的天空湛蓝，而且蓝得有些过分，令人莫名其妙地恐惧、眩晕。他还瞬间觉得，那天空犹如一口深不见底的大井，无数的星辰在其中，好像水面上荡漾的灯光。

　　"我该往哪里走？我为什么来到这里？"这两个疑问好像两根铁丝，串着心脏，令人疼痛和焦灼。他走了几圈，然后在一丛灌木当中，看到一个人。好像是女人，穿着一件毛茸茸的大衣，头上戴着一顶类似影视剧中某个民族公主专用的毡帽，帽子正中，还插着两根紫色翎毛。她身边有一株沙枣树，枝干扭曲，落满黄尘，顶部的枝条上，居然还蹲着一只乌鸦，两只小小的白眼睛盯着那女人的手臂。他呀了一声，先前委顿的内心忽然有了铁弓一般的强劲活力。他大步向前，朝着那个衣饰华贵的女人。他的脚下传来茅草折断的咯吱咯吱的声音，额头上的汗珠一瓣一瓣地打在灰土上，噗噗地。就在他走出树林的时候，忽然传来一阵哄喊之声，是乌鸦，粗鲁而又坚决，好像在嘲笑，也好像正在惊散逃跑。

　　他再一看，那个女人还在原地，笑着看他，眼睛很水，很大，个子也很高，只是嘴唇有些铁青。他抬脚，正要走近的时候，那女人却大声说："异乡人，乌鸦树下的黑夜，一个人走路，要靠近河流和人。……你这一生，总有一天会告别乌鸦，去到太阳神鸟的地方。……"听了她的一番话，他停住，若有所思，再一抬头，那个女人却如一阵冷风，倏然消失不见。……他有些绝望的感觉，像是一只被羽箭射中的羊羔，或者小牛犊子。身体迅速瘫软了下来。正要扭头，却听到一声猩红色的断喝。

　　那个男孩好像是我，又不像是我。再后来，是鼻血，热烘烘的，不断流出来，穿过面颊，堆积在枕头上。我醒来，在浓烈的腥味中，跳下十几个人的大通铺，去洗漱间，拧开从祁连山融化和产生，又穿过幽暗地底来到这里的水，洗了鼻子、脸，然后用掌心舀起冷水，使劲拍了拍自己的后脑勺。这个办法，是母亲教给我的。幼年时候，欢腾奔跑或者和其他人打架的时候，不小心撞到了鼻子，血流不止的时候，就用这个办法。这些年来，几乎是百试百灵。在我个人的经验中，这个土方法，也胜过诸多灵丹妙药。

　　祁连山在匈奴语境中是"天"的意思，这一个已经消失了的强大民族联盟相信灵魂不灭，在他们看来，人及万物的一切，都是"天"的意志的产物，当然，他们也崇拜龙，他们的祭天圣地名叫茏城。《后汉书·南匈奴列传》说："匈奴俗，岁有三月龙祠，常以正月、五月、九月戊日祭天神。"而祁连山，则是他们后来的驻牧地，即公元前179年和公元前176年，老上单于先后两次大举攻伐大月氏，迫使祁连山多数原居民整体性西迁之后，而将之收入匈奴版图的。祁连山尽管崎岖连纵，高山深谷众多，但其中的牧场却丰茂无际，对于游牧的匈奴帝国来说，这当然也是一份天赐的自然存在与生存福地。

　　作为祁连山支脉的焉支山，主峰百花岭，曾是匈奴浑邪王的驻牧地，这里最出名的特产，一个是妇女们采集用来涂抹红脸蛋和红嘴唇的

"红蓝"，即传说中的胭脂花；另一个是善于奔走，耐力持久的山丹马，这种马个子较矮，但善于长途行军，在历史的蒙昧时期，战马及其他冷兵器装备的先进与否，是决定军事能力强弱的关键点所在。据说，当年，作为匈奴后裔的蒙古人，之所以能够闪电般地出现在世界各地，其中就有山丹马的功绩。

祁连山对于匈奴的重要性，流传至今的匈奴古歌"失我祁连山，使我六畜不蕃息；失我焉支山，使我嫁妇无颜色"是最好的证明。但对于个人来说，幼年的某些经验一直在左右着人的一生，好似冥冥中的一种指引和召唤。第二天，我才知道，巴丹吉林这个名字，在蒙古语里是"绿色深渊"或者"有水的沙漠戈壁"的意思。晚上，单位有人讲课。一个中年人操着浓重的山东腔，给我们讲了巴丹吉林沙漠的历史。他说，"禹分天下为九州"，这地方便是古雍州所在，辖区包括今敦煌及青海湟水河流域等地。《尚书·禹贡》中说："导弱水至于合黎。"其中的"弱水"，就是我们单位旁边日夜流淌的黑河。"黑河"是后来的名字，佛家偈语"弱水三千，我只取一瓢饮"也是这个弱水。

多好的名字！"弱水"，诗意四溅，念之读之，令人口舌生香。古人之伟大，当然也包括对某地和某物的命名，恰切到了非此不可的境地。这种智慧，是人对于大地某一处文化和自然地貌的深刻理解，最重要的是，人对自己的生存之所始终有着敬畏与虔诚。公元736年，河西节度使崔希逸大破吐蕃。唐玄宗令王维等人至河西地方去劳军，激励将士，王维至居延海，面对如此大漠胜景，写下"大漠孤烟直，长河落日圆"这般瑰丽恢宏的诗句。在此之前的秦汉时期甚至更早，这里是乌孙的驻牧地，再后来是大月氏。公元前99年，年轻的射骑都尉李陵，也是沿着弱水河，带领着他的五千"荆楚勇士，奇才剑客"出塞，深入漠北地区，寻击匈奴主力，并在燕然山（阿尔金山中段）与匈奴单于八万大军遭遇，苦战八昼夜，最终四百多人脱归，李陵被俘，最终客死大漠。

二十世纪初期，科兹洛夫、斯坦因、斯文·赫定、橘瑞超、大谷光瑞等人组成的中瑞科考队在此发现"居延汉简"，使得又一门"显学"诞生。1958年，孙继先将军率部进驻巴丹吉林沙漠。第一颗氢弹、原子弹、人造卫星、空空导弹等也都是从这里运往爆区，某型导弹和飞机也是在这里试飞定型。如此等等的历史和现实，听得我云里雾里，心潮激荡，忽而旷达深远，忽而兵马战阵，忽而诗境如洗，忽而暴风席卷。当夜，睡下之后，在众多的汗臭当中，我蓦然觉得自己也非常神秘和英雄了。

对于李陵，我一直觉得，他的身上有着极强的悲剧性质，内心里，总是对这个有家不得归、一腔壮志豪情，最终客死大漠的英雄之后有着一种特殊的情感。陇西李氏家族自飞将军李广到李陵，在对匈奴作战，以及在西汉王朝中的个人遭遇，堪称古来名将之最大的家族性悲剧，他们祖孙三代的命运，也是独一无二的个案。至于"居延汉简"、回鹘的可敦敦（公主）城和西夏宁远军驻地黑城（哈日浩特）等，只能够让我深刻地觉得了西北地区由来已久的，基于民族的流变与此消彼长的军事力量之间的冲突。这太正常了，无论在哪一片土地上，人的不断产生、摩擦、互助乃至冲突和兼并都是一种历史和时间的常态。

带着这样的复杂心绪，洗漱、就寝，窗外的戈壁上，朔风慷慨赴远、气势决绝浩荡。我翻了一个身，忽然传来一声粗糙的呱呱叫声，很轻、很浅、还有些曲折，其中夹杂着一种难以言说的悲凉与凄怆意味，紧接着，又是一声。如此一声，接着又是一声。我知道那是乌鸦，它们就栖身在我们营房背后那一片杨树林里。那片林子不大，也都是刚栽不久的杨树。林子当中，铺满了干枯的茅草。其中，有其他的地方不易见到的骆驼刺和红柳灌木，还有尚处在幼年时期的沙枣树，有一些乌鸦栖身于此，在大风狂浪的夜间，乌鸦及其叫声，传到我的耳膜里，从而引发的反应，却是丰富和神秘的。

我到单位的图书馆查阅相关资料，乌鸦似乎还带有占卜的意味，王夫之《诗经稗疏》说："乌者，孝鸟，王者以为瑞应。"《左传·庄公二十八年》载："诸侯救郑，楚师夜遁。郑人将奔桐丘，谍告曰：'楚幕有乌。'乃止。"古人关于乌鸦的这些说法，从祥瑞到"黑化"，俨然是关于图腾崇拜的流变。乌鸦似乎也被称之为"赤乌"，传说中为背负太阳的神鸟。东夷部族所创造的"阳乌载日""日中有乌"的神话显然是更早期的了，涉及远古时期的人们对于乌鸦及其文化象征的理解与阐述。屈原《天问》中"羿焉彃日？乌焉解羽？"描述的景象似乎很灿烂的样子，其中的"乌"当是乌鸦，在九个太阳的炽烈光辉中，它们的羽毛纷纷落下，真的是神话应当具备的一种景象。

黑夜中的乌鸦发出声音，穿破大风，跌落在我的耳膜，这颇有意味，使得我第一次有意识地觉得了乌鸦这种黑乎乎的鸟儿开始与我有了某种联系，这种联系或许有些牵强，但它们连续出现在我梦中及其预示的性质，充满了魔幻色彩。事实上，我也知道，相比老家南太行乡村的那些乌鸦，巴丹吉林沙漠的乌鸦体形更大了一些，身上的黑羽毛也更黑。它们来自遥远的西伯利亚，那片冻土，才是它们的家园。尽管，巴丹吉林沙漠冬天的气温多数在零下 20 摄氏度左右，但相比西伯利亚，巴丹吉林沙漠，中国的西北地区，气候还是要暖一些。

睡眠是梦境的海面和前奏，是灵魂飞升的基点与孔洞。当然，睡眠本身也是一个奇异的过程，可以看作是短暂的死亡，但更多的人视之为漫长的休憩。很多年前，爷爷就对我说，睡觉这件事，是人的灵魂暂别肉体，进入到另一个神秘地方的时刻。他还说，睡觉其实是人体在进行自我修复的过程。就此，他进一步对我解释说，这些理论和说法，是他从书上看来的。古人都是这么认为的。我问他那是啥书？爷爷说有一本叫作《论语》，还有一本叫作《十问》，他小时候有读过，有些句子印象还很深。爷爷还说，他少小读书的地方，名叫紫金山书院，就在二十里外的前坪村（今属河北省邢台县白岸乡）。我从当地县志上也了解到，紫金山书院是宋元之际中国北方有名的书院之一，曾经出过很多名人官要，其中就有刘秉忠、张文谦、郭守敬、王恂、张易，都是大官不说，且天文、水利、运算、易学等无所不通。

我知道这些人，尤其是郭守敬和张文谦，前者是大科学家，后者是我们老家所在的县域古来唯一的一位王朝高官。爷爷说，这五个人是我们南太行山的先贤。关于睡眠，爷爷讲，《孔子家语·问礼》说："生者南向，死者北首。"意思是，活着的人，应当头朝南睡觉，死者则要头朝北。谢肇淛的《五杂俎》也解释说："盖人当是时，诸血归心，一不得睡，则血耗而生病矣。"这些都在说明睡觉的规矩和重要性，并没有涉及他上面所说的那些。爷爷说，"这些都是俺自己悟出来的。你自己也想一想，一个人睡觉了，整个过程中，啥都不知道了，到处一片漆黑，也没有任何知觉，更不会想什么事情，做啥事儿也不可能。这样一来，睡觉难道不是人的灵魂和肉体暂时脱离？难道不是人的身体在进行自我修复？灵魂也不闲着，去向更神秘的地方。"

想到这里，我也睡着了，又开始做梦，梦中，还是一个身穿黄布衫的男孩子，手里提着一盏灯笼。这一次，他没有在树林里转悠，而是一块巨大的平地。平地上寸草不生，大小不一的卵石铺在上面，更多的却是粗砂。临近的地方，有一些形似水杉的植物，但很稀疏，一棵和另一棵距离很远。他知道，那该是骆驼草。他也知道，骆驼草上面，有许多尖刺，手一摸，被扎得生疼，甚至流出血来。还有一些地方，很多骆驼草长在一起。他正在走着，头顶传来翅膀扇动的声音，鼓舞的气流虽然很小，但有些惊悚。抬头，他看到一只硕大的乌鸦，忽闪着很大的翅膀，在头顶飞行。

他大叫一声，下意识奔跑，那姿势，自我感觉似乎一只受惊的野兔，或者狐狸。一座座的沙丘急速后退，他的奔跑变成了飞翔。他想极力摆脱乌鸦，可乌鸦不徐不疾，始终贴着他头顶飞行。他焦灼不堪，心里充满恐惧。使劲向前俯冲，下一刻，他发现自己竟然落在了地上，而且很清楚自己所在的位置，一大片芦苇举着白色芦花，有些牛羊在低头啃食着骆驼草，不远处有几顶帐篷。他不知道自己为什么要来这样的地方，心里只知道，走过这一片戈壁，就可以去到一片水草丰饶的牧场。这个牧场的名字叫古日乃，是邻近的内蒙古额济纳旗下属的一个乡。他隐约觉得，有一个人在那里等他，而且还是一个女人，就像他第一天晚上做的那个梦中的女人一样，或者干脆还是她。

尽管素不相识，可人和人的一切，都是从素不相识开始的，如爱和恨，亲和疏，冷和暖，等等。要是没有素不相识，人和人之间大抵就没有任何牵连的必要了。夫妻也是从素不相识开始的，孩子和父母起初也是素不相识的，仇人和仇人结仇，伙伴成为伙伴之前，也是素不相识的。如此等等。素不相识构成了人在世界上所有遭遇的先决条件与可能性的基础。也就是说，有了这样的潜意识，或者说恍惚中的认定和坚持，他才会一次次地在梦中遇见、寻找和遭遇，哪怕再离奇和荒诞，有没有意味和必要，其实都不重要了。他继续走着，一步紧接一步，脚下的砂砾发出银子一般的声响，他甚至能够感觉到，自己的身体从脚底张扬出的那种向下的力量，正在与整个大地发生摩擦的关系。他低着头，像一个复仇者或者孤胆英雄，再或者一个毫无目的的流浪者。

走了一会儿，他明显地感觉到一种凉意，而且是来自天幕和众多星辰的。这一刻，他忽然明白了一个其实并不重要的真理，那就是天空，这个看起来冷酷、高远、博大和神秘的物体，其实也是有温度的，不像大地，随着季节的转换，温度也高低不一。也就是说，天空是恒温的一种存在或者说容器。想到这里，他忍不住兴奋了一下，也不由得加快脚步，翻过了一座沙丘，面前出现更多的沙丘。一座座的沙丘，像极了堆积的乳房，结实、坚挺、饱满，无时无刻不体现着一种喂养天地的力量。他兴奋，觉得巴丹吉林沙漠真美，看起来荒芜的瀚海泽卤，居然有如此之多的隐藏，而且都是美和美德。这太不可思议了。他站在沙丘的尖顶上，向前探身，张开喉咙，想呼喊，但却没有发出任何声音。

就在他回身的时候，脚下一滑，重重地跌倒在沙窝里，身子快速地向下冲去，这一过程中，他明显地觉得了来自众多沙子的柔滑感觉。一颗沙进入眼睛，令人难受，一群沙飞起来，可以遮蔽一群人的行程和身体，而亿万颗的沙子堆在一起，就可以像水一样，把人的身体乃至其他事物作为船只来引渡。正在此时，那只巨大的乌鸦出现了，伸出同样黑黑的爪子，把我从沙堆中拎了出来，然后诡秘地叫了一声，又飞走了。

再次醒来，巴丹吉林沙漠依旧天寒地冻，沙尘暴在傍晚和清晨最容易爆发，就像性情不稳定的狮群或者某一个暴力军团，暴怒起来，便用急躁甚至摧枯拉朽的方式，对周遭的一切进行打击甚至毁灭。躺在黎明的床上，周围是此起彼伏的呼吸声，还有梦话。我想了很久，不知道刚才的梦境到底预示着什么，或者说，是什么原因促使我做了这样一个亦真亦幻的梦。唯一可以肯定的是，梦是没有疆界和章法的，也是不受现实控制，甚至神灵都无法左右的。——也或许，这个梦境只是想说出这样一个道理，看起来丑陋甚至凶怖的事物，在某些时候也可能是唯一的拯救和救赎。

数天后，风暖起来了，吹在皮肤上，有一种温顺甚至肉体的香味。时序真是一个神奇而伟大的东西，它在给大地加温、改换新装的同时，也使得万物从中感受到了天地自身所具备的仁慈和公正。先是粉粉的杏花，再是桃花和梨花，榆钱也出现在了结满灰尘的树枝上。沟渠里清水荡漾，汩汩而行。这些清凉之物，当然也来自祁连山的高处和深处，不过借了弱水河之手，在地表上，欢快地涟泽与前行。此时的我，也去到了另一个单位。当然，这是一个阔大、严整的集体，其中铁血与梦想的味道升腾不已。可奇怪的是，此后，连续几个月，我的梦境没有再继续，每个夜晚，除了呱呱的乌鸦的叫喊，就是犹如万马奔腾的风吼。再后来，乌鸦突然不见了，它们的叫声也随着它们的身体飞回了西伯利亚。在诸多的树林里，我看到了数十只乌鸦的尸体。是的，在过去的时间里，它们当中总有一些抵抗不住巴丹吉林沙漠的寒冷，被冻毙，留下尸体，但我相信，它们的灵魂也一定附在其他同类的身体上，回到了西伯利亚。

在生死这个问题上，无论是什么样的人或事物，再强大的怜悯也无济于事，互助也会失效。这是最残酷的。夏天来到，整个巴丹吉林沙漠开始焕发生机，主要是野草、新疆白杨、沙枣树、梭梭木和红柳荆棘，当然还有榆树灌木和唐菖蒲、格桑之类的花朵。鸟儿们也多了起来，但唯独没有了乌鸦。乌鸦的黑与炎热是天敌，互不兼容，它们的一生都在逃避过于炙热的日光，冷和寒冷，才是它们最好的生存温度。乌鸦的这种特性，实际上与人和其他事物雷同，如同《道德经》所言："万物负阴而抱阳，冲气以为和。"

有几次，在树林周边，我闻到了乌鸦肉身腐烂的味道，极其呛人。世间很多的味道和形状，其实都是为了唤醒，不论是怎么样一种形式的唤醒，都将是深刻的，也都是独一无二的。乌鸦及其尸体的味道想必也是。这时候，我又到了另一个单位，有些清闲，主要是参与技术工作，脑累身不累的那种。我很开心。也从这个时候开始，我逐渐熟悉了巴丹吉林沙漠。当然，除了远处的额济纳旗、贺兰山、狼心山、马鬃山之外，弱水河及其流经的城镇和村庄，秦汉时期的烽火台、长城遗址，肩水金关、大地湾侯官府等，我都去拜谒过。在这些古人建造的遗迹中，我没有找到任何鲜活的"古人"，只看到了人不能留下，唯有"物"堪与时间强势抗衡的证据，如残垣断壁、兵器的痕迹、马蹄和诸多旧物的暗淡光泽等。它们都是这沙漠中人类的遗留物，也是时间机器余下的骨头。

在与其他同事聊天的时候，我听一些年长的，也就是来巴丹吉林沙漠稍早一些人的讲述。他们在月夜的戈壁上看到过苍狼和红狐，还有白狐。据说，狐狸这种动物，往往和爱情有关，其中包含了报恩、魅惑、邪魅、报仇等关键词。它们和人的关系很近，甚至会有肌肤之亲，生儿育女。苍狼好像很遥远，当地的一个牧羊人说，他听他的祖父提到过这种孤傲而冷静的动物，它们多以羊、野驴、骆驼羔子和沙鸡为食，是一种既叫人尊敬而又怵怕的猛兽。牧羊人还说，早些年间，他们村子里有一个光棍汉，四十多岁的时候，在中蒙边界的马鬃山遇到一个落魄妇女。他把她带回家，几年后，他们又生了两个孩子。在古老的民间，这样的事情并不鲜见，可奇诡的是，多年后，那个妇女不仅容颜不老，且在一个夏天的傍晚，带着她已经与当地人结婚的女儿，突然消失了。那个光棍痛苦不堪，到武威和迪化（即今新疆乌鲁木齐）等地找了很长时间，也没有找到。再些年后，村里的另一个打了半辈子光棍的男人，却又在马鬃山遇到了一个带着孩子的妇女。这时候，与第一个光棍同龄的人，早就死光了。

故事一如往常地上演。我在听的时候，觉得了神奇，同时也觉得了荒诞。我问牧羊人说，这样的事儿，你自己信不信？他看着蓝天，哼了一声，悠悠地说，要是我自己都不信，我说给你做啥呢？

当乌鸦再次来临，冬天的巴丹吉林沙漠一直沉浸在风沙中，这时候我才知道，阿拉善高原从来就是沙尘暴的源地之一。在暴风狂放的夜间，我听到的乌鸦的叫声里，充满了仓皇与凄怆。这些从来不建筑巢穴的鸟儿，或许是痛苦的，也或许习以为常。但在我看来，巴丹吉林沙漠的乌鸦，肯定不如我故乡南太行山区的那些幸运。然而，我的这种判断，肯定是多余的。对于乌鸦来说，任何栖息地都是它们自己选择的，只要被选择，就一定是适合它们的。就像我，从南太行山区到巴丹吉林沙漠，也是自我的选择，而选择本身，以及大地的每一处，本质上都是没有区别的。如《道德经》所说："夫物或行或随；或觑或吹；或强或赢；或载或隳。是以圣人去甚、去奢、去泰。"当然，我也没有做圣人的想法，更无圣人的资质。

此后的一段时间，我所做的梦都与刚到巴丹吉林沙漠第一晚的那个奇怪的梦境没有任何联系，而是春梦居多，一个十几岁到二十多岁的青年，春梦应当是这一时期的主题，不然就不太正常。再后来，我去了上海读书，城市给人的感觉总是乱乱的，同时也光怪陆离，活泼有趣。与荒寂的沙漠相比，城市简直就是人的汪洋，以及物的海市蜃楼。大学毕业后，我再次回到巴丹吉林沙漠。是的，多年之后，我爱上了沙漠，也爱上了这个喧哗时代当中为数不多的荒僻之地。

我清楚记得，那是 2000 年深秋，到酒泉市区，我待了一天，又去火车站取了托运的行李，便又豹子一样扑进了巴丹吉林沙漠。回到老单位的那个下午，刚进大门，我就又看到了黑黑的乌鸦，它们呱呱的、哑哑的叫声在楼房之间跌宕，弹跳的趾爪使得大片的杨树摇摇晃晃。这种情景，像极了我第一次来到巴丹吉林沙漠的时刻。哦，乌鸦，落日，狭小的人居绿洲，无边的沙漠戈壁，充斥于每一寸空气的土腥味道……我觉得这没什么，因为我已经做好了再次在睡梦中流下鼻血的准备。

我到了另一个单位，因为宿舍紧缺，就暂时住在文化活动中心。那也算是一个新建筑。它的后面，是一大片果园。果园的四周，长着诸多的新疆白杨。收拾好房间，已经夜里十一点多了。我太累了，躺下就睡。我没想到，多年前的梦境居然再翩然来临。那个穿黄布衫的男孩子，依旧在夜里提着一盏灯笼，他身影孤单，但好像比多年前结实了一些，但却没有了头发。这头发，受之于父母，他却在世事中一根一根地丢掉了。这多么不恭敬。这一次，他走的是一片海子。海子的边缘，长着茂密的芦苇荡。芦苇荡当中有野鸭的叫声，唧唧唧唧，很幼小，也很稚嫩。他知道，这又是一窝新生命。新生命的旁边一定还有一只或者两只老的生命，这种交替式的哺育，与人类异曲同工。

前面是水。戈壁中的海子和芦苇荡，看起来很平静，斯时，还有月光明彻地照耀着，水面上荡漾着鱼鳞式的反光。可他知道，这里不可以赤脚进入，要是有一根大的木桩或者小船，那是再好不过的。木桩和船只，都是可浮可沉之物，也是容易断裂和朽坏的东西，一言而蔽之，皆工具也。有些滑稽的是，人在世上，工具才是真正的助手，在很多的时候，人反而不是助手，甚至是敌手。这有些悲哀，但更悲哀的是，一个男孩，未老就有了衰老的迹象，人之脆弱，在自身之上的体现如此明显和淋漓。

他正在犹豫，突然就有了一只船，从对面的芦苇丛中，像一首诗般滑了出来。他先是惊叫了一声，登上去，小船无桨自动。在上面，他觉得了摇晃，继而身心当中顿然产生了虚漂的感觉。他有些害怕，看起来很窄的一面海子，居然犹如汪洋一般宽阔。小船滑行了很久，却一直停留在海子中央。他焦急，忍不住东张西望。他想到了无际的孤独，一个人在大海上的绝望。他坐下来，正要以手划动的时候，一个声音脆脆响起，沿着水面和大片的芦苇花，传到他的耳朵。

"所有可以用来比喻和象征的事物，都消失了。比如苍狼，你在沙漠这么多年，是不是一次也没见过？比如白狐，我是在告诉你，它们不是更隐蔽了，而是已经绝迹了。你的头发是时间的剃刀割下来以后，送到了雪山顶上，那里有一些介于人神之间的人，用人的头发再造一艘可以容纳整个人类的船，用来把所有人的灵魂，带到更高的轨道里，便于我们人类在这个世界上不断地相见，不断地恩恩怨怨，生离死别。"他听到这里，觉得这个声音异常熟悉，他的脑海里，又出现了那位衣饰华贵的女子的形象。他四处打望，可静寂的海子与芦苇荡中，除了他自己和一条船，还有可以照见骨头的月光，一无所有。他正在纳闷，或者不知所措的时候，头顶突然发黑，他看到一群乌鸦，呼啦啦地从天空飞过，其中一个特别巨大的，居然通体发红，眼睛金黄。

我倏然醒来，梦中的清凉弥漫全身，连肚脐也有些发冷。我坐起来，才发现，自己没盖被子，也没有关灯。午夜的灯光，比其他时刻更加明亮，照得房间好像空中楼阁。此外的一切，似乎都是乌有的。我起身，倒了一杯开水，正在缓慢下咽的时候，忽然又传来乌鸦的叫声，声音很细微，好像婴儿的梦呓。再次入睡之前，我忽然想到，这些年来，所有的梦境，无论前提和背景是什么，核心的东西仍旧是乌鸦，从民间的禁忌、亲人去世的预兆、迁徙和远行、人在异地的生命际遇、现实折射灵魂的反光……其中最精确的一次，居然预示了我父亲的死亡，那是2009年初春时节，父亲生病，我回到南太行乡村，居然看到我们家房后刚刚成年的板栗树上，也聚集了很多的乌鸦，像极了多年前，曾祖母去世时的情境。这使我惊悚，心有余悸。而刚才的那个梦境，又预示着什么呢？几个月后，我离开巴丹吉林沙漠，调到了成都。乌鸦是不会朝着冬季气温不低于0摄氏度的地方迁徙的。在成都十年了，我做了无数离奇的梦境，再也没有出现过乌鸦这种核心意象。直到有一次去金沙遗址，看到太阳神鸟金箔，忽然觉得，那造型，与高度变形的乌鸦尤其相像。

沙尘暴中的个人生活

真正容身沙漠，我才发现，沙漠不是地理课本和人们常说的那样，到处都是金黄色的沙子，再无其他生命景观。其实，沙漠不仅有丘陵，还有许多附生戈壁的沙生植物，以及耐旱的动物及飞禽。就像那些进入沙漠的人，很多不是被渴死和冻死，而是被吓死的一样，他们对沙漠的成见来自道听途说。这是一种源之久长的不察和偏见。

巴丹吉林沙漠的暮冬，成群乌鸦栖在光秃树枝，傍晚和凌晨一片聒噪。枯草中不断有冻僵了的尸体。灰雀要聪明许多，藏在楼房不起眼的缝隙，只在白昼飞翔和觅食。到初春，乌鸦纷纷撤走，杨树正在抽芽。阳光中陡然有了温意。东风掠地而来，带着无数的细碎尘土，一阵大，飞沙走石，一会小，像柔棉抚摸。我初来乍到，频繁流鼻血，有几次正吃饭，忽见白色米饭里一片殷红。

持续和暖的风中多了花朵的香味。三月中旬，风力持续加大。站在楼院前，越过发白的红砖围墙，可以看到北边的苍灰色天幕，以及沉浸在飘浮黄尘中的巨大戈壁。鼻孔中全是土腥味儿，像无数小蚂蚁。手背手心有种厚重感，水一冲，一绺黄色直入下水道。皮肤裂疼，尤其是胸脯、脖颈和脸蛋，类似针扎。尘土悬浮力极强，一般要持续三天，最少也要 24 小时。在路上走着走着，忽然一阵风，就地卷起尘土，沙子打得脸疼，灌满口鼻耳朵和眼睛，牙齿咯吱咯吱响。夜里，躺在床上，房间内都是悬浮尘土，呛得胃疼。用被子蒙住头，才有舒服感。早上，被子、枕头和衣服上，桌面、书籍、饭盆里都附着一层黄沙和细尘。一抬头，沙子从发间落下，在地板上砸出回声，不住弹跳。

同事说，在沙漠生活是一个吃土过程，一个人在这里二十年，胃里的沙子肯定有两斤，要是一辈子，起码也得五斤以上。很多同事把休假时间安排在春季，躲避沙尘暴。有人选择秋冬之交，也是同理。往往，花朵们正在盛开，叶子们绽出伸胳膊蹬腿的时候，沙尘暴愈加频繁，一夜间，就把新鲜的花朵和叶子裹挟得面目皆非。

天气晴好时，站在阳光下，四边绿叶拍动，鸟雀欢唱，茵茵绿草在渠边和林荫疯狂生长，野花开得朴素异常。滚动的渠水将泥沙搅拌成金子，太阳持续照耀，迅速发白，线条流畅，给人一种视觉的快感。花朵抖尽尘土，身子明净、窈窕，香味四处奔窜，蜜蜂神魂颠倒。叶子也清丽了许多，相互拍打着，像孩子们的舞蹈。沙尘暴明显减少，瓦蓝天空时而白云如流，时而澄碧如洗。我也蓦然觉得，沙尘暴是很遥远的事了，又好像从未发生过，心情格外畅快，上班路上龇牙咧嘴相互打招呼。傍晚，趁着落日散步，或在树林里席地而坐——喜好运动的人在球场闪跃腾挪，大呼小叫之声从这面墙壁撞到另一面墙壁。我喜好安静，躲在房间看书，或在蒿草铺满的树林独自冥想。

这样的日子显然优于我在 20 世纪 90 年代初的北方乡村生活，悠闲，省掉了不得不为之的强体力劳作，乃至十八九岁就开始找对象结婚的约定俗成的风习。最可能为我提供了读书乃至一切嗜好的充裕空间。

六月的某天中午，从集体饭堂出来，路过一面花坛，嗅到一股浓烈的海腥味儿。阳光正烈，杨树沉默不动。嗅着浓郁的沙枣花香回到宿舍，房间忽然变得晦暗不明，我惊诧莫名。看看表，13 点 50 分，听到一片类似闷雷的响声，从北边的沙漠轰隆而来。白昼迅速漆黑，接着是沙子击打窗玻璃的声音。100 瓦的灯泡照不见五指。大风掠过房顶，犹如万千兽蹄连续哄踏，天花板上郁结的蛛网和灰尘纷纷剥离，庞大的灰尘不知从何处来，似乎汹涌的飞虫，奔腾的潮水，一波一波，一层一层，狂放不止。

再后来，是树木折断的声音，倒塌的工棚，飞行撞击的铁皮和木板，油毡与瓶瓶罐罐——所有的物事都在被迫挪动，被如箭沙子击穿，发出沉闷嘶喊。我站在窗前，脑袋一片空白，犹如置身于万物倾颓的世界末日，满心沮丧与恐惧。身上的灰尘越积越厚，灌满七窍，就连嗓子和胃部，也感到了一种撕裂的疼痛。

走廊也被风沙侵占，顶灯昏暗。奔窜灰尘像毒气，不放过任何一条缝隙。我钻进被子，把自己包裹起来，全身颤抖。

如果在外面，一阵风就可把人吹起，摔下或撞墙，不死也会残废。正在慌乱间，大风骤止，阳光扑然落地，又是一片明媚。我和同事相互看了看，咧着嘴巴笑出了声。我擦了一把镜子，看到一个黄色土人——黑发变黄，黏结力极强的灰尘吸附在每一根头发上。

到卫生间，看到十多个民工，一个个神情委顿，缀满黑灰。我笑，他们也笑。扭开水龙头，喷出一股黏稠黄水。再放，还是浑浊的。等水变清，我脱了衣服，盆子倒扣，一次次冲刷，用手指抠鼻孔，挖耳朵，揉眼睛，一次次漱口。

天空依旧瓦蓝，黑色云彩退向祁连山。不知从何而来的木板、铁皮、油毡、旧衣服、鞋子、被子等躺在空地上，覆了一层沙子。折断的杨树茬口新鲜，折断的树枝封挡了四面的道路。——乍然而仓促的沙尘暴，令我惊诧莫名。老一辈同事说，1969 年有过一次特大沙尘暴，平均风力在 9 级以上，吹倒了两座 40 米高的水塔；几台正在行驶的老解放牌运输车被掀翻，酒泉、额济纳部分民房倾塌，数百人伤亡；部分高压线路被毁，农村的棉花全部枯死。

以上情境发生在 1992 年——我来到巴丹吉林沙漠的第一年。沙尘暴后，灾难自然成了大家谈论的焦点。一位蛮有思想的老同事说，在沙漠生活，不经历几场沙尘暴，就不算是个完整的人。还有人说，在沙漠生活就得准备吃沙子，要想少吃，要学会预测和躲避沙尘暴的"本领"。我却时常把在沙漠的生活与开放地区的某些社会现象联系起来，一方面把沙尘暴形象化和理想化，希望人人都来经历一场。

我特别注意收集关于沙尘暴的资料，想从科学原理上了解它——我以为这是一个自觉的美德，应当把那些与我们经常发生联系的事物本质弄明白，至少不会白白经历和遭受——二十世纪九十年代初期以来，中国北方地区频发沙尘暴。其中，"风力≥20m/s、能见度＜200m 的强沙尘暴主要出现在内蒙古中西部和甘肃西部。频次超过 50 天的地区有：新疆塔中 65 天、皮山 74 天、民丰 63 天，内蒙古拐子湖 50 天、海力素 52 天、吉兰泰 83 天、鄂托克旗 53 天，宁夏盐池 80 天，陕西定边 62 天。……在强北风作用下，巴丹吉林沙漠流动沙丘以年均 20 米的速度向南侵进，局部流沙带已经与腾格里沙漠的西南缘相连。随着生态环境进一步恶化和大风干旱灾害加剧，阿拉善盟的沙漠化土地正以每年 1000 平方公里的面积扩展。"（《沙尘暴年鉴》）

我感到沮丧也悲壮，这就意味着，从此以后，在沙漠生活，经受沙尘暴的侵袭，成为我的一门必修功课。我还知道，沙尘暴虽有一定的猝发性，但作为紧靠源地的实际经受者，在这座小镇，往后的时光，我不仅承载着个人功利及梦想的实践，还要在日积月累的自然灾害中学会自我防护。

沙尘暴不只是表面的一种清洗，连绵的浮尘深入到肺部，天长日久，会导致尘肺病及多种病变。但从另一方面说，空中浮尘也是一种有益资源，落在地上会形成一种黏结力极强的养分，可以固化泥土。可对于人来说，不可避免的浮尘有时候是慢性毒药，在呼吸道日积月累，导致的身体病变有时候会致人死命。

1993年秋末，我到附近村庄购买水果，装车时，看到一个老人坐在自家的葡萄藤下纳凉，开车走时，却听到一片号啕。村人告诉我，那老人才查出尘肺病，可谁也没想到这么快！我惊恐莫名，心情沉重，蓦然觉得了某种潜移默化的力量，比直接的暴力杀戮更令人心生胆寒。我想到，几乎每天上班路上，从宿舍到外工作场地，路两边的戈壁上，经常奔窜着无数条状流沙，持续腾着一人多高的白尘，如同浩荡溪流，眨眼就吞没了路面，钻进车窗，进入我们的呼吸。

工作不怎么忙的时候，单位总要组织所有人员，分片包干，清理房前屋后及路边沟渠内的积沙。女子们戴了大口罩，男人把衣领竖起来，戴着墨镜，挖的时候嘴巴紧闭，回来洗漱，鼻子里结了一块块黑色污垢。因此，在这里的每一个人都格外珍惜生命，看到一根草，从心里觉得亲切，舍不得铲掉或埋住。对在风沙中屹立的杨树、连成一片的红柳灌木及虬张的沙枣树，没人故意折断和破坏。有时候会自发地栽种一些树木，或给渠水够不到的花木挖出沟槽。

这是沙尘暴给予的教诲，我希望的也是如此。但一个人两个人，乃至一群人的努力也无疑杯水车薪，沙尘暴仍旧猝发。1994 年 8 月下旬，一位领导要到北京参加培训，我送其至酒泉火车站。还没返回市区，天空陡然暗了下来，远远看到，一面巨大的黄色雾墙从额济纳方向迅速推移而来，在平展无际的戈壁滩上，如同凶猛军团，兽吼马踏，地壳颤抖，眨眼间就覆盖了市区。尘土遮天蔽日，沙子如箭，打在胳膊和脸上，火辣辣地疼。整个城市一片苍黄，能见度不过百米。

　　因为只穿了一件衬衣，我冷得浑身发抖。大风吹过，整个身体就像被镂空一样。跑进一家商店，店主包着一面蓝毛巾，戴着一只大口罩，两只眼睛冷漠看我。此外，还站着一位小姑娘，时不时撩开帘子朝外观望。街道上只有风沙，车辆胡乱停靠，楼顶上的广告牌剧烈抖动，响声哗哗。有些玻璃从高空摔下，声音刺耳，叫人心惊胆战。

　　我想，要是楼下有人，锋利的玻璃，会出现怎样的惨景？事实上，这样的悲惨景象时有出现，不完全是沙尘暴之故。小贩们的商品，临街的店铺乃至商场楼门前悬挂的巨型条幅，以及垃圾箱、木板凳等物什七零八落。沙尘暴减小时，飘了几滴大雨，满街道星星点点的污垢，令人心情灰败。

　　后来我笑着想，人们正在讨价还价，借助现代化的音响设备大声叫卖，为一些利益争来算去……这突如其来的沙尘暴虽不能完全遏制或者改变，但至少阻止了一会儿，每一个人置身其中的人，也都会受到一种"心灵的震撼"。

　　但对于个人，这样的生活一直在延续。生存压倒一切。因为年轻，总觉得沙尘暴对个人身体构不成太大威胁。再说，还有那么多当地人，代代都在这里生活，每个人一生都会经受无数场的沙尘暴……我发现自己越来越像一个本地人了。从形体和内心都惟妙惟肖。从 1995 年开始，因了某种需求抑或政绩，我所在的小镇绿化带连年增多，相对于外面的瞬息万变、众生纷纭、美丑冲突等，这里安静、祥和，至少不用担心突然被袭击和伤害，即使有同事间的各种矛盾和猜忌，但也相对较少，且不会不共戴天甚至酿成惨剧。

1996 年，我 24 岁，第一次强烈地想起爱情，身体的隐秘欲望空前激烈。但我仍旧一文不名，不可能有人爱我。遇到心仪的人，只能在心里渴望、爱慕，有时躲在楼上，隔着窗玻璃看她的一举一动，一颦一笑，心神荡漾一番，紧接着是懊丧痛苦。春秋两季频发的沙尘暴一如往常，从沙漠深处奔旋而来，掠过小镇，再去往酒泉、嘉峪关、张掖、兰州甚至西安、北京、郑州、上海和广州，最远一次据说漂洋过海，侵入日本和新加坡、马来西亚。

这令人想起两起"著名的黑风暴事件"——二十世纪初美国对美丽富饶的南部大平原大规模开发，以及苏联于二十世纪六十年代左右在哈萨克斯坦及西伯利亚开垦"四千公顷处女地"，前者是无原则性的土地商业利用，后者为贪婪无度的土地开发，两者导致的共同结果是史无前例的"黑风暴"和"风蚀"。自然的破坏与商业利益及土地自身所蕴含的价值紧密相关，人们以为对土地的开采和利用天经地义，是一种"天赋的自由权"。环境生态学者唐纳德·沃斯特将这种资本主义自然及商品经济体系下的土地文化归结为三句话："自然必须被当作资本；为了自身的进步，人有一种权力，甚至是义务去利用这个原生的资本；社会制度应当允许和鼓励这种持续不断的个人财富的增长。"（《尘暴：20 世纪 30 年代美国南部大平原》）

从这一年开始，我不再对沙尘暴感到恐惧，反而有些习以为常。沙尘暴来了，急忙起身关窗，拉窗帘；去了，洗澡，洗衣服和被褥，站在水龙头下，把牙齿刷一遍，再抠耳朵和鼻孔。有一个傍晚，为打印自己练习的诗歌，徒步6公里到工作大厅，返回已是深夜。一个人走在戈壁上，沙沙响的沙土和卵石，像空荡荡的幽灵。快到宿舍时，忽然起风了，又是沙尘暴，一转身，嘴里就被填进一把沙子。紧接着，又是一片沙子，噼噼啪啪地打，像鞭子抽。我疼，气急，大吼一声，索性敞开衬衣，面对暴风。咬牙切齿说：吹吧吹吧，打吧打吧！——我时常反抗，对沙尘暴，这是最激烈的一次。这可能是我迄今为止血性最为显著的反应。对于那些躲不过的，面对是最好的策略。逃跑是因为恐惧或者厌恶，但越是如此，后果可能就越糟糕。

还有一次印象深刻：2001年初春某夜，怀孕的妻子突然生气，不顾正猛烈的沙尘暴，扭头出门，推了自行车就不见人影。我迎着飞行的沙子，一阵猛追，在大门口抓住后车座，央求着把她劝回家。那一次，我吃的沙子比任何一次都多，因为生气，没像往常那样吐出一些，而是咬碎咽下去。——事后，我在一家媒体上看到："（2001年）1月1日的那场沙尘暴影响到我国北方大部地区，北京也出现了扬沙和浮尘天气。先是进入到朝鲜半岛，又越过数千公里的天空，到达阿拉斯加、亚利桑那和哥伦比亚。"

我想到，沙尘暴正在改变我们的生活——也正在改写着地球文明，作为沙尘暴肇始地的区域面积虽然很小，但它们聚起的能量是强大的。任何自然灾难的形成和爆发都不是偶然的——以额济纳为例，黑河上游众多的水库拦住了流往居延海的水，汉唐时曾被誉为"大粮仓"的居延地区，草场持续退化，巴丹吉林和乌兰布和、腾格里沙漠正在以每年20公里的速度进行"无缝对接"。此外，我在阿拉善及甘肃的媒体上看到，很多人在戈壁沙漠采挖苁蓉、甘草、沙葱和发菜，还有不少淘金、伐木和开矿的。

自然植被破坏是比干旱更强大的自我生存保障的践踏和自戕。美国作家莱斯特·布朗说："在中国……旧的荒漠还在推进，新的荒漠又摆开了战场，每年都在占取更大的区域……更多的村庄正在被沙丘掩埋。"2008年8月，在额济纳居延海，我看到四面高坡上流动着无数的沙纹，如同小股军队，向着水位日渐降低的居延海，发出强大而又自觉的填埋运动。从达来呼布镇向酒泉，沿途都是戈壁，枯死的胡杨树桩已经在风沙中至少经历了数百年时光，因为少雨，至今保持原样，有的岩石一样悄然风化。曾为西夏陪都的哈日浩特古城业已倾颓，围墙外披满流沙。大戈壁之上，卵石堆积，一色铁青，伸向无际。

在巴丹吉林沙漠以西的小镇，我已经生活了近二十年，从一个懵懂少年到一个儿子的父亲，一位妻子的丈夫，同时还是一个徒劳无功的写作者、不合格的公民和凌空蹈虚的理想主义者。在每年不少于60天的沙尘暴中，那么循规蹈矩，压抑自己，又那么渴望性情张扬和特立独行。可我什么也做不到，我写作，只是为了记录和表述；我渴望，因为我还有梦想。我多次去往沙漠腹心和其他地方，像一匹马，一匹狼，在沙漠隐秘处发现某一些鲜为人知的传说及遗迹；在他处，比较到了我与同类的某些不同。

有一年夏天，我用两天时间，跟随一位名叫那斯腾的牧民，与上百峰骆驼一起在戈壁上转悠了两天，体验到了旷野风沙及单独野外的游牧生活。在古日乃牧区，与巴图有过一次长谈，且参加了他们的首届马背文化节。我一直以为，巴丹吉林四周的原居民大都是淳朴的。牧民女儿出嫁，父母要陪送几十峰骆驼、上百只的羊和数量不等的驴子。在这里的汉族人，尽管狡黠，但喜欢像蒙古族人一样喝酒吃肉，喜欢骑着摩托车或者越野车卷着冲天烟尘，在戈壁奔腾。

关于司空见惯的沙尘暴及生态恶化，鼎新绿洲的汉民罗金生说："俺们祖先的坟头都快被埋了，以前那里还长着一些个沙枣树，现在，坟墓和戈壁差不多平齐了。"蒙古族人巴图说："十来年前，古日乃草原还能埋住骆驼头，还有不少黄羊，就是骑马走在里面，也很难发现。可这会儿，草丛里已经蹲不住人了。"我问刮沙尘暴时候咋办？他们说，躲在屋里呗！被子蒙住头，刮完了再起来，沾水擦擦扫扫，还得照样活。在酒泉和嘉峪关，提起沙尘暴，当地朋友们也都一声叹息，相对无言。这种宿命的论调，听起来是达观的，可其中的忍耐和无奈，却很少人理解。就像额济纳部分地区的牧民不愿搬离日渐沙化的草场进城种田一样，这里的汉族居民也不愿离开祖辈生活的地方。

2006 年，阿拉善高原沙尘暴次数明显减少，巴丹吉林沙漠边缘的城市和村庄，没有明显的覆盖和笼罩。2007 年再次去额济纳，气候稍微潮湿了些，宽阔河道里水光激滟，野鸭横飞。达来呼布镇以北的大片胡杨树满身枝叶。2008 年，仅仅刮了两次沙尘暴，持续时间也短，浮尘也少。可在 2009 年春天，两个月内，连续爆发 6 次。有时上班，冒沙回去关窗户，有时半夜惊醒，到处都是灰尘，呛得大声咳嗽。

2009 年 5 月 21 日，沙尘暴再次蜂拥而起。站在阳台，可以看到远处戈壁上悬浮的黄尘，睁不开眼睛，衣衫内灌满沙子。夜半，锐风如号，击打天幕，不断传来树木折断和玻璃摔落的声响。躺在床上，感觉整个大地都在摇晃。我左边是妻子，右边是儿子，宽大的床就像是一只载浮载沉的帆船，那么坚固，又那么脆弱。沉沉睡去，梦见自己在空中飞行，身下是无数黄沙，整齐而又坚固地向前俯冲，迅速淹没山脉与河流，城市和村庄。最终，落在一座屋顶上，四周无人，蓬勃草木投下无数阴影，我四顾茫然，不知身在何处又要去向何方。

虚构的旅行

　　上路那天上午，太阳很毒，尘土也多。我一个人，从南边的祁连山脚下来，进入沙漠后，便觉得自己的身体也空旷了。天空仍旧是蓝的，因了雪山映衬，我有一种神仙出行的飘逸和洒脱。在几蓬骆驼草前站住，沁透衣衫的汗水拉扯着我的肌肉，四周灰黄，细小的风在地面上拖着蛇的影子，从这里到那里，曲折蜿蜒。戈壁无际，天空如井。我感到一丝惊慌，尽管这还是上午，阳光正空照射，伫立久了，感觉自己也是一株自幼生长在戈壁上的沙蓬了。

　　这时候，多琴并不在场——但我却一直朝着她的方向进发。瀚海如幕，四面空荡，没有遮蔽。但是，在这种场域中，别以为我会看得更远，事实上：越是平阔的地方，视线越短。看到一个隆起的沙包，不远，我想一会儿就可以到了。因为目标的诱惑，不由加快脚步。双脚溅起的尘土烟雾一样蜂拥身体。遇见几峰骆驼，红色，背上和肚腹光秃，脖颈和尾巴上的毛发多而厚，几乎每一根上面都悬挂着尘土，细小的，不走近不会看到。它们在吃草，我路过，这些悠闲的沙漠生灵没吭一声，只是用大大的眼睛看我一眼，然后低头走开或者啃一口干枯的骆驼草。为此，我也感到荣幸，有一种与其他生命同在的感觉，内心的孤单随之解除，勇气再次涌起。直到走出很远，我还忍不住再回头看看它们。我隐隐觉得，这一次的旅行，也必然要和沙漠里的一些动物发生联系，这是它们的领地，一个人的来到，应当是一次闯入。

　　仿佛走了很久，可先前的沙包似乎还在远处，而我的来处，已经隐在了苍茫之中。风吹沙动，脚印几乎不见。我知道，坚硬的戈壁根本不需要一个人在它这里留下一些什么痕迹。太阳向西坠落，红色的光亮似乎鲜血——我一直这样看待沙漠夕阳，再没有哪个比方比鲜血更加准确和形象了。这时候，停止了一天的风又一次起来了，说不清具体来自哪个方向。相比以往，风很轻，吹在身上，感觉像是一双手的抚摸——但绝对不是粗糙的，反之温软细腻，叫我想起这世上最美的皮肤。在临近的一个小沙包上，我坐下来，酸疼的双腿和腰部似乎扎进了刀子，疼得我不住呻吟。放下行包，扑倒在沙上。众多的沙子聚敛的太阳温度还在，像热炕一样热，令我浑身舒坦，索性脱下外衣，赤身，趴上去。其实，这是一个不好的举动，温热的沙包，待疲倦退却之后，就有了异性身体的味道。我无法阻止身体本能。丹田内似乎有一股比沙漠更为热烈的火焰，冲突上升，让我口渴，让我在无意识当中感觉到生理的强大。好在沙包的温度下降得也很快，就在我辗转焦躁的时候，沙子已经冰凉。

　　夜了，我不知道该去哪里栖身。对沙漠旅行，我缺乏必要常识和准备，只携带着一顶帐篷、一些水和衣服，当然了，还有最好的两把刀子——蒙古刀和英吉沙小刀，它们都是朋友送的——锋利、直接、绝不弯曲和妥协。夜晚的沙漠风犹如冰刀，层层进入，我看自己打开的帐篷，似乎另外一个自己，羸弱的身体，还有点弯曲和萎靡，这令我想起自己的影子。躺下没多久，尘沙就起来了，犹如箭矢的沙子，风给予它们加速的力量，当然，还有它们自己的力量，重合在一起，在空旷之地横冲直撞。我感觉到了它们的威力——脸庞生疼，身体极度不安。并且，深切地感觉到了这些细碎之物，对个人生命的强大剥蚀。

再后来，沙子犹如暴雨，击打的声音让我感觉到一个人在沙漠之上的轻浮和无助，在茫茫夜里，像一条蜥蜴一样蜷缩。我打开水和干粮，就着风声，在黑暗中吞咽。透明的帐篷顶上，星空朦胧，众多的光亮只是镶嵌，不是照耀，不是悬挂，是覆压。

我想到：在自己身下，一定有一些东西——蜥蜴、蚂蚁、黑色甲虫和马骨，它们先前也和我一样，来自异地或者土生土长，但是，任何物质都是有极限的，沉浸和埋藏是必然的归宿。多么悲伤啊，在沙漠风暴中，想起这些，我觉得了一种从未有过的惊悸、孤独和不安。我还想到，据当地人说，这一带常有苍狼出没，还有黄羊和红狐、白狐。我想：要是此刻能遇到一个，一匹幼狼或者毛发温暖的黄羊，我可以抱着它一起睡眠，度过这犹如汪洋行舟的风暴之夜。可是，帐篷外除了风沙，除了沙漠之夜的狂浪和浩瀚，一切都是隐藏了。我之外的物质，不论是驻留的，路过的，还是消失的，生长的，我不知道它们的具体形态，但有一点可以肯定，它们总会与我擦身而过，也会与我同在。

黎明醒来，阳光把帐篷烤得热烈，身上都是汗水。但我看不到天空，光从缝隙拥挤下来，我知道这是上午了，帐篷上覆盖着厚厚的沙子——若不是昨晚一直在把连续落下的沙子移到别处，我就会在睡梦中被沙子掩埋掉，与其他亡灵一样，皮肉消泯，只剩下白色的骨殖，沦为沙漠的又一个飘忽的魂灵。我不知道自己为什么要孤身进入沙漠，这一面博大的固体海洋，我想到它的纵深地带，到没有人去过的那些地方，看看那里的事物和存在的生命。更重要的是，自我的放逐应当是一种心灵和生命救赎。

收拾好东西，继续向北，那么广大的沙漠，远处的沙海，堆涌的沙包一波一波，像是众多的乳房——这是世上最饱满、最为巨大和柔韧的乳房，它们丰满而高挺，袒露而不放荡。有时候我也突发奇想：想那些高天的事物，包括上帝和神灵，应当是由沙漠的乳房抚养并维持的。我不怕这个想法会得罪神灵，也知道，没有人可以控制我的想，内心的指向是最强大的指向，也是最大的叛逆。换句话说，身体是他们的，一个人的心灵，它暴露或者隐藏，激越或者沉静，阴暗或者明亮，都是属于他自己的。在沙漠，没有道路，处处都是道路，纵横交错，从不勉强，任由行者自己选择。而且，每一条路都有一个方向，每一个方向都不明朗，但到达的目标却都是独特的，充满你想要的景色和光亮。

也就是在这一天正午，我第一次看见了传说中的海市蜃楼，在沙漠的平阔之处，是一种奇境，亭台楼阁平地而起，翠绿的植物茂密得有些变形——美妙的幻境，乌有的存在，但我无法阻止自己的脚步和内心。一路小跑，向那里冲去，我相信那里有最美的事物，它一定是上帝为沙漠行者建造的心灵栖息地，没有任何物质，纯为精神境界。而我到达之后，仍旧是一片虚空，高空的阳光似乎是个嘲笑。我颓然坐下来，滚烫的沙子让我极度焦躁。我想张开喉咙大喊几声，对着天空和大地，生者和逝者，也对着自己和内心灵魂。可是，在沙漠我何等微小，周边那么多的事物，它们也都是独立的，庞大的，根本不会在意我。

第三天中午，翻过一座沙包，我看到一片胡杨林，在熊熊向上的沙漠气浪中，像是一面汪着清水的湖泊。我大声喊叫，飞快冲下，飞溅的沙尘扬成一团云雾，轻微上升，沉重下沉。我气喘吁吁，进入胡杨林，就瘫倒在阴凉中。有风吹来，不一会儿，身上沸腾的汗水就消失了，接踵而来的是沁入骨头的凉意。我翻身起来，向胡杨林深处蹒跚行走，树叶间隙的阳光在薄薄植被上形成各种图案。

沿途无人，到处寂静。一个人踩着细碎的枯枝，那声音，感觉就像在骨头里炸响一样。日暮时候，我看见炊烟，从不远处的胡杨树背后，云彩一样散漫，绕着树冠，然后集中，袅袅向上。我陡然兴奋起来，加快脚步。大约一公里的路程瞬间走完。转过一棵巨大的胡杨树，面前豁然开朗，除了炊烟之外，还有一顶帐篷——我大呼一声，再一声，还是没人应答。我想一定有人的，不然怎么会有炊烟和帐篷呢？我慢慢走近帐篷，再次大声询问，不一会儿，一个女孩掀开门帘，眼睛怔怔地看着我。我看到她的一瞬间，就被她的眼神击中了，那种干净的忧郁，美丽的忧郁，从她天使一般的眼窝和印有两朵高原红的脸上透射出来。

我不相信这里只有她一个人，心存狐疑，四处张望。直到天黑，还没有另外一个人到来。她煮了羊肉，自制的奶酪虽然有点羊膻味，但对于一个干渴了两天的人说，就是无上的佳品了。她告诉我，她叫多琴，这里是他们家的冬牧场。我不知道她为什么一个人住在这里。吃完，她走到不远处的沙丘跟前，提回一桶清水来。我真的没有想到，在如此的沙漠深处，竟然还有一汪清泉。走出帐篷，星斗满天，沁凉的风穿过肥厚的胡杨叶子，在空中，在帐篷和我的身体穿行。

夜晚，我重新打开自己的帐篷，在多琴帐篷的不远处，用绳子固定好，躺下来。也许太累了，我什么也没想，就睡着了。到后半夜，竟然没有一丝风，到处都是安静，只是有些沙漠里的昆虫，释放的鸣声像是婴儿梦呓。凌晨醒来，我似乎听到了多琴均匀、有点发甜的呼吸声。我想到，这样的一个女孩，一个人在这里，远离人群，到底为了什么？我这样一个人突然闯入，她不觉得害怕么？

　　我又睡着了。蒙眬中，听到多琴喊我的声音——婉转，但又有些地方口音，她的汉语说得并不流利，但声音是那种有磁性的，西北风沙的味道很重。早饭是昨天剩下的羊肉和奶茶。其实，我到这时候才发现，凉了的羊肉比热的羊肉好吃，我取出朋友送的英吉沙小刀，学多琴的样子，将大块的羊肉切下来，喂给自己。多琴还说，要吃就把羊骨头剔干净，不然的话，被吃掉的羊儿会在你梦中用硬角撞你。我笑，将没剔干净肉的骨头拿在手中，又重新剔了一次。

　　白天的胡杨林静谧，叶子还青着，把阳光筛成了金子，有鸟叫，嘹亮且单调。有种世外桃源的逍遥感觉。多琴从沙包下推出一辆摩托车来，说是要去镇子上买些东西回来。我急忙说一起去，多琴说两个人摩托跑不动。我只好作罢，我想再在这里待几天，然后沿来路返回。而就在多琴启动摩托的时候，我跑过去，对她说，你不会把我当成坏人，让人来抓走吧？多琴笑笑，两只眼睛里好像溢出水来，对我说，你要是坏人，昨晚我早就把你劈死了。我惊愕，不知道怎么回事。多琴下了摩托车，走到帐篷里，从被褥下面抽出一把锃亮的弯刀。

　　多琴走后，蓦然觉得空空的，那些胡杨树也显得落寞。繁茂的叶子之间插着几根干枯了的树干，似乎绿叶丛中的一条白色蟒蛇。我走过来走过去，踏着地面上稀疏青草，走到背后的沙包下，看见一汪清水流溢的泉水。像是大地的眼睛，不动声色地看着我，以及背后树木和头顶的天空。多琴藏车的地方也很奇怪，她居然在浮动的沙子下面掏了一个一人多高的洞，除了摩托车之外，还放着包菜、土豆和豆芽，因为凉爽，蔬菜基本完好，丝毫不见枯蔫。

　　两个多小时后，多琴回来了，一袭黑色风衣，在奔驰的摩托车上，有种飘逸美感。老远我就冲她大呼，站在那里，看着她快速接近。到近前，多琴摘下头盔，向我挥舞。我赶紧迎上去。她带回了香烟、青稞酒和一些女孩子喜欢吃的零食。我早就为她打好了洗脸的水，放在帐篷前的空地上，毛巾就在帐篷外挂着，白色的毛巾，雪一样的颜色。多琴看到了，愣了一下，脸色微变，但很快又恢复了平静。

两个人在胡杨树下，铺两张羊皮，把酒、香烟和肉食放在中间。我打开了青稞酒，多琴将羊肉和小吃放在盘子里。摆放好后，多琴说，你来了，虽然我们不认识，但酒还是要喝的。说完，端起一小碗白酒，率先喝下。我阻止都来不及。我看了看她，也端起自己的酒碗，将浓烈的青稞酒倒在喉咙里。

我想，多琴是个女孩子，不能多喝酒的，特别对着我这样一个来路不明的男人。多琴笑笑，说，我们这儿的女孩子都能喝酒，你自己不要喝醉了就好。这是我没有想到的，一个独自在戈壁深处的女孩子，竟然如此款待和信任一个陌生人，我简直不敢相信。酒到酣处，我有些发晕，先前的矜持和难为情随之消淡，对面的多琴脸庞更加红了，似乎两团火焰，眼睛柔和起来，其中有些迷离的光亮，让我怦然心动。多琴说，她们家在镇子东边的一个牧场，父亲和弟弟都在那里，母亲在镇子上开了一家杂货铺，隔三岔五来陪多琴住一夜。

我不知道多琴为什么对我说这些，而不说自己为何一个人在此单独居住的原因。我问她，她说，小时候跟着父母亲放牧，到哪里都是孤单的，偌大的戈壁除了自己之外，就是骆驼和牛羊了。过惯了一种生活，养成了喜欢一个人在戈壁的感觉。这里的天和地都是自己的，包括胡杨树乃至地面的沙子和青草，甚至连过往的风都是独自享受的。我想了想，这和我走进沙漠的初衷有些相像。多琴还告诉我，据她父亲说，这里曾经住过一些人，名字很怪，叫雅朱者人或者马朱者人。这令我奇怪，我从来没有听说或看到过这样的民族或者族群——或许他们改名了，抑或消失了。这些人经常去抢或者偷她们先祖放牧的羊只，用骆驼坚硬的蹄子做酒具，以胡杨树枝为弓箭，圈养的马匹都是矮个子的，但跑起来比现在的摩托车还快。

我听着听着就笑了，大声笑。多琴停下来，用恼怒的眼光看着我，责问我是不是不相信？不相信她就是不相信她的父亲。我急忙收住笑声，看着多琴诚恳说，我不是那个意思，是觉得这次独自行走听到这样的传说也是出乎意料的收获。多琴这才笑了，随手又端起一碗酒，伸过来，与我的酒碗猛然相撞，飞溅出来的酒水弹跳起来，透过阳光，闪着晶莹的光亮，悄然落地。这一天，我蓦然发现：喝酒的女孩子很美，比那些在阁楼里望月拈花，随风寄情的女孩子更美。在西北，最美的风景除了古迹遗址和雪山沙漠之外，就是酒后的女孩子了。多琴就是这样的，一个离群索居的女孩子，她在酒中欢乐，面对我这样的一个陌生人，开怀畅饮。在饮酒当中，她还告诉我一个隐藏的秘密：十七岁的时候，多琴爱上了牧区里的一个成年男人，他叫格拉木，马上的汉子，是一位神速的骑手和有着辽阔嗓音的歌手。

多琴站起来，摇摇晃晃地走到平坦的胡杨树下，一边唱歌一边跳起了舞蹈，她健壮的身体没有一点醉态，轻盈的舞步像是踏在高贵的红地毯上。她的歌声很忧郁，嗓音中有着刀子的光亮，在繁密的胡杨叶子之间蝴蝶一样飞翔，胡杨林里所有的鸟儿都飞起来了，所有的声音都在她的歌声当中喑哑。我惊呆了，坐在那里，感觉到自己真的置身于海市蜃楼了，那些美好的事物，纯洁的舞蹈，民间的动作，在这片荒凉的沙漠，雨水一样让人心地滋润。跟着她的舞步，我笨拙得像个石头，随着她的身体，我也沉沉醉倒。

那一夜，我不知道醒来的具体时间。睁开眼睛，发现自己躺在和多琴喝酒的羊皮上，头顶的胡杨叶子哗哗作响。身上盖着一床散发着女孩子特有芳香的被子。我知道这是多琴的，心里一阵温暖，有一种冲动——我想找到多琴，抱抱她，在她额头上亲一口。可是最终没有，因为，唐突的表达会使得内在的美好瞬间变质。酒醒，我向多琴告别，看着她的脸，我嗫嚅几次，意思是想抱抱她，或者握握她的手。可始终不敢。多琴可能看出了我心思，走过来，轻轻地抱了一下我，又伸手与我相握。

循原路回来之后，很多天，我总是这样想：一个丝路上的人，独自在沙漠行走，他所能穿越的，可能是一种永无尽头的旅行。未竟的前路，它始终是隐匿着的。我遇见和我带回的，经历和唯有经历的，都是一些什么呢？——我真的不知道。

一年后的春天，收到多琴寄来的一封信。她用扭捏的汉字说："好长时间，总是做一个相同的梦。梦见我一个人，一匹马，一群羊，在一个陌生的山岗上走，总是看到对面的山顶上有一个人，石头一样，朝着我的方向。"过了很多天，我仍没有复信给她。也就在这一年，从祁连山下到多琴那里的公路修通了，乘坐班车，5 个小时就可以到她所在的小镇，步行的话，再有 3 个小时，再缓慢的行走也会到达那片胡杨林。我的心蠢动好久，但还是没有付诸行动。

后来，我在一本叫作"海市蜃楼中的帝国"的书上看到这样一段话："商人、假冒者、使节、巫师、旅行的人、征服者和幻想家，他们从丝绸之路上出发，前往旅途中最危险的地区。无论圣人还是国君，他们返回时始终与众不同。每个人都携带其游记而归，每个人都想到达其想象中道路的尽头。他们在大地上的行走仅为内心旅行的一种标志。"
合上书卷，蓦然又怀疑：果真是如此吗？其实，在丝绸之路沿途抑或沙
漠之中，总有一些人和事出其不意，在一个人的行走甚至幻想当中，那
么美妙而又尖锐地刺中我们的内心乃至时常隐藏着的灵魂。想到这里，
我想为多琴写一首诗，但装腔作势了半天，也还是没有写出一句，只好
叹息一声，站在窗前，朝着北面的沙漠及其胡杨林张望。

额济纳的农民生活

　　每年九月底，巴丹吉林沙漠西边的毛目绿洲，摘完棉花，再拔了秸秆，整个大地空落起来。大雁返回最后一批，鹰隼们开始越冬之前最后一次飞行。昼夜温差悬殊的沙漠边缘，到处都是咬人骨头的冷。由此再向北的巴丹吉林沙漠边缘，大片胡杨衣冠凋零，枝条婀娜的红柳树丛依在高低不一的沙丘背后，不假思索地，将发红的叶子交给秋风。

　　四年前迁徙至此的四川籍农民张如常夫妇，末夏以来，旷日持久地分别站在通往阿拉善盟和甘肃酒泉的马路边，背后栽着一根发白的木棍，一面写有歪扭汉字的纸板在风中剧烈抖动。因为人烟稀少，一天当中能有一百台路过的车辆，就算是"车水马龙"了。

　　每天早上，透骨冷风还在掀动屋顶，沙子叮叮当当敲打窗玻璃，张如常两口子起床穿好衣服，张如常先点根香烟，妻子何红秀伸手替两个孩子再披披被褥。张如常吱呀一声拉开门，站在门前白沙地上，伸一个长懒腰，打两个喷嚏。妻子何红秀随手提了尿盆，哗的一声，泼在房后的芨芨草丛中。

　　张如常门前，至少五十亩的瓜地，成熟许久的白兰瓜、黄河蜜、哈密瓜和香瓜像是一块块圆形的石头，躺在业已干枯的藤蔓跟前，身下是逐渐变凉的沙土地。一颗颗的瓜，在张如常眼里，似乎比石头还重。按照他话说，种瓜丰收了自然高兴，好像看到了花花绿绿的票子，两个女娃子穿上了新衣服，老婆乱如茅草的头发插上带花的簪子。

可一旦卖不出去，这些瓜就成了一块块心病，心里好像起了一堆燎泡，火辣辣疼。妻子何红秀说，这瓜也是一年一个样儿，遇一年，没熟就被人拉光了；遇一年，在地里冻成冰疙瘩，来年烂成肥料，也遇不到一个买主。两口子说完，张如常又点了一根香烟，何红秀舀了凉水洗了脸，擦了雪花膏，抓起放在墙根的纸板子，往北边额济纳到巴彦浩特的路上走去。张如常蹲在阔大瓜地边，食指弯曲，敲了敲一颗比骆驼脑袋还大的哈密瓜，从鼻腔内唉了一声，扔掉烟头，抓了另一面纸板，锁了大门，朝南边——额济纳通往甘肃酒泉的马路走，耷拉着脑袋，脚步绊起白土，走路的姿势像是沙漠中的一只老黄羊。

这是我在巴丹吉林沙漠西部边缘遇到的第一户远程迁徙而来的外地人。在额济纳旗达来呼布镇四周，乃至靠近酒泉卫星发射中心、甘肃金塔和酒泉的戈壁绿洲之间，与张如常夫妇情况类似的人很多。但像他们这样，从五谷丰产的富庶之地，不远千里，带着孩子，在沙漠边缘安家，专以种瓜和棉花为生的人却极为罕见。

那一次，我和一同去额济纳观看胡杨、居延海与策克口岸的朋友，在宾馆饭店爆满的情况下，寻到张如常家，要求暂住一夜——第二天一早，张如常也没多要钱，一个人三十元，有一面土炕和两张单人床可供休息。当然，还有洗漱和饮用的水。

离开张如常家，朋友纷纷猜测：（张如常）从四川到这里，天府之国和荒凉戈壁是完全不同的两个概念，他们为什么选择在这里安身立命呢？现在计划生育搞得很厉害，躲到这里，再生养两个都没人查问。（张如常）该不是犯了啥命案吧？四川人口多，他们来这里，无非也是为了生计吧？（张如常）可能遭了啥打击，带着妻儿躲到这里生活？

到黑城外围，从车窗，看到一大片倒毙已久的胡杨树干——在沙漠之中，像是一大群逃难的人，抑或战后的疆场，尸体千姿百状，形态酷烈，叫人触目生悲。分别在1891年、1929年和1931年被斯坦因、科兹洛夫、贝格曼等人挖掘并大肆运出中国的、居延汉简及西夏文物的重要出土地，现在只剩下一个城池的轮廓，孑然矗立在黄沙如海的巴丹吉林沙漠之中，几只黑色的鹰隼在高空迅如闪电，似乎远古箭矢，带着锐利啸声，消失在额济纳幽深的天空。

回酒泉车上，戈壁迎面，阳光入怀。坐在车上，竟然没来由地将黑城和张如常夫妇联系在一起。一个在沙漠边缘筑房索居，以种植瓜类维持生存；一个以孤傲之态，在沙漠之中与时间抗衡。我想，他们之间肯定有某种共通或类似之处，尽管张如常夫妇的确切来历及迁徙至此的原因充满悬念。

转眼之间就是冬天，漫长而冷酷，在巴丹吉林沙漠边缘的旷野之中，温度时常达到零下50多摄氏度——想起在那里生存的张如常夫妇，总觉得有一种难熬的感觉与突然变故的怜悯。好不容易到了春天，零星的杏花在泉湖公园及靠近祁连山的农家院开放，再后来是桃花、梨花、苹果花、梨花和沙枣花，等柳枝探到水面的时候，已经是五月份了。

再次去往额济纳，办完单位的差事，忍不住开车又去了张如常夫妇所在的地方。五月的额济纳，春天的脚步比酒泉稍微慢些，居延海路边成群的红柳灌木还没有叶芽滋生。远远看到张如常夫妇所在的那座小四合院——在仍旧荒凉的酷寒之中，像是一座微微隆起的沙丘，四边的茅草一律呈枯黄色，将暗黄色的房屋映衬得更加暗淡。

　　张如常夫妇租种的田地是六十亩，站在高处的沙丘上，绵延无际的田地与达来呼布镇四野饿荒滩没有太大的区别，茅草遍地，枯枝之间，重新返回地表的甲虫、蚂蚁和蜥蜴往来不断。张如常蹲在田地一角，衣服上落满白尘，头发和头皮上也是。抽了一口香烟，张如常说，想不到你还会来看我。

　　我笑笑，对他说，觉得你很特别，去年冬天那么冷，怎么过的？满地的瓜卖出去没？张如常听了，脸色有些发红，长着两撮黑须的嘴唇抖了一下，眼睛漂移地说：去年不应当收你们的住宿费哩。我说，住店还得掏钱，再说你又要得不多，我们也应当给。

　　张如常见我说得诚恳，似乎放松了许多。他妻子何红秀一边掸身上的土一边说，今年不种瓜了，种棉花。张如常笑笑，说："去年的瓜到最后卖掉不到十分之一，其他的叫羊吃了。听毛目绿洲的人说，种棉花还能赚点钱。今年种点试试。"我说种棉花真能赚钱吗？张如常弹掉烟灰，又深吸一口，说："这个谁也说不定，看年景了，遇一年好，遇一年差。"

　　到张如常房前，他的两个女儿蹲在一棵沙枣树下玩沙子。大的七岁，小的两岁多。大的捧一把白沙，小的也捧一把白沙，一前一后，来来回回，在绿意初发的沙枣树下垒堤坝、垒房子。大的端了一瓢清水，小的两只小手抓着和。何红秀走过来，用四川方言说了句什么，然后推门进屋。张如常冲何红秀摇摇晃晃的背影喊：把西房挂的熏肉拿出来炒了吃！

何红秀嗯了一声，舀水洗手，又理了理头发——何红秀身材不高，脏了的秋衣之中，两只乳房像是灌满沙子的小口袋，随着动作而不住摇晃。个子也不大高的张如常从家里提了几个马扎，给我和同去的同事，自己拿了一个，嗨呀一声，压在屁股下。

春天的阳光从房顶落下来，在黄土的院子之中，打出一个正方形。坐了一会儿，觉得燥热，挪到阴凉处，又觉得冷。张如常抽着香烟，与我们闲谈。张如常说，他家在四川的广元，环境确实比额济纳好，但人多，虽然不缺吃，可手头没啥零花钱。家里弟兄五个，二哥和四哥去了新疆，大哥和三哥死活不出来——他和何红秀商议了下，带着两个孩子，先是到甘肃民勤县城郊种了一年西瓜，赚了一点钱。后来听人说，额济纳人少地多，就跑到这里来租种了一个当地农户的房子和地。

张如常说，额济纳虽然缺水，但沙土地适合种瓜，结出来的瓜很甜。前些年，有贩子开着康明斯大卡车来收购。卖的时候论片儿，或者整个六十亩地一下买断。他们负责找人摘，装车，收钱完事。去年（2005 年）额济纳种瓜的人多了，不好卖，价钱也低。到最后只卖了个化肥钱，要不是自己以前还有俩积蓄，冬天老婆孩子恐怕真的要喝西北风。

张如常笑了一下，声音干涩。何红秀在厨房忙活。俩孩子一会儿进来，一会儿出去。大姑娘几次拿眼睛瞟我和同事。张如常看到了，脸色收紧，叹了一口气说，大女儿还没上学呢，都七岁了。我说，这附近的苏泊淖尔（额济纳旗一个蒙古族聚居地）不是有学校吗？张如常说，学校倒是有，可大的一上学，小的就没人看管了。我说，这个不是问题，忙的时候下地把孩子带上，不忙的时候妻子可以在家看着。

张如常说可不容易得很。今年种棉花，掐头剪枝，喷药采摘，可不是一个人能干的。沉默了一会儿，张如常说："明年送她上学吧，那时候，小的就不用人看了。"问及想不想再要一个儿子什么的，张如常咧着嘴巴，大声笑了一下说，想要倒是想要，要是今年棉花能赚个几十万，马上要！张如常的话音还没落下，何红秀在厨房搭嘴说：我可不受那罪了，要要你找二奶要吧！

张如常听了，看看我和同事，摇摇脑袋，又点了一根香烟。何红秀搬了小木桌，放在院子里。张如常起身，朝我和同事摆摆手，大声要我们一起坐下吃饭。我说我们早就在达来呼布镇吃过了，你们吃。张如常哎呀一声，遇到了就吃点，客气啥子么？说着，又进屋提了一瓶胡杨牌白酒，找抹布擦掉酒瓶上的灰尘，拧开，给我们一人倒了一杯。

在阳光下喝酒，全身燥热。我喝得猛了一些，第二口后，就有点发晕。张如常一边嚼着腊肉，一边用筷子指着盘子里的菜，让我和同事快吃。我点了一根香烟，喝了一口茶水——这里的水质还像上次那样咸涩，甚至有些发苦。

酒多话稠，张如常说，在这里，一年见不到十个人，算上训斥孩子，说不了一千句话。我能再来看看他们，就是天大的好事了。他还说，过几年他还会换一个地方，最大的可能是新疆，或者到酒泉做个啥生意。至于老了，不能干活了回不回四川，还是个未知数。张如常还说，要是老了，孩子在某个地方成家，他和何红秀也就不回了，死哪儿埋哪儿。要是这些年能赚到足够一辈子用的钱，就一定回四川，盖漂亮楼房，过天天吃腊肉，顿顿有好酒，抽十块钱以上的烟的"安逸日子"。

额济纳的干燥春风，夹杂了太多的灰尘。张如常翻松了的土地中，铺了一行行塑料薄膜，有些棉花已经探出身子，青色的芽尖像是柔怜的孩子，茫然无措地看着这个世界。中蒙交界处的天空蓝得令人发晕，连在一起的云彩像是一片的雪白奔马，似乎可以听到滚雷一般的蹄声，从蒙古高原轰轰而来。

远看之下，张如常临时的家和田地在空阔的戈壁边缘，就像是一个微缩城堡，每一个路过的车辆都会将之忽略。临近的苏泊淖尔行政村至少还有十公里的路程，隐藏在胡杨树林间的房屋及其街道上，难以见到一个人，只有一些白色或黑色的羊只，在附近的草滩上石头一样移动。

再次路过达来呼布镇，德德玛、腾格尔的歌声包围着几个主要建筑和主要街道，零售店铺中，似乎没有几个顾客，脸色红润的饮酒者唱着高亢的蒙古民歌，不多的车辆穿过一字排开的政府机构。

我想到在沙漠边缘离群索居的张如常一家，在广阔之中，他们俨然是一个完整的"国度"，棉花和瓜类是他们的伙伴和臣民，尽管有事与愿违的背叛，可他还有相依为命的妻子和女儿，有终生偕同的俗世渴念，乃至轮回日月下的劳作和收获。

回到酒泉，因为下了几场雨，夏天就到了，空气湿润起来。天晴时，祁连巍峨的雪峰似乎就在窗前，伸手可以触摸。向北的空茫戈壁像是一个巨大的谜语。一天晚上，张如常突然打来电话，尽量用川味浓郁的普通话说：棉花（苗儿）出得很整齐，长势也还好，就是缺水，两口井都抽见了黄泥。

他还说，要是今年棉花价格可以，六十亩棉花，至少也能卖他个二十万块钱，除了化肥和雇人花掉的，剩个十万没啥问题。我听了，觉得高兴，又有点嫉妒。我邀请他有时间带着老婆娃子到酒泉来玩。他说，一定会去的，但要等到收完棉花。放下电话，心里长时间觉得充盈，他们劳作和收获，是令人羡慕和尊敬的。

二〇〇六年十月，北京和宁夏的几位朋友来，要去额济纳游览，我陪同再次去到。人满为患的额济纳，连吃饭都成问题。在灿如黄金的胡杨林内外滚打玩耍之后，我特意带朋友们一起去了张如常家吃住。阔别几个月的张如常精神较春天时更为爽朗；何红秀早已把蓬乱的头发梳理得光洁如镜，纹丝不乱，在厨房和院子之间，不慌不忙地给我们端饭上菜。

喝酒唱歌到半夜，张如常还没睡，坐在我床边，不停说话。我用僵硬的口舌，答非所问。张如常察觉了，倒了一杯茶水，放在我窗前，他说我听。他告诉我，今年棉花卖了一些钱，想明年再种，争取过二十万，到时候，就可以带着老婆孩子回四川了。

他还说，在额济纳，他还没待够。相对于家乡，这里安静，人少，没啥吵闹和纠纷，自己也觉得挺好，只是苦了孩子……我听着，强打精神，时不时嗯一声，算是回应。睡到半夜，口渴似火，我起来，四处找水。房间几个水壶都是空的，只好到外面的自来水管。一顿冷水之后，脑袋清醒了许多。抬头的明月像是一个硕大的果盘，明澈的光辉使得张如常于旷野的家居像是一座海市蜃楼，我是其中一个神仙——抑或躲在某个角落的偷窥者，明亮的大地辽阔无际，奔腾的夜风掀动隐匿的行迹，先期到达的乌鸦在落叶哗哗的胡杨树上呱呱叫喊。

早上，洗漱后，出门去找张如常。何红秀已经在厨房忙碌开了，浓浓的柴烟从房顶的黄泥烟囱里冒出来。正要敲门去，却见张如常从门外进来，怀里抱着一只刚出生不久的小羊羔，全身雪白。见到我，张如常先打了招呼，把羊羔放下，拿了一把蒙牛袋装奶，又让何红秀拿了勺子，一口口喂。洁白的奶汁落在张如常的身上和地上。

我掏出钱，还按上次的价格，给张如常结账。张如常抱着羊羔，额上堆着皱纹，抬头看我，又看看钱，一脸愤怒和不解。我说咋得啦吗？住店给钱，天经地义。张如常忽地站起来，大声说：把俺看扁了不是？朋友在家住一宿还付钱呦？何红秀也从厨房探出脑袋说，你们两个快别丢人了！快叫他们起来吃早饭！

阳光开始灼热起来，附近草滩上一片喧闹。告别时，张如常死活不肯收下我们住宿的钱。上车，我顺手扔在他怀里。车子一溜烟开出了还长着棉花秸秆的田地边缘，到马路上，我看到张如常像只兔子，一跃一跃地往马路上跑。我们冲他挥挥手，司机加了油门，箭一样把张如常一家和田地闪在原地。

初冬，张如常来电话，要我帮忙订火车票，几天后他举家来到。张如常拿出一个鼓鼓囊囊的塑料编织袋，说这是他自己挖的肉苁蓉，给我泡酒喝，补肾壮阳用。我推辞，张如常说，这几年他挖了不少。来酒泉没啥带给我，算个小意思。

饭桌上，张如常嚼着大块腊肉，喝着汉武御酒，抽着十六元钱一包的苁蓉牌香烟。张如常说，回去过个春节，看看老爹老娘，把娃子上学的事儿安顿好，明年开春再过来。上车时，张如常使劲握着我的手掌，眼睛发红，使劲抱住我，何红秀也脸色沉郁。列车开出，月台上凭空卷起一股寒风，渐行渐远的列车，近在身边的祁连雪山——感觉倏忽而又绵长。

唇齿之间的痕迹

二〇〇八年夏天，我在额济纳消磨时光，天气稍微凉爽时，在这里生活多年的诗人江布时常开车四处溜达，其中一次，江布把我带进了一座陌生偏僻的村庄——在巴丹吉林沙漠西边，鼎新绿洲以南——在那里，曾经有过乌孙人与月氏人、匈奴帝国与汉帝国之间的多次战争——最近，有人在那里发现了冰川纪的地质遗迹，土尔扈特人称之为海森楚鲁，江布他们称其石头城。江布带我进入的村庄，距离海森楚鲁不过一个小时车程。这个村子名叫芨芨，与沙漠戈壁当中生长的一种草本植物的名字相同。

村庄内外是一丛丛的芨芨草，茎秆柔韧可做绳索，在蓖麻的种子还没有从中亚被张骞、堂邑父、甘英等人带回的时候，生活在这里的羌人、乌孙、月氏和匈奴人，就用这种草拧戒的绳子捆绑敌人和犯人，可能还用来拉动木车甚至用作马缰。

芨芨村人口不多，房屋是一色的黄泥建筑，房顶也是，若是雨下得稍微大些，屋里肯定也会细雨连绵。

踩着细尘铺满的道路，走进村子，蓦然觉得了一种安静，身后的城市及人间的喧嚣都遥远如梦，唯有自己的脚步，不间断的阳光，持续的细风，在身体四周，从各个方向，把肉体照亮。

江布说，这个村子每家人都有一个新鲜的来历或充满传奇色彩的秘史。说着，手指了一下东面山坡三棵杨树下的韩家人，据说其先祖是西汉孝武皇帝时期做过酒泉校尉的韩延年，顶头上司是飞将军李广之孙，时任酒泉骑都尉的李陵，后随李陵出战匈奴，在浚稽山（今阿尔泰山中段）与匈奴主力激战七昼夜，韩延年阵亡，李陵投降，终老西北。

敲开大门，一个胡子雪白的老人探出脑袋，皱纹密布的眼睛盯着我和江布看了好一会儿，才开口问道：你们……？江布说，老大爷，我们走路渴了，想讨碗水喝。我也把眼睛投向老人。老人吱呀一声打开大门，扭头，一句话也没说，径自向内走去。

院子不算大，四面的房屋将头顶的天空切成方块状，夏天阳光暴裂地打在院子当中一堆蔫了的棉花枝干上。我端详了一下，觉得这房子的结构有点像北京四合院——老人提着一个暖瓶，手里端了两只大碗，走到院子左侧靠墙的一张木桌放下，拔开壶塞，哗哗的水冒着热气，在瓷碗当中打着激烈的旋儿。江布把行包放在另一凳子上，眼睛看着颤巍巍的韩姓老人。我掏出香烟，递给老人一支，老人接了，江布顺手打着火机，点着。

老人站着，深吸一口香烟，然后慢慢吐出，烟雾绕过房檐的阴影，消失在天空。我扶老人坐下，和江布分坐两旁。老人只是抽烟，脸色沉静肃穆。江布看看我，我说：老大爷今年多大了？老人嗯了一声，说：过了这个年就七十八了。江布又说：看您身体挺好。老人呵呵笑了，掐掉烟头，说：年龄不饶人啊。

我喝了一口水，有些咸涩——江布说起上次在芨芨听到的一些事情。老人听着，不住说：就是的，就是的。我见老人兴致来了，不失时机说：据说您祖上是西汉将军韩延年？老人眼角一抖，闪过一道光亮。说，可不就是的！我哦了一声。老人说：据俺祖上传下来的说法——那个时候，霍去病从额济纳（居延）打进来，把匈奴的浑邪王赶到新疆，在河西走廊建了武威郡和酒泉郡。

再后来，李广孙子李陵在酒泉当骑都尉，俺先祖韩延年将军是校尉，后来随李陵北征战死——老人说到这里，脸色充盈着一股悲怆和惋惜。江布说：李陵也算是古今以来西北第一伤心之人了——我说，韩延年之忠勇，后世人提及极少，这多少有些不公。老人听了，叹息一声，转身回到屋里，尔后传来开柜子的响声。少顷，老人手里捧了一个红色包裹，走到桌子前，打开，里面裹着一面铜镜，个大而圆，光亮可鉴，美中不足的是，其中有几个深槽，像是石头砸的一样。

令人欣然的是，两千多年后，韩延年后人仍旧保存着先祖遗物——那面铜镜，竟然是韩延年当年与"教射酒泉"的李陵一起演练兵马、挥刀作战时用过的。韩延年在阿尔泰山阵亡后，留在酒泉的家眷并未得到朝廷优抚，而逐渐败落，辗转数地，最终落在了巴丹吉林沙漠以西，几乎与世隔绝的芨芨村。

两百多代人，延续了这一古老的姓氏，保持了家族的一些传统。我想，这其中，一定有一种可能比时光还要坚韧的东西。

从老人家出来，往另一户人家走时，心情有些沉重。据我多年的观察和实地了解——自陇西向西，儒家文化及其影响逐渐减弱，尤其是在各个朝代被皇帝们移民实边的中原将士耕夫的后代之间，其理解和遵循能力，与中原及北方大部地区都迥然有异。江布说：这里自古就是混血地带，民族迁徙频繁，尤其是汉匈战争后，武帝的移民屯边政策，使得陇西以西居民杂糅的浓度逐渐加大。至盛唐，河西走廊乃至整个西域之间的民族战争、联盟和通婚、贸易，佛教流传与多文化和文明的习染——致使西域之地的外来居民在很大程度上处于汉文化与游牧文化之间，兰州附近的黄河乃至武威以东的乌鞘岭，大致可以看作一道明确的分割线。

这个分割线看起来无形，外来者时常被当地人的装束和习惯等表象所迷惑，而一旦深入其中，便会发现很多差异。比如，在芨芨村及其周边村庄，大多当地人至今沿袭和保留着来自河南、陕西、山西和河北等地的一些方言和习俗——既有华北一带的儿化音，还有陕西的重鼻音、山西的卷舌头。再如他们所操持的农具，镰刀酷似匈奴、月氏、乌孙等早期游牧民族惯常的弯刀，爬犁和芨芨草编制的篮子，在做工和外形上都与河北太行山一带的荆篮子和木头犁异曲同工。

到另外一家，房屋建筑和韩姓老人差不多，只是门板新换过。开门的是一位不到三十多岁的年轻媳妇，头发蓬乱——她坚持问我们是做（zu）啥的？江布笑笑说，我们是打这里路过的，觉得这村子很有意思，就想转转。她理了下鬓边的散发，脸上飞起一朵红晕，说：这地方有啥转的。正说着，从一面被柴烟熏黑的门洞里走出一位大约五十多岁的妇女，用诧异的眼光看着我和江布，再看看年轻媳妇。她对她说，是闲转的。

老年妇女哦了一声，走到我和江布的面前，堆满皱纹的眼睛在我们脸上打转——我急忙说明原委，老年妇女告诉我们：他（自己男人）到地里掐棉花头了，儿子在鼎新铁矿上班。姓虎，老虎的虎——这个姓氏也不常见，我觉得这家人祖上肯定不是汉人，最大可能是匈奴、鲜卑，这两个民族，在西汉至北魏年代，在河西走廊甚为活跃——至武则天当政时期，为排除异己，贬逐了不少异己分子，并分别以动物为姓，以示惩戒。

正想着，大门吱呀开了，一位六十多岁的老人，扛着一捆青青的棉花枝叶闯了进来——我急忙放下行包，快步走过去，帮他把棉花枝叶从肩上放在院子里——或许是因为我的善意，老人态度很好，不仅倒了水，还吩咐屋里的（妻子）给我们做饭。老人十分健谈，抽着香烟，将自己知道的姓氏渊源细细讲了一遍。果不其然，老人的虎姓，还真的出自鲜卑族（鲜卑和乌桓同为东胡之后裔），为唐朝建立立下了汗马功劳，多少有些鲜卑血统的唐太宗李世民对其更是礼遇有加。但武则天进行了较大规模的压制，大多数人勋爵被削，甚至逐出长安——虎姓老人的先祖，因出身西北，便主动负罪请往，武则天"恩准"之后，为防止贬臣就近勾结作乱，分别赐姓，刻制腰牌，交各地刺史，专批地域安置，并实行军队管制。

老人说，他的先祖是吐谷浑慕容家族的一支，唐初做过朝廷刺史，辖地张掖（甘州），后来与酒泉一起并入凉州卫。祖上虎永南，曾参与镇压回鹘人的叛乱——后调任京官，与太平公主交厚，后勋爵被削，流放至流沙（今内蒙古额济纳）。老人还说，他的许多本家人现在江浙一带，还有云南、贵州，似乎从无来往，虽历代有人主张认祖归宗，但路途遥遥，兵祸不断，几次动议，都没有成行。

虎姓老人一番说辞，叫我们将信将疑——这么一个家族，牵扯了太多的历史，时间可使任何事物都变得模糊不清，真假难辨。老人似乎看出了我们的疑窦，取出一张油皮纸——仅这纸张，至少也有百余年的历史了，至今不见松脆和破裂——里面包了一沓沓草纸，毛笔字工整匀称，错落有致——其中一张这样写道："余等虎氏先祖慕容，考曰鲜卑之后，北魏拓跋，显赫至极……今余脉栖止流沙，逾千有四百八十余年矣……"日期为光绪十三年谷雨——我和江布小心翼翼翻看——密密麻麻的汉字，其中有本支虎姓家族几位贤达人物生卒年月及主要事迹。

大致而言，茇茇村这支虎姓家族中，寥寥可数的几个出色人士，最高官至廷尉（相当于现在的公安局长）、其他两个分别为明朝英宗和清朝乾隆年间的秀才和进士。至近代，有一个名叫虎年的人，参加过剿灭马步芳军队的战斗，并牺牲于甘青交界处的窟窿峡。

我们看完，老人小心翼翼包上——江布想拍图片，老人断然拒绝。到另外一家，房子是新盖的，门墙贴了白色的瓷砖，其中有些象形图案，远看，喜庆整洁，大致是茇茇村最漂亮的一座建筑了。敲门进去，主人似乎从韩姓和虎姓家知道了我们的来意，似乎有些不欢迎。我和江布也觉得有些不好意思。这家主人姓前，怕我们听不清当地方言，特地解释说：前进的前，可不是钱财的钱呦。

前姓似乎和虎姓老人差不多，也是皇帝赐给犯官流人的姓氏，但没有相关的家谱或其他证据可以佐证——对我们讲的这个前姓户主年纪四十来岁，说起来浮皮潦草，一遍遍说自己对祖上的事情都记得不是很清楚——要不然，可以再去问问他的大哥前新辉。说着，手指了一下房子背后。稍后，又咕哝说：俺们前姓祖上原先在武威，不知道是哪一代迁到这里来的——要是按坟头数，应当是第十六代了——我听了，想起来路上在戈壁上看到的沙堆坟茔，觉得他最后一说较为可信。

之后的一家，居然和我同姓——甚至说自己是北宋杨继业的后代。

我睁大眼睛——他继续说：宋朝皇帝亏了俺老杨家——尽用了些奸臣。宋朝灭了的时候，俺祖上从山西迁到了天水，再后来不是逃饥荒就是躲战乱，最后找了这么个偏地方。

我说我也姓杨，他猛地回头，眼睛在我脸上逡巡。我拿出身份证，他接过去——江布说，这一点都假不了。他问我是哪儿的人，我说是老家在山西，现在河北。他哦了一声，有点激动地说：那你们也是杨老令公的后代了……我笑笑，算是回答。

其实，在我们这支杨姓家族当中，虽然有自始至终的"官讳"序列，但没有相关家谱——关于杨继业，其实姓刘，赵匡胤赐姓为杨（见《宋史》）。杨继业在北宋前期的武功作为，史书上并没有太多记载——倒是民间话本《杨家将》流传甚广。我小时，遇到关于杨继业及其后代的戏曲、电影、小说和故事之类的，也都竖了耳朵听，并在内心对自己的杨姓——作为杨继业的后代而时常欣欣然，豪气满胸。

他忽然变得很高兴，忙不迭问我排在哪一辈（官名中间一字），我说，我记得大致是"万元恩志大、光升玉清明"，我这代占"志"字，但至今没有像父亲那样起一个像样的官名。我们家第一代先祖叫杨怀玉——他咧开嘴巴，从胡子间隆起一堆笑容，忽地站起身来，右手张开，冲我伸了过来——他把我和江布让进房子，在沙发上坐下，大声呼叫屋里的杀只鸡，再买瓶汉武御（酒名）。

杨姓同族的热情，使得这次寻访增添了许多意想不到的快乐——喝酒的空当儿，他叫自己的丫头找来了其他几户人家的户主，吃喝起来。其中一个三十多岁的年轻人说，他姓年——年羹尧的年，并且把自己的家族渊源和年羹尧联系起来。另一个说自己姓李，是陇西飞将军李广后代，但特别的是，他们这支李姓是李陵的直系后代，并立有李氏祠堂。说着，还拉我去看——在村子终年不见阳光的南边山坡下，果真矗立着一座形如北方土地山神庙的小黄土房子——他站在祠堂前，还特意将李陵泣别苏武之歌背诵了一遍——"径万里兮度沙幕，为君将兮奋匈奴。路穷绝兮矢刃摧，士众灭兮名已颓。老母已死，虽欲报恩将安归！"

江布闻声，脸色肃穆，我也忍不住潸然泪下。想起率兵五千径取匈奴单于庭，在阿尔泰山被围，激战七昼夜，将士大半死难，满怀悲愤，终老于大漠之中的李陵，自然令人悲伤——而原先的韩姓老人也脸色沉肃，眼神恍惚，似乎在努力冥想迢遥岁月中的模糊往事。

另一个中年妇女说，她娘家父亲姓呼延，据说也是鲜卑后裔，再先，是匈奴的呼衍家族。《史记·匈奴列传》载："呼衍氏、兰氏、须卜氏，此三姓皆贵种也。"另一个中年人说自己姓郎，大致也是出自匈奴（与匈奴的苍狼崇拜吻合）；另一个人说自己这个姓氏跟汉朝吕太后有关，祖上吕产，满门被杀，唯有其祖上吕严逃得性命，先至居延，后转徙芨芨村。另一个年轻小伙子说自己姓雒——这一姓氏也极少见，他说自己祖上原是汉朝肩水金关的一个步兵，在当地娶妻定居，是芨芨村最早居民之一。

说到最后，我和江布有点微醉，逐一告辞，沿着村道向马路走，几个小伙子和中年人跟着下来——八月，晚上九点钟了，太阳站在了祁连雪峰上，沟里的棉花地沉浸在阴影当中；山头上的玉米、各家果园当中的葡萄正在成熟，苹果梨和大枣、苹果等在绿叶之间随风摇荡——李姓小伙子说，他们村和鼎新绿洲之间的大小村庄一样，棉花是主要的经济作物——还有麦子和玉米……以前大量种植苜蓿、甜菜等，用来喂养牲畜。因为远离公路，平时很少人来，村子的人也很少出去。

坐在车子上，我想，这个村子是有些奇怪——异族之后和中原移民的混血之地，尤其是其中的呼延、前姓、虎姓和郎姓，依稀保留了传说中匈奴人外部特征——"阔脸、塌鼻、宽嘴巴、上唇无须、头发发黄而卷曲、个头不高、双腿有些罗圈"——那些杨姓和吕姓人，看起来更接近于中原人的基本貌相。

江布一边开车，一边对我说：很显然，这些人先后聚集在这个偏僻地方，躲避战乱和朝廷追杀是最大的动机——李姓是其中最严谨的家族——或许他们根本就不是李陵的后代——我嗯了一声，说，即使不是李陵的直系后代，但他们对于李陵的家族认同，以及对李广父子的敬仰，尤其是那小子当众背诵李陵的诗歌，及其家族修建祠堂的用心——这却不是一般的"敬仰"可以做到的。

或许，每一座西北的村庄都如此这般，每一个人，每一个家族，都有着这样或者那样的历史——平民的历史，民间的断续记忆，芨芨村不过是其中较为特别的一个。从言谈看，那些人，其实对自己家族准确的发源和迁徙情况不甚了了，也极少花时间（繁重农事、俗世功名、人身保全及时代与环境的种种限制）深究——每一个家族的兴衰史和迁徙史，在很大程度上即是一个王朝的局部影像，也最能触及王朝的本质和内核——只是，平民的历史无法也无人留心考察和书写——往事在人唇齿之间的零星痕迹，只能由他们自己用舌头和脑袋记忆与转述。

再次路过海森楚鲁，我们特地绕进去——悠长的峡谷，几乎每一块临谷的石头上，都有一眼犹如佛龛的窟窿，四壁光滑，犹如水洗，人端坐其中，俨然涅槃的佛陀。河谷里的流沙上漾着一道道美丽波纹。其中一座石山，似乎一座大海龟，从东面看，则像是蜷缩在母腹中酣睡的胎儿。还有一座，像是望月而鸣的蟾蜍——我说，当年的乐僔和尚若是先途经海森楚鲁——这里定然就是莫高窟。

落日光辉如血，从芨芨村方向，漫过鼎新绿洲以北的戈壁，将弯曲的炊烟和逐渐黝黑的田地乃至戈壁上稀稀拉拉的坟茔，一起收敛其中——前方沙丘耸起，犹如凝固的乳房——骆驼们卧在其中，像是一堆形状奇特的石头。我们刚刚走访的芨芨村，也很快消隐在阔大戈壁之间，在我们回首的目光之中，与突兀的沙丘和石山一起，毫无痕迹地被夜幕笼罩，唯有幽深高远的天幕上闪烁的星辰，矗立在人类上方，像一个充满暗示的隐喻，一个经久轮回、万世不灭的精神象征和时光见证……抑或是一种若有若无的方向及其确指。

在沙漠失声痛哭

最突兀和典型的是灯火，比任何夜晚都要灿烂。我站在结着霜花的窗前，撕开发黏的嘴唇，对自己说："还有这样繁华的孤独吗？"这话一出口，把自己吓了一跳。那年我十八岁。几个月前，穿上肥大的军装，一块石头一样晃荡向西，几天后又像一根羽毛落在巴丹吉林沙漠。在新兵连，从军姿到操枪，手、脚从红肿痒痛到渐渐如常，感觉漫长如铁。大年三十晚上，礼花从营区各个部位腾冲而起，在幽深的沙漠天空绽开。其他战友都围在大屏幕前看虚拟的锣鼓笙箫、歌舞升平与吉祥安泰。我借口上厕所，溜回十几个人连排躺在一起的大宿舍。

我确信那时候确实是一种"繁华的孤独"。一个少年，从偏僻乡村走出，就深陷到三千公里外的沙漠地带。此时此刻，父亲一定在贴着新对联的门扉上下挂上了灯笼，红色的光在寒冷刺骨的南太行乡村夜晚，把一家人贫贱的生活照得满目吉祥。母亲一定在一个人包饺子，包了素馅再包肉馅。弟弟大致放鞭炮，拿着燃烧的木棍，手尽管冻得好像十根并排燃烧的红蜡烛，但乐此不疲。还有爷爷、奶奶及其他村里人，他们也都如此，尽量用彩纸、灯泡和蜡烛把这个夜晚装点得异于寻常。

窗玻璃冰得咬手。我刮掉一层白色窗花，张着眼睛看了看喧闹的外面，再看看沙漠缀满星星的墨色天空。宿舍里，除了我衣服的划动和日光灯的咝咝声，安静得像是一个人的岛屿。我哭了，眼泪打在已经缀上领花肩章的军装前襟。我没有擦，而是看着那些黑色的斑点，只觉得一个人初在异乡的春节竟然是如此空洞，曾经的场景和氛围被置换，而且天经地义；曾经的场景虽然简陋，但其中堆满贫穷的温暖。我又想到：繁华的孤独只针对个体人，夜晚、灯光和烟火则不管这些，它们合谋将这个夜晚推到我面前，并且毫无理由地将我笼罩，这就是掠夺与篡改。

　　这是我在巴丹吉林沙漠经历的第一个春节。过了那个年，我十九岁。第二天，和其他战友们一起吃了饺子，我就趴在床铺上给爹娘写信。大致写了十几页，但没有提"繁华的孤独"。只是说了自己在沙漠军营对他们的感念，还夸张了灯光和烟火的美妙性。当我把信件装好，放在连队统一的收信木箱里时候，我忽然觉得空空如也。回身，我对自己说，杨献平，你说了假话。烟火和灯光再好，也都是人布置的，它们再美丽，也进入不到人心里。"繁华的孤独"只可以分享给自己，说给父母爹娘，他们不会理解不说，还会说我故意玩文字游戏，让他们"看不懂"。

　　我所在的沙漠名叫巴丹吉林。1992 年 1 月，火车擦着祁连山行驶，到酒泉下火车，又乘坐大巴车不知道还要去哪里时，我就看到了黝黑的戈壁，在稀疏的城镇和村庄外围坚硬无际。临近营区时候，下起了雪。米粒一样大小的雪粒把玻璃敲得叮当作响。我看到，黑色戈壁上敷了一层白色，好像一个粗壮的男人身上佩戴的一面镜子。我隐约知道，此后几年，我将在这里度过。一个人将以陌生身份，进入到一片辽阔的大地；也以异乡者的姿态，在如此荒凉与空旷之所开启以消耗与迷惘、激越与无助为主题的青春旅程。

下分到连队当年，我又被分到一个技术室，跟着一名干部学习操作中央空调。几乎每周都要坐车去一次机场外围。那里是指挥控制中心所在。任务间隙，我站在楼顶上，放眼四望，发现我和这座军营被沙漠戈壁包围或者说围攻。北边黄沙次第堆积，浑圆如乳，有的则如连片的黄金营帐。近处戈壁一色铁青，纵横无忌，一匹马或者一台车无论怎么样奔跑，也毫无尽头；一个人狠心将自己放逐，也还会落足荒漠。当年冬天，风暴席卷整个沙漠，巴丹吉林似乎一头暴躁的狮子，不停抖动全身毛发。老同志告诫我说，不要在外面小解，还没撒完，就结成冰棍了。这好像是一个约定俗成的沙漠禁忌，就像在沙漠深处唯一能够返回原地的只有自己曾经的印迹一样。

春节前几天，我就想回家，正抓耳挠腮，有一个天大的好事落在我身上。室主任让我去把他几个亲戚送到郑州。我趁机说到郑州就到我家了，那时候也正是春节。室主任犹豫了一下说，可以吧，但要早点回来。我欣喜若狂。离别一年，南太行故乡就在我记忆里模糊了，原先可触可摸的岩石、枯草和尘土遥不可及、薄脆如纸。赶到家，年味已经以零星鞭炮的形式弥散开来。乡村如旧，平时寥落的灯光也沸腾起来，家家户户都把自家内外的黑夜置换成白昼。

大年三十晚上，母亲包饺子，我和弟弟放鞭炮，次日凌晨三点起来吃饭，再跟着父亲到长辈家磕头拜年。南太行这种风俗，显然混杂而古老，充满纲常气息与伦理氛围。可一旦到了大年初一，太阳升起，就宣告这一年的春节又成为过去。几天后，我乘车西行。从邯郸、郑州，再西安、天水、陇西、兰州、武威、酒泉，再次进入巴丹吉林沙漠，我蓦然觉得了一种生硬。从那时候开始，我确信，对一片地域来说，一个人长时间在，它自觉接纳并用它特有的气味熏染你，你一旦离开，它便会迅速解套。事实上这也是一种放逐，是一片地域对于一个人不闻不问的坚决流放。

好在我还是单位在编人员，这是我与巴丹吉林沙漠唯一名正言顺的维系。春天在五月中旬来临，沙尘暴连续奔袭，杏花、梨花、桃花和沙枣花接连开放，痒人的蜜香铺天盖地招摇，这是沙漠唯一的嗅觉和视觉盛宴。花朵总是先行者，以献身结果的奇异方式，引出万千绿叶。好像一些个如我一般孤独的人，想要更多的他者贴身喧哗一样。夏天大抵是沙漠最美的季节，风尘不惊，沙尘安卧，众多的绿叶在人类的一年当中找到自己的存活与展露方式。秋天也是，新疆杨叶子由青而黄，黄得似乎这世界上任何事物都铮铮作响。临水的那些，还冒出血红的颜色来，令人想起在这里发生的诸多游牧民族的战争，以及在沙漠行走不知所踪的人。

冬天从十月下旬开始，沙尘暴再起，大多时候，捧着沙子往人身上扬。在沙漠，每一个人都是沙子食用者，不管你是否愿意，尽管会遮挡，但微小的事物总是以连续的方式实施它们的行动。不过，春节前几天，几场风暴以后，就是冷清的艳阳天了，太阳和它的光芒似乎虚设，不过是用来证实白昼存在。几年后的某个冬天，我由基层技术室调到了政治部机关，主要做电视新闻采写和编辑，身份也发生了变化。一到春节，单位的大部分人都请假回家了。我刚到新单位，自然要留下来值班。

春节开始了，零星的鞭炮声在不远处的家属住宅区炸响，小卖店和超市迎来了最佳进账期。买东买西的人聚在一起，尔后又提着沉甸甸的大塑料袋散落营区各处。考虑到值班人少，单位给发了一箱子方便面，还有几十根火腿肠。拿回宿舍，我长出一口气，想这个春节不会饥肠辘辘了。前些年有几次在沙漠过年，大年初一没处可去，到饭堂饭菜已经结冰，饿得连头发都竖了起来。有了那些方便面和火腿肠，就暂时不用为"果腹"而忧虑了。食物的安慰是对生命最基本的关照。

　　大年三十晚上，我买了一些东西，挨家挨户看望了领导和老乡，回到所在单位，灯火如昼，大门和走廊光亮得令人心虚。打开电视机，春节联欢晚会正是开场锣鼓，沉寂空漠的单位瞬间喧闹起来。这还是一种个人的繁华。电视屏幕上衣袂飘飘、歌舞升平，声音由空气传导，进入耳朵。看小品、相声，忽然发笑。可是，一个人的笑竟然那么脆弱，没出口，就被更多的声音杀死了。那么多人在作姿作态，用技术和素养说逗人乐的话，发出悦耳之声。在一片祥和之中，我却觉得了一种冷漠和虚假。时间是没有春节等节日的，所有的节日都是人用来表达自我的情感，赋予某些时间以悲伤和快乐，暧昧与温情，实质上也是矫情的自我安慰与告诫。我还想到，此时此刻，也一定有很多人蜷缩在流水成冰的桥洞下、灯火灰暗的街角，甚至还有人就此了结了在此世的生命历程，在某些地方遭遇人生之大不幸。所幸的是，欢乐的人永远占据多数。人也需要更多的"假象"乃至"无意识的娱乐"来填充某一些时间和内心的酸与麻。

　　孤独在众人隆重的时候愈加深刻，甚至绝望。一个人在异乡，特别是沙漠，就像是一口倒扣大钟之下的一只蚂蚁，就像是想要从沙漠这边迁徙到那边的一只蜥蜴。更深重的是除了你自己外，一切都是物质，以及笼罩物质的空气及时间分解的事物的惨败粉末。时间久了，一个人也就成了物质之一种。尽管"万物有灵"，可很多的物质是以沉默的方式面对一切的，人极容易受感染，久了，残存的那点灵性也随之消弭。好在我想睡了，关掉电视机，躺在床上。风和冷，带着它们尘土的儿女从窗缝里成群结队，在我身体上放肆抚摸，并且以一种杀戮的方式，将我往沉沉的睡眠与孤独深渊狠推。

对孤独的人来说，白昼是一种拯救。更多的同类来到堪称再生。第二天一早，领导来查看安全情况。同乡打来电话或者从各个单位到来。平素，我是懒得和同乡们闲坐胡诌瞎扯淡的，认为那是一种自我戕伐。可大年初一早上，我的这种认识被世事逆转。见他们来到，我异乎寻常的热情，拿出各种小吃，任他们吃，乱丢垃圾。并且买了酒，几个人就着小吃把自己弄得头脑发胀，晕乎乎不知所以。说起话来，也特别偏爱笑话和黄段子。从那时候开始，我以为，高尚使人痛苦，庸俗才是真正的快乐。可一旦黄昏降临，人相继散去之后，孤独卷土重来，在漫天炸开的礼花和鞭炮当中，一个人在沙漠的孤独如刀刻，深重而尖锐。

我二十四岁了，青春在沙漠做蛇蜕状，被风暴和干燥淘洗得薄如蝉翼，还有一些明亮的斑点。我知道那是明确的暗伤与刀疤。我想我需要一个人在身边，或者以一种若即若离的方式和我骨肉相连，最好是血浓于水。我母亲也觉得我该有对象了，奶奶说她想在自己去世之前能够抱上重孙子。我都明白。可是有人不明白我。我爱了，只能张望。世俗在每个人面前都划下鸿沟。在我最落魄时候，一个女子让我遇见。第一眼，我就知道，她肯定是一位好妻子！我追了。她也答应了。几年后，突破岳父母及其亲戚的种种说法，她和我结婚。婚后第一个春节，我和她在沙漠过。因为经济拮据，是岳父送来一些钱。两人在单位的房子里相互拥抱取暖，用红酒往脸上涂抹喜色的方式，把前些年的"繁华的孤独"开除在外。再几年，我们有了儿子，母亲春节来，一进门就摸孩子，说我们儿子脚好看，长得胖嘟嘟的，是我们家几代人里面最有福相的。再一年，我请岳父母来单位和我们一起过年。妻子和岳母包饺子，忙活饭菜。我和岳父喝酒，翁婿俩你一杯我一杯，一会儿就都晕了。

这是我在沙漠生活最喜欢的一个"节目"。和岳父在一起，感觉就像是父亲。他本分又善解我意。我说的每句话他都表示理解。这时候，我总是要流泪的。为了掩饰，就叫妻子再弄一个菜来。随着经济状况好转，我逐渐学会储藏好酒。把最好的留给自己和岳父春节时候喝。再些年，我和妻子一直坚持春节为岳父母家采购年货，弄一台车，吃的用的送的都弄回去，不要他们再去买。大年三十，先把他们接到单位，正月初一再回他们家。晚上继续喝酒，在沙漠外围，岳父母家里，我俨然主人，他们也放心，家里的一切事情都征询我意见，或者由我来拿主意、出面。妻子是西北人，距离巴丹吉林沙漠和我单位很近。每年春节，我就有了家。在岳父母家打电话给亲身爹娘。他们说，在那里好，有人照顾了。他们也安心。

人和人之间，基本的是信任。亲人尤其如此。人也需要相互取暖。有了家，巴丹吉林沙漠与我都显得与众不同。似乎那个庞大无比的僵死之物瞬间有了生机，枯燥也充满了某种喧哗。这肯定还是内心及可以慰藉的情感在起作用。是爱，那种在时间的沙漠慢慢深入灵魂的柔软之物，将一个人从孤独与空漠当中解救了出来。记得有一年春节前两天，来自西伯利亚的风似乎杀人钢刀，我忙完单位任务即和妻子到市区去采购年货，送到岳父母家就要走。岳父说，晚上咱爷俩喝点，好长时间没喝了。神情坦诚，还有一些渴求。我过去抱了抱他，说：爸，我们明天下午就带孩子回来，我陪您喝。岳母嗔怪岳父说，谁都像你没事干啊，孩子还忙！

沙漠的春节一如往常，和岳父喝酒，儿子在闹。也装模作样给姥姥姥爷敬酒，祝福福寿康安。我开始笑，进而眼角有泪，抓起一杯酒灌下去，装作呛了的样子，到外面去把眼泪擦掉。几年后，儿子节节成长，一瞬间就到我胸口了。有一次，我带儿子去营区外围的假山上玩。看着被改造得面目全非的老营区，以前的电视台成了办公楼，和妻子住过的临时家属房也被一大片新住宅楼房替代。我对儿子说，以前时候，爸爸在那地方上班，可现在没了；以前，我也和你妈妈在那个地方住过……儿子环视半天，又看看我。我潸然泪下，人在时间中总想在大地上做点事情，留下自己的痕迹。群体和个人都是如此。想起曾经的"繁华的孤独"，心里竟有点温暖和惋惜。我在心里对自己说，青春本来就是孤独的，繁华中的孤独更楚楚动人。那时候，我胡子还像春天的细草，现在一周不刮就草木葳蕤了；那时候我在迷惘荒野奔行，现在我已被生活和某种既定轨道捆在拉开的弓弦上。我只能说，在时间中，青春疼痛是每一个人必读的课程，孤独火烧不尽。孤独是每一个人毕生用以自戕的刀子，也是生命乃至灵魂中最隐秘的疾病，持续无度，还无药可救。

每一个人的青春都可以长期抚摸，尤其是走过之后，青春会越发毛茸茸，越发淋漓尽致，成形成块。堆积在肉身和内心的某一个地方，那么沉甸甸，又烟云蒸腾；那么轻飘飘，又泥沙俱下。我的青春是在巴丹吉林沙漠展开并消耗掉的，就像风中不断磨损的沙子和鞋子，茧花与头发。特别是那些深切入骨的孤独，应当是青春的印章，也是一生不断线的路由器。几年后，当我离开巴丹吉林沙漠到成都第一年，春节前，我独自一人，乘坐列车再次回到巴丹吉林沙漠边缘。站在曾经的营区外围，我忽然感到凄凉。在沙漠十多年的一切都不存在了，一个人在一个单位的痕迹很快被填充、抹平。我再次体验到，人太多的时候，人就不需要更多人了；一个人之后，是更多的人；谁觉得这个世界舍我其谁，谁就是人的敌人。一片地域也是如此，它是开放的，任由来去，不管怎样的事物，它都可以承受，也可以放逐。

春节时候，我和岳父喝了几场酒。他老了，我也马上中年了。我心里知道，翁婿俩在沙漠喝酒会越来越少，也会少得找不到。看着他脸上越来越深的皱纹，佝偻的腰，不刮就泛白的胡须，我无话可说，也不再掩饰流泪，而是沉沉地叫他一声"爸"。此时，我自己的父亲已经去世，在这个世界上，唯有他可以让我喊"爸"了。

再些天，我特意去了一趟巴丹吉林沙漠深处，在黄沙和戈壁交汇处停下车，一个人爬到一座沙丘顶上，张目四望，沙漠还是那么大，甚至比我在的时候更大。大得让我想纵身奔跑，想在沙丘上建造一座虚幻的宫殿。天空还是那么深邃，井口一样对着空旷之地，而且充满被探测和吞噬的欲望。我大喊几声，声音被风打回口腔。我沮丧，我想我越来越像一匹狼了，被沙漠放逐到繁华都市，一片沙漠却进入了我的肉身。它可以无视我，将我远离，而我却装有了它和它的一切外表和内里。避开同行的人，在一座高大沙丘背后，忽然想哭，我没有强行阻止，而是扯开嗓子，大哭起来。哭早已被时间解决的青春；哭一个人此生遭际；哭世界之大，个人却如此单薄；哭风为什么不带来只带走；哭生命深处总是会有那么多的无助、悲哀与疼痛；哭我的亲人微贱而心怀慈悲；哭沙漠对我一个人的打击和恩泽……然后擦掉眼泪，疯狂跑回车旁。回程路上，我忽然想到，在大地上痛哭的人是有福的，自觉皈依大地，就像肉身及其包藏的灵魂，此前和往后，你们和我。

犹如蚁鸣

| 一 |

赵有良不是鼎新镇第一个自营出租车的人。因为远离市区，出行不便，长年累月于巴丹吉林沙漠"深陷"的单位万余人，每要出去办事，或者探亲休假，无论哪个季节，都得要早早起来，顶着冷风，吞着沙尘步行一到三公里，赶到大门外乘坐每天一趟的班车。沿途黄沙飞溅，白尘翻滚，还没走到，就成土人了。不知从何时起，附近乡村一个仲姓农民买了一台面包车跑运输。一年多后，又换了一台黑色的桑塔纳轿车。其他人看这活儿比种棉花强，体力上又轻巧，先后买了桑塔纳轿车，一大早就停在单位大门外面，一边在小餐馆吃牛肉面早餐，一边等待生意上门。

几年后，单位大门外面小车成行，流光溢彩，即使冷如刀割的冬天，私营出租车也忠于职守、严守时间。赵有良的家距离我们单位大致二十公里的样子，独生子，年方二十五六，人长得瘦削，但五官周正，看起来也算英俊。以前时候，要去酒泉市区，我一般乘坐一个叫赵怀金的人的私家车，算是他的一个固定客户。可有一次，我临时决定要去酒泉出差，到大门外，却不见了赵怀金和他的车。正火急火燎，一台崭新的捷达车从远处飞驰而来，眨眼工夫，就携带着一股白色土尘停在了面前。

赵有良把车开得如脱缰野马，不一会儿，就出了连绵的村庄，到了金塔县和鼎新镇之间的无名大戈壁滩上。这片大戈壁，北连巴丹吉林沙漠，南接金塔并酒泉和祁连山，之间便是著名而又诗意飞溅的弱水河。弱水河最终注入的，即近年来以胡杨树为著名景点的内蒙古额济纳旗。戈壁左边，是一色低纵连绵的黄土秃山。我后来偶然在史书看到，那山叫狼心山，史前时期，强盛一时的匈奴远征西域失利，回军至此突降暴雪，将士冻饿致死大半。再次起兵回撤，却又遭到西汉祁连将军田广明、符离侯路博德大军截杀。匈奴帝国自此一蹶不振，逐步分裂衰弱。

我记得来单位报到时，也路过这片大戈壁。斯时，正是冬季，从酒泉下车，再转乘大班车。天空阴霾，至此忽然下起了雪。雪粒似乎很坚硬，敲得窗玻璃脆响。我刮掉窗内玻璃上的冰花，一下子被这片戈壁的荒芜博大震撼了。古人将沙漠称为瀚海、泽卤，确实非常形象，且富有苍凉诗意。

赵有良问我去酒泉干啥？我说办点事。他立马问，公事还是私事？我说公事私事都有吧。赵有良一边把车开得飞快，一边笑着说，要是公事的话，就多给他几十块钱；私事他可以少要二十块。他意思我明白，公事报销，多要钱不是要个人的；私事自己掏腰包，少要几十块可以让我心里舒服，下次包车还会找他。这不是赵有良的独创，是做出租车生意人的普遍做法。我笑笑。沉默了一会儿，忽然想起赵怀金来。随口问赵有良。赵有良先是咧嘴笑了笑，又若无其事地说，赵怀金病了，脑子里长了个瘤子，把车卖掉去北京做了手术。刚回来。

我虽然乘坐赵怀金车次数不算多，但觉得赵怀金为人处世和善，而且非常守时，数次租用他车从不耽误一分钟。偶尔托他办事，从不打诳语，也不从中渔利。数日不见，却没想到赵怀金突然罹患重病。车卖掉倒没什么，关键是能否保住性命。

赵有良见我表情沉郁，也低了声音说：人活着就是不容易，说不定啥时候有个啥病病灾灾的，活生生地就没了。所以啊，还是要及时行乐！然后侧脸看了看我笑，神情有点淫邪。我叹气说，你知道赵怀金的家在哪儿吧？赵有良说，知道，俺叫他叔叔，住的也不远。

| 二 |

到酒泉市区，办完事已是傍晚。在酒泉住一夜也是无谓的消耗。可早就没了回单位的班车，遂想起赵有良。打电话，他果然还在酒泉市区。并对我说，已经有三个客人了，再加上你，一个人掏四十块钱就行。我觉得这样也划算。

往返单位和市区的私人出租车大都固定停在酒泉市中心的迎宾馆内外，天长日久，单位人都将那一处作为约定俗成的乘车地点。我从新城区打车过去，路过一家医院住院部门口时，忽然想到，赵怀金是一个不错的人，虽然我和他是顾客和私营车主的关系，但每次赵怀金开车都很小心，托办他一些事情也从不打折扣。人心都是肉长的。如今他刚做了手术，去探望一下比较好。

想到这里，我让出租车司机就近停车。到超市匆匆买了两桶进口奶粉并一束鲜花。出了门，才想起，探望病人要上午去。寓意为祝福病人早日随新升的太阳转危为安，快快恢复健康。下午去，寓意则相反。到乘车点，赵有良见我提着东西，又抱了一束鲜花。看着我笑说，一定是送给女朋友的，好浪漫啊！"这是送给重症病人的！"他这样说，我当然很生气，脱口呵斥他不要乱扯淡。赵有良脸色黯淡了一瞬，旋即又绽将开来，从我手里接过东西，放在后备箱里。

车里果真还有三个顾客。其中一个是女性，听口音好像是河南人，坐在副驾驶。我和两个男人坐在后座上。过了金塔县，大家要求下车小解。上车时候，我扫了一眼坐在副驾驶的那个女子。三十来岁，一双大眼睛，粗眉毛，肤色也白皙，长得很富态，两腮还有意无意地漾起俩小酒窝。

我好像在哪里见过。

车子奔驰，因为路途遥远，再加上一天困乏，不知不觉地睡着了。

再次睁开眼睛，窗外已经是鼎新镇。再有三十多公里，就可以回到单位。赵有良一边开车，一边和那个女子聊天；俩人说得很欢庆，不是赵有良把嘴咧到耳朵根儿笑，就是那女子对着前窗玻璃不住地呵呵呵。这使我觉得，俩人肯定很熟悉，也极有共同语言。车子到开发区街道中心，先是减速，再靠边，那个女子开门下了车。赵有良也下车，打开后备箱取了两个大塑料袋子。女子接住。然后冲赵有良笑了一下，提着袋子，丰腴的胖屁股一扭一扭，往一家门头上写着"永盛批发部"的小卖部挪去。

| 三 |

这里是开发区。

刚到这个单位时候，所谓的开发区还是一片大荒滩，野草丰盛，红柳树丛和沙枣树众多。偶尔会看到动作敏捷的野兔，成群的沙鸡飞起又落下。听年长的同事说，在二十世纪八十年代中期，他们周末没事，几个人经常到这里套野兔，虽然收获甚微，但很有乐趣。大致是九十年代末，鼎新镇新民村一个农民突发奇想，在这里率先盖起了房子，租给外地来这里做生意的人。收益显著。其他人也开始在这里修房盖屋。不到两年工夫，大荒滩消失，成堆的房屋海市蜃楼般耸了起来。

做生意的人越来越多，大都携家带口，在巴丹吉林沙漠安营扎寨。单从方言来听，来单位附近做生意的人不唯甘肃本省，还有四川、湖北、河南、江西、浙江、新疆、宁夏等地人。似乎我们这样一个单位，可以养活全世界人口一样。当地政府将这一个新兴片区称为开发区，后来又叫清泉镇。慢慢地，把原先在十里外的乡政府、派出所、银行、农技站等也都搬了过来。

外地人大都做蔬菜、水产、肉类、副食品加工、饭店、理发店、宾馆、商品批发、零售、汽车修配等活计和生意，其中也不乏浓妆艳抹、穿着暴露的年轻女子。

第二天上午，正是周末，我打电话给赵有良，想让他载我去探望赵怀金。他却说他正在往酒泉路上。我有点生气，正要发火。赵有良又说给我另外找一辆来。我说好。可等了半天，电话还是待机状态，连个短信都没有。我想算了，还是自己出去找车子吧。提着东西到大门外，却发现白茫茫一片真干净，除了卖菜的用三轮车拉东西之外，一辆机动车都没有。我又电话赵有良，却打了几遍没人接。我肺都快气炸了。看着经过一夜水浸，因为无根而蔫态毕现的鲜花，心情更加糟糕。忍不住狠狠地骂了一句赵有良的娘。

到下午，即使有车，也不能去了。心里既痛恨赵有良的不诚信，又愧怍于赵怀金。回单位路上，还想明早去。可没想到，领导让我到北京出差。我想坐火车，领导说火烧眉毛了，坐飞机！单位有机场，每周二四六都有航班直飞北京。

早上要下楼时候，看到那束已经蔫了的鲜花，不由叹息一声，从水桶里拔起来，拿到楼下，扔进垃圾桶。等我再回来，已经是十天以后了。看着原封不动的两桶奶粉，就想把探望赵怀金的愿望达成。

大门外出租车很多，一群饿狼一样，整齐有序地排站在马路两边。我想找到赵有良训斥他几句，可转悠了一圈，却不见那小子和他车的踪影。

| 四 |

"哼，赵有良那小子……"一个王姓司机一边开车一边说。他发出的哼的意思，大抵是轻蔑，而且极度。车子下了公路，在因干旱而虚土弥漫的乡间公路上行驶。王姓司机高个头，瘦长脸，上嘴唇茂盛着一绺黑黑的胡子。他告诉我两个消息，一是赵怀金前两天死了。王姓司机说，赵怀金也不易，早些年，他爹也是脑瘤，他才十几岁就没了爹。娘虽然活到现在，可也是药罐子。结婚后，头俩孩子都是丫头。在农村，没儿子矮人一头，受人小看。第三胎倒是个儿子，可还没学会叫爹赵怀金就患了脑瘤。原本想做了手术就能好起来，却不想，做了手术情况更糟。这不，赵怀金熬不过去了，又心疼钱，趁老婆不注意时候，用袜子把自己勒死了！

我唏嘘，眼泪不由得掉在衣襟上。

这是一个苦难的人。妄想买车养好老娘和孩子老婆，却不想，自身身体不争气，一个瘤子要了自己的命不说，还差点把整个家弄到十八层地狱。为了给孩子老婆和老娘减轻点负担，赵怀金选择了自杀。一个人，怎么能对自己这么狠心？用一双袜子，把自己勒死在土炕上。王姓司机见我确实动了感情。也叹息说，赵怀金有你这样的顾客也该知足了。现在的人，都是各顾各，坏点的，能骗就骗，能诓就诓，见了钱，连亲娘老子都敢掀到悬崖下边去，何况不沾亲带故的呢？

我对他说：要是赵有良那小子不骗我，我不去北京出差……就还能见赵怀金一面。可现在……王姓司机说，这也没法子，都是命。停顿了一下，他又说，赵有良那小子这回可摊上大事了。我没吭声。王姓司机继续说：（赵有良）那小子真不是个好东西！自己家有老婆，而且是刚结婚一年，新鲜劲还没过，就和开发区一个娘儿们搞上了。这不，把人家带到额济纳，住了一夜倒没啥。那娘儿们一早起来，就举着个小花裤衩大喊大叫，说赵有良和张拴林两人不是东西，喝了点酒，晚上把人家摁住强奸了。

我觉得不可思议，脑子里迅速蹦出开发区那位开店女子的模样。又问他赵有良和张什么被抓了没？王姓司机咳了一声，轻蔑地说，哪里啊！本来就是那娘儿们愿意的事儿，做了以后，故意嚷起来，目的只有一个，就是冲赵有良和张拴林要钱！我啊了一声，全身觉得了一股如冰的凉意。

车子拐了一个弯道，向着赵怀金所在的村庄，卷着一团白色烟尘驶去。

黄土夯筑的房子，小四合院，门前长着几棵苹果梨树，还有一大片葡萄藤。进门，好像没人，院子里静得可怕。王姓司机大声喊有人没，我站在门边上，也满心的凄凉。过了好大一会儿，一个老太太拄着一根木棍，从屋里出来。我上前，叫了一声大娘。王姓司机用当地方言替我向老人家说明来意。老人家抬起布满皱纹的脸，看了看我，哦了一声。我把东西放下，又掏了五百块钱，放在她乱颤的手里。

| 五 |

此后，很长一段时间，心情很不平静。想起赵怀金，尤其是他的孤寡老母亲。据王姓司机说，赵怀金死后，他媳妇也带着三个孩子回娘家住了。以前热闹的一家人，如今只剩下一位老太太，那座曾经儿女欢笑的四合院从此也沉寂若死。一个男人走了，一个家就没了；儿子没了，媳妇孙子孙女也跟着没了。剩下的时光，老人家该怎么度过？谁能来照料她呢？还不时地想起赵有良和那个开发区的女店主。因为长时间没出去，也不知道他们的事情最终怎么解决的了。

临近年底，巴丹吉林沙漠到处西风呼啸，沙尘弥天；冷好像一把把小刀，一出门就浑身乱割。我决定休假，回老家看望父母和兄弟。领导刚在请假条上签了字，我就打电话给王姓司机，要他在大门外等我，到酒泉，再上火车。回公寓房收拾好东西，拖着箱子出大门，王姓司机老远就跑过来，帮我拉了箱子。上车，路过开发区时候，我下意识地朝那位妇女开的商店看了一眼。门是关着的，连店头上的标牌也不见了。王姓司机一边开车一边嘿嘿笑说，早他妈的走了！上次那事，赵有良和张拴林一人出了八万块钱，头晚上把钱交到她手，第二天一早，这店就关了，那娘儿们不知道跑哪儿去了！

我说，这也合乎情理，只要赵有良和张拴林没被抓起来判刑就行。

王姓司机放肆地笑了一声，又说，你说那可能吗？人家要的就是钱！我恍然。也觉得，这普通人之间，也有着诸多的不可测；情人之间，也充满诡异的算计。

"这还是小的！"王姓司机突然又说。

我侧过脸，诧异地看着他。

王姓司机说：你知道不，现在，赵有良又跟着他亲婶子一起跑了。我啊了一声，眼睛瞪大。他又说：赵有良那婶子，虽然辈分比较大，可年龄比赵有良还小两岁。也不知道咋回事，那俩人就王八看绿豆，对上眼了。好就好呗，偶尔搞个啥事儿也没啥，可这俩人就是不满足，偷偷摸摸不尽兴。一个多月前，俩人都说去酒泉办点事，下午回来，谁知，俩人开着车不知跑哪儿逍遥快活去了。至今不见星点儿人毛儿！

我说：这太不可思议了！

王姓司机说，世上的事儿，都是人的事儿；不管啥事儿，都是人做的。

沉默了一会儿，我又想起赵怀金的母亲。王姓司机说，别提了，你不是去看她吗，没多久，她也上吊死了。一个人挂在房后边果园一棵杏树上。等人发现，早没气儿了。

我大叫一声，激动地喊说：怎么会？怎么会这样儿啊！

王姓司机减缓速度，把车停在路边上。然后对我说，下来走走，平平情绪吧。

那里正是金塔县和鼎新镇之间的无名大戈壁，弱水河几乎干涸，细微水流也已结成白冰；狼心山之上，天空蓝得惨淡。我下了路基，走到戈壁滩上。黑色的戈壁砂砾众多，枯了的骆驼草满身都是白土。我抬起头，迎着西风，扯开嗓子使劲儿喊了一声。自觉声如雷霆，但却犹如蚁鸣。

简史或自画像

"人以三种方式活着：思考、冥想和行动。"

——西蒙娜·薇依

| 这样一个或者一种状态 |

有这样一个人，一生都必将在同一条路上往返。在白昼，他看到河山、人群、城市和旷野；在黑夜，遇到大雪、风暴、月光、孤独、黑暗、恐惧，还有幽灵、盗贼和妓女。当然，他还有些许的朋友或者不断被抛开的知己，在某个地方，他高谈阔论，把盏问酒，后来是醉倒，呕吐，送别和告辞。有些时候，他长时间不出门，把时光分给他的那一撮小日子，过得像大多数人一样平淡；还有些时候，他坐在阳台或者某一座风吹雨蚀的亭榭上，看着远处发呆，他想到的，似乎是往事，却又不仅仅是消失的，他想到的是人，看究竟是亲人，还是情人？是屈辱，还是仇恨？是遗憾，还是欣慰？是爱，还是恨？有时候他自己都镜花水月，迷蒙一片。

抑或他想的，仅仅是像他一样的人，以及与人之间发生的那些隆重和琐碎的事情。当然，他还想到其他，比如：人对动物的看法，以及对更多自然存在以及规律的价值与情感判断，等等。

　　这种生活或者人的存在状态，其实比梦境还要梦境。他始终贴着大地，可往往显得轻佻；他幻想，但是原地不动；他爱着，寸断柔肠，然而，一切的切实感触的解释权只能归于他自己，他莫名忧伤着，但只能捶胸顿足，抑或在月亮高升的夜晚，把泪水滴在草叶和沙土上。有些年，他在物资极度匮乏的时候清水煮白菜；有些年，他奢侈得夜夜杯盏盛宴，乐不思蜀。还有些年月，他在诗歌中存活，夜晚和中午的房间，他俯身，站起，他看到窗外的高跟鞋，更多的人在各自的位置呵呵大笑，步态轻便。有些年，他在书籍和文字当中把自己埋葬，但仍旧割不断与世俗与人的联系，恼怒了，自卑了，痛苦了，他就用书脊猛砸自己脑袋。

　　他迈向爱情，然后有了一个家。家是圆形的，任何时候都必须保持；他爱着身边的每一个人，他们是亲人，是血肉相连的，他必须承担。当然，他可能是无能的，在很多时候，他左右不了一根草的枯萎和生长。他难以控制自己，对周围的那些愤怒，如人事、纷争、浅见、愚钝、无耻、狠和黑，不自知的自大、南辕北辙的律例、庄严而可笑的集体行为，以及鞭长莫及的挥舞与督促。他在很多时候心如刀绞，也柔情万丈。他为一些人的苦难乃至更多的浅薄、本性、无知和恶感到挖心的疼与悲哀。

　　笑的时候，他不愿意被更多的人看到，即使父母，还有同床共枕的人。更多的时候他紧绷着脸，以为，人活着就是受难的，幸福只是其中一个个瞬间。他怀旧，在往事的蛛丝马迹当中，捡拾一点快乐，自己笑笑。他憧憬，在乌托邦的幻想中为自己某些可能性的作为咧开嘴角。他在乎此刻，想到儿子的某些调皮，就像女孩子那样扑哧一声，把牙齿大幅度露在风或者阳光中。有些年，他特别热衷于酒肉，当然，有酒肉就有朋友。常常在酒桌上大言不惭，把内心的那些狂妄和无知彻底暴露，夜半呼喝而归，如入无人之境。

他在一个单位待了将近二十年，从一到二，从二到三，四、五、六之后，他跃上一个台阶，他按部就班。他不专心，但义气，不木讷，也不聪明。不论做什么，他喜欢大智若愚、大道至简、有所敬畏和有所不为。有时候，他没钱也大把花出去。他给人钱，当他自己没钱的时候，再找别人，嘴巴铡刀一样张开，却连一根草也没斩断。有一次，他和一个被爱人赶出家门的朋友在夏天的操场上睡了一夜，浑身都是蚊子创造的"红色堡垒"。他拿出仅有的二百四十元钱，让朋友打车去把带着孩子出走的妻子接回。

这是他众多义气之事当中的一例，如果说还有，那就是每年的捐款，他不知道要捐给谁，但必须捐出。当然，他也做过坏事，重然诺，但很多做不到，或者做不好，因此，他亏欠了好几个人，且无法弥补，想起来就心如刀割。他感恩，可不愿意公开说出。其中一位，自杀，无一面之缘，他至今悲痛，为一个他以为的绝好的人。他感念的，似乎都是有负于的。他热爱，却一次次裂开，伤痕如鸿沟，即使对面，也深渊无底，壁立千仞。

| 他 的 悲 痛 与 爱 |

他从小就是悲痛的，忧郁的，也是孤单的。这里面，有环境的因

素，但更多的来自同类。十二岁暑假开始，他替父亲放羊，在高坡上，一走就是一整天；下雨了，就避在石崖下。他怕雷电，尤其是野外，那种强大的撕裂和轰鸣，像是一种灭世般的巨刀深犁，一种直劈良心的强大光束。那些羊也不怎么听话，见到庄稼就蜂拥而去，见到的青草哪怕砍断脖子也要吃上一口。有些时候，他一边放牧，一边翻开沉重的红石头，看到蝎子就捉进瓶子，卖给收购的，换钱；见到蛇，吓得连滚带爬，摔得鼻青脸肿，晕头转向。

身边的人，似乎没有人真的爱他，疼他。他觉得，自己在世界上始终是多余的，也可能是独一无二的。因为读书，他自杀过一次，把绳子吊在核桃树杈上。晃晃悠悠的绳子像是一道门，无限敞开，也像一个人的脸，笑着，如绝美的女子所展现出来的那种暧昧，又像是一张包藏祸心的冷凝面孔。他坐在湿地上好久，看到星星，后来是月亮，群山只剩下黑色的轮廓。他忽然想：到那里，能不能看到星星，月光会不会穿透地层？他笑了笑，回家，一切如旧。门外是院子，梧桐树高高，椿树早就长成了大梁。

之外是田地，是沟谷，是马路，是不知去往的汽车，还有熟悉的吆喝声，甚至只听不看也知道是谁的脚步声。当然，更多的是叫骂声、吵闹，为一些流言、一株禾苗、一棵树甚至二指宽的田地。他觉得，这人，真是无聊，多一点少一点又能如何？互助难道不是一种美德吗？从那时候开始，他想彻底逃离，要像英雄那般慷慨，猛士一样决绝，刀客那样不留后路。而对于乡村孩子，读书必定是唯一的出路，就像古代的"学而优则仕"以及"学成文武艺，货与帝王家"。

茫然的，或者是迷失的找到，他身上是伤疤，内心是不从和叛逆。他仰天长叹，如泥淖之马；他雪夜独行，似孤傲苍狼。多年之后，他似乎找到了温暖，同时也觉得了物质无与伦比的强大，以及那些花花绿绿对人的某种真切的温存感，也知道了生乃至肉身才是活着的一切，这是枷锁，也是牢笼，是快感之源，也是罪恶前赴后继的诞生地。他爱过，把身体称为"灵魂的版图"，也时常做形而上和形而下的比照，十多岁，他的身体是光洁的，到二十几岁，就是斑斓的了。

他曾经瘦到 48 公斤，过了三十岁，才稍微有点胖了。以前，他认为亲人都会和他同在，至少到他四十岁以后，才会被时间收藏。可他没有想到，1991 年，他就失去了给他讲了好多故事的祖父，但他没哭，穿着孝衣，送到坟地。1998 年，他失去祖母，他没有参加葬礼，在遥远的兰州，站在黄河边上，浮想往事，往浑黄的河水里添了几行泪滴。2007 年，他失去了姥姥一样的大姨妈，那个苦命的人，比任何人想象的都要苦上一百倍。生儿不少，但没有一个好好对她，生女一个，却先她而去。2009 年春天，他没了父亲，他是长子，父亲因为等他，死了还睁着一只眼睛，想再看他一眼。

这一次，他痛到了心扉，也悲到了灵魂。痛的是，父亲才 63 岁，就离开了家，到祖父祖母亡灵之下居住，剩下的，他似乎只是一个人。这时候他也才明白：父亲是永远站在他前面的那个人，那面旗帜，那只背影，那颗灵魂。父亲没了，他就是父亲，他就是人世间某一处某一个男人。悲的是，没有一个人能够长生，也没有一个人可以在人世间爱恨一万年，人对人的守护和爱，都是肉身在的结果，也是语言和动作，还有肌肉、骨头和那么轻盈而亲切的思维。而最重要的，无关伟大和卑微，也无关意义和宿命，不论生和死，前面的人，永远是后面人的例子、楷模，甚至先驱者。

所幸的是，他还在。有母亲、妻子、儿子，还有岳父母，弟弟、侄女儿，还有与母亲同在的小姨和姑妈。这些是他熟悉的人，无论他怎么样，哪怕一文不名，无耻得全世界都找不到，穷困得连屁股都遮不住，是痴呆者，这些人，都会记住他，知道他在尘世的来龙去脉。他是幸福的，亲人之外，还有朋友，有师长，有尊敬的，也有温暖的，有可触可摸的，也还有远观而不亵玩的美。他时常觉得沮丧，也幸福，他有时候自己笑出一串皱纹，有时候，不由自主地说出了内心甚至骨头里面那些隐藏的密语。

| 他的出生地抑或成长史 |

他出生的地方，莽苍群山，林木如涛，河流落在谷底，两边植被丰茂。不断横穿的天空的鸟雀是最自由的。他小的时候，那里还有鹞子（抓小鸡或者野兔，有时候还把猪崽子和小羊羔提到半空）、狼群（天刚擦黑，它们就在对面的山林里嚎叫起来，一声一声，从这道山岭开始，再到另一座山岭，整整持续一夜）、野猪（青面獠牙的家伙，锋利的牙齿是它最好的武器，吃庄稼，有时候杀人）。现在，似乎只有野兔和野鸡了，狐狸、黄鼠狼和麝似乎还有，但很多年看不到了。

那里是太行山的一段，是孙悟空被压的五行山，也还是女娲去过或者居住过很久的神山。羊群漫山遍野，黄牛在低坡吃草。人在村庄周围，鸡鸣狗叫，一代代的人，从女腹中带血而出，再经由哭声和山路，在柏树与柳树之下，入土为安。从小到大，他记得的好多人不在了，坟茔是最好的证明。其中，有他爱的亲人，如他的根，是他的苍茫来路，是无穷尽的流传、消失和再生；有他从不喜欢甚至憎恶的人，甚至诅咒过的人。当然，还有他只是听说，但从未谋面的人。他们年纪轻轻，还不知道男欢女爱到底有没有快感，就突然消失了。还有几个，是殉情的人，他们用农药或者刀子，把自己杀死，其中一对，生前似乎为了证明自己活过一次，并以赤身拥抱的方式或者仪式，效仿梁祝或者那些"生不同衾死同穴"的人。

他在那里读书，一年级，是拉着母亲衣角去的；在那里，他被人欺负，有的孩子往他脸上吐口水。后来，他很白的脸上长了褐色斑点，十几岁时候很明显。母亲说，别人口水吐在脸上会长黄褐斑。他也反击，但他只有一个人。一个和两个、三个、四个，他不是超人。他知道，欺负他的那些人不是对他仇恨，而是上一代人怨隙的遗传和变异，那些仇恨也不是仇恨，是一种发酵于人心的天性的恶。再些年，他到离村五里的中学读书，他发誓再不受人欺负，要反过来欺负别人。

可他每次都下不了手，或者下手很轻，别人打他的时候，是嗵嗵地响，从前边的心到后面的背，而他，却是噗噗的，总觉得他人的身体像玻璃，用力大了会碎裂。再后来，他到离村75公里的地方读书。有一个夜晚，他没钱，步行50公里，身边奔驰的都是从山西拉煤的车辆，还有私家车、公车、摩托车、自行车和架子车。傍晚，夕阳都被油烟和村庄埋葬了，他还在路上。在另外一所中学大门前，他看了好久，然后蹲下来，捂住一天没吃饭的肚子。他想见她，看一眼都行。可是晚自习后，学校的灯光次第熄灭，把他一个人扔进无际的黑暗。

那时候，他不相信世俗——金钱、权势、声名等等真的可以决定一切，包括他以为很神圣的爱情。可事实是，他不得不低下来头颅，用曾经倔强的脚尖，把石子一块块地踢到远处再落下来。后来，她嫁人了，第二天春天，他才得知。他笑，放声笑。然后站在黑夜的山岗上，大喊几声，一切都归于沉寂。再后来，他爱过，他们在某些地方拥抱，在隐秘处不知所以，在世俗之中，决然离开。

他说：爱情也是一种战争。世界上就俩人，一男一女。所有的故事都是他们的，还有同性之间的友谊和仇恨，争夺与互助。他离开乡村后，又一次次地回去，见到迅速衰老的人，还有和自己一样在活的路上尘灰满面的同龄者。他看到的乡村一如既往，听到的人事还像他小时候一样。他每次回家，都喜欢把大姨妈接来，也喜欢坐在冬日的阳光下，听老了的人说起过往。

然后，他再一次次离开自己的出生地，还有父母和兄弟。那时候，他做事从来不计后果，也不喜欢规矩。他对乡村乃至许多的约定俗成是绝对的冒犯。很多人说他不像话，不是正经东西，少数的亲人来看他，用最基本的人生理念及传统道德来规劝。他不听，他喜欢一错到底，撞南墙，到黄河。当他真的看到黄河的时候，是在新乡和郑州之间，黄河的水干了，一道小溪蛇一样在宽阔的河道里游荡。有几次，他还真的用头撞了墙，是因为懊悔，还有可望不可即，还有不明所以的那种沮丧与绝望。

后来的……爱情，是偶然的，他一眼就可以看出。他觉得自己没错，就毫不犹豫地去做。他说：感情是单纯的，没有名利和权势，也没有地位与门当户对。他信奉"虽然一贫如洗，但相互依偎着，在旷野靠捡柴火取暖也是幸福的"（他这句话显然出自某一首出名的诗歌）。他以为，人和人，除了利益就是感情，尤其是在来来去去的尘俗间，谁也无法逃脱。利益是摧毁，而感情也会从中被斩断和烧毁。只有亲情是不灭的，虽然充满了"生殖"连带意味，但人心当中，总需要一点阳光和清风，哪怕是人工制造的。

他告别，他客居

缓慢或者迅速，都不要紧，舒适或者憋屈，也不重要，他喜欢乘坐着火车，在大地上漫无目的地走。俯在窗前，看沿途的风景。其实，他最渴望的是骑马，关河如幕，马蹄如箭。在每个地方，看到不同的风景，还有不同的人。比如黄河，他见到的时候，心里是神圣的，可看到了，却很失望。比如三门峡的窑洞，他觉得那种生活要是置换到古代，或者更偏远一些，隐居在太平盛世或者群雄逐鹿的乱世，是最适合居住和过生活的。还有传说中的长安，第一次他看到一座城墙，第二次还是，再后来，他还没去过。

到秦岭，他就想到张骞及其随从堂邑父，还有那些负笈西行的僧侣，兵戈战车的将军和士兵，当然，伟大的诗人是他最向往的。到天水，他想到伏羲，以及麦积山石窟，向上的武都。这些地方，他似乎有很好的人，也时常想下车，但每次都是路过。看着高坡上的田地，在春天照亮庭院的满树梨花，甚至漫山遍野的油菜。陇西是最好的了，铁血、诚信、忠诚与悲哀，都源于一个人，李广，源于一个家族，那就是，李广及其三个儿子，还有勇决而孤悲的李陵。兰州被上游而来的黄河一分为二，无论是兰山的钟声，还是白塔寺的银杏树，轻者可以穿越心灵，重者似乎隐藏了某种类似传说的历史。

再后来的乌鞘岭，真的像剑鞘吗？他路过多次，但没有一次看清。河西走廊如同一把长刀，或者一截长而阔的盲肠。火车在其中穿行一天，看到的还是祁连，还是北边的荒山与无际流沙。很多年后，他才发现，对于他自己来说，在自然界抑或还有人类社会，最招人爱的不是城市当中的迷离与暧昧，而是类似祁连积雪及其千山戴孝的悲壮肃穆，还有白得耀眼的天堂境界。他爱的似乎也不是人流和车海的街道，而是无尽的黄沙，以及在沙漠中无数的饱满高挺的金黄色乳房。

这似乎是一种注定。从1992年开始，他在古流沙之地——居延海之间扎下根来，像一株北方的梧桐树，长势极快，但木质虚软。再后来，他查看地图，才知道，这里就是著名的巴丹吉林沙漠。那一年冬天，北风吹尽尘土，一夜之间，他就与南太行形成了一种远走与回到的关系。躺在沙漠的床上，他第一个想到的是：此后几年或者几十年，不管贫穷得不如一株树，或是富有得可以买下整个世界，我都可以在异地生活了，那些人，包括自己爱的和恨自己的，与我之间的距离不是三步两步了，而是连绵关山无尽长河了。

此后到现在，从南太行到巴丹吉林沙漠，再从巴丹吉林沙漠到南太行，苍茫河山，芸芸众生。他一次次来去，感觉真切，时又恍惚。有时候，看着纷攘人事与博大自然，总是忘却自己身在何处，要做什么。有时候，在一处想到另一处。又似乎觉得，尘世的一些东西乃至梦想都是极其虚幻的，像鱼在水面不得不吐的泡沫，也像一根草芥在季节当中的欣然与枯败。在沙漠的时光是漫长的，其中的读书，与之比起来，不过匆匆一瞬。从陌生到熟悉，从干燥得时常流出鼻血到渐渐适应，他以为，这之间贯穿的不仅仅是一种环境的熏染与篡改，还有一种自觉地融入和热爱。

但是，沙漠是偏远的，有时候，在戈壁上走一整天都不见毡房和村落，城市像是一种梦境，不远不近，地理上是一种阻隔，心理也是。偶尔的行走，也只是周边的城市：凉州和甘州、肃州和敦煌，之间是金塔和瓜州，还有山地的肃南，雪水奔腾、岩石峭立的深涧峡谷，以及大小村镇、绵延的戈壁与零星的村庄。每一次走和到，他都觉得了一种混血的气息，大多数时候他想到匈奴、大月氏及西夏，还有蒙古和党项、鲜卑和柔然。他在河西走廊的遗址和山地之间浏览，登高，迎风落泪，对空嘶喊。

他现在的简单生活

在河西走廊北侧，流沙边缘，他时常觉得自己身上弥漫了丝绸和马刀的光亮、香料的气息，还有莫高窟壁画伎乐天、佛尊、胡旋舞，以及骨笛、边塞诗的声响和气质。他所在的地方，是古书所称的瀚海、沙幕和泽卤，也是居延汉简的源地、弱水河流经之地乃至胡杨被困的额济纳，现在的巴丹吉林沙漠。在地理上，它是孤悬的，四面荒野，唯一的道路不仅连接了村庄，还在他心里形成一道与外界发生关系的弓弦。但是，这么多年来，弓弦弹跳的次数极其有限，也极其单调。他进进出出，横穿和越渡，简单得像是一只掠地而飞的鹰，又像是一块沿着光滑戈壁惯性运动的石头。

在巴丹吉林沙漠，他工作，从家到办公室，从办公室再到家。中间是超市、邮局和服务中心，他不管钱，也不操持家务。他在路上看到自己的儿子，背着书包，夏天穿着短裤和短袖衫，书包很重，浑身是汗。他帮儿子背书包，拉着他的手，从树荫下走。冬天，他的儿子穿着羽绒服，但从不戴手套，冰凉冰凉的手，让他心疼。他和儿子不像父子，像一对兄弟，更像是伙伴，他们吵架，一个不让一个，两个人赌气，在饭桌上看对方，然后一起把头扭过去。然后，又呵呵笑着，在床上，沙发上，抱在一起。他时常给远在南太行的母亲电话，弟弟出走，他总要问问，重复一句话：安全，小心。

他习惯了睡前阅读，有一些话，在他内心久久铭刻，有些成为他阅读作品的某种主要参照和评判标准，对待文学作品，他认同纳博科夫在其《文学讲稿》中所言："我们可以从三个方面看待一个作家：他是一个讲故事的人，教育家和魔法师。集三者于一身，但其中的魔法师是最重要的因素，他之所以成为大作家，得力于此。……从一个长远的眼光来看，衡量一部作品如何，最终要看它能不能兼备诗道的精微和科学的直觉。"

当然，他看的书似乎不在于纯粹的文学作品，他更喜欢层层剥开的思想，喜欢那种悲剧性的命运，还有对人心人性刀子一样的锋利解剖和深度洞察。除此之外，他最爱的，是孤身大地的漫游，是对某种强势甚至威势的规避与策略的应对。他以为，这个世界上只有大海、雪山、草原、沙漠是最好的地方，都适合爱情甚至纯粹的生殖，也适合遁世与顺其自然的生存和消亡。他最喜欢的是做唐宋时期的人，两个朝代，都是优雅的，宽容的，战争但不崇尚杀戮，退却却不失宽怀。弱势者能自安，强权者可节制。

或许，他把这两个朝代理想化了，但是，理想本身并没有错，错的是，他此刻就在并且只有此刻。这是异常残酷的，因为，时间的刀刃从不怜悯，也从不在明处下手，只在暗处运作。在沙漠，他总是觉得了一种孤独，那种自甘偏远、不事喧嚣的自闭或者说安静的堕落，以及与某些强势与潮流的不合作，都使得自己不会讨人喜欢，更不会像攀附而盛开的花朵那样惊艳。

某一日，他在索伦·克尔凯郭尔《非此即彼》当中看到与他此种心境极其吻合的一段话："我只有一个朋友，即回声：为什么回声是我的朋友呢？因为我爱我的忧伤，而回声不把它从我这里带走。我只有一个密友，即夜晚的静寂；为什么它是我的密友呢？因为它沉默不语。"这段话让他共鸣很久，读完，眼泪喷薄而出。他想到，自己的境遇可能与此等同，尽管他和克尔凯郭尔的思想以及伟大有着十万八千里的距离。

现在，在沙漠，巴丹吉林、弱水河畔、居延海南侧、毛目绿洲，他已经待了近二十年的时光。他离开南太行乡村，大部分时光被沙漠消耗，被来去的风暴及不均匀的季节一次次瓜分甚至是车裂了。尤其是父亲去世之后，他变了一个人，在沙漠，淡薄了那些虚妄，安静下来，有时候像苦修的禅者，有时候似乎是风雨不经心的暮者了。他不知道这种状态是好是坏，但他知道，生活是细水长流的过程，来处已经明朗，去处已经洞开，根本的是，生活当中，宽容是唯一的药剂，爱是人人都发挥不尽的效能，如浓缩铀和沉默的激光。他慢慢才知道，不能轻易伤害一个人，而且，要设身处地地去做一些喜欢和无公害的事情。应当坚持一种姿态，尊重和平等，还有主动的抚摸和关照，接受、纳入和保存。现在，他更多的是安于现状，相信未来，并且一直在忏悔、修正，并且把更多的时间，用在步步消失的此刻与未来，怀想和珍藏。

| 他对写作和活着的基本认知 |

这么多年以来，在巴丹吉林沙漠，集体的工作和家庭生活外，开始，他写诗，西部的或者边塞的那种，总想在月光下找到旧朝的马骨和弯刀，在青草丛中发现泥土和甲虫的真正价值。稍后，他写散文，隐士或者刀客、浪子的那种，他说出了自己，也想说出更多的自己，他不攀附，不跟从，不投降。同时，他还作批评，初生牛犊或者半瓶醋那种，以前是反抗，现在是自言自语。他外表柔顺，只是用文字表示自己的某些叛逆、不从、怀疑、愤怒、热爱、无奈、迷惑、寻找与失败，还有渴望和幻想。他觉得地域，人，万物，乃至一切的文学创造，都是有根的，是一种绵延的生长，是细水长流，是此刻就在，是关照和询问，是触摸当中的躁动和安静，是一阵风流的形状，也是一道刀锋的反光，是大时代中的小命运，也是暗夜星空下的剧烈解冻声。

这是一个集体消解的年代，他看到的都是过往，是一种规避和逃跑。他始终觉得，写作是一个人的战争，是对自己的一种展示和杀伐。他反对绝对的真实，坚信文学是创造而不是一种固执的排解，是告诉、不是解答；是存在，但却又不只是存在，而是对存在的某种研究及可能性预设和营造。他对诗歌的理解是：用最简短的方式和语言，对自己心中的上帝说出最大的秘密；是用语言织造的灵魂宫殿，是谶语，是命运的反扑动作，也是生命与灵魂某一时间遭遇的抵牾与相见恨晚。

对于散文，从没有一条路可以效仿，引领的大师只是提供了一些可能会更好地表现的途径，重要的是他们用文字所展现和抵达的那种境界。他以为，不论何时，语言、境界才是散文乃至一切文学作品的最高标准。语言是诡异的利箭，是呼啸的风声，河流一样斗折蛇行，如线如弦，如泣如诉。境界即是胸襟和气度，你对他人及这个世界有多少的爱，就会有多高的境界，如禅者悟道，神者宽恕，慈悲的怜悯，也是平民的热爱、简朴与庄重。

他还时常觉得：诗歌是灵魂，散文是俗世，小说是宫阙，戏剧是命运。他喜欢的小说是大雅大俗的，是彻底的放荡，也有放荡中的廉耻与悲哀。是欣欣然的抵达之后，一切照旧甚至子虚乌有。他喜欢这样的一种小说，或者小说态度："忠于真实，但依照这样一种方式，即反映外在真实中的内在真实。席勒名言'生活是严肃的，艺术是宁静的'，正确地表达了一个深刻的真理……。美应当是自由的和再创造的：它既不应该奴隶般地去模仿现实，也不应当将现实拽进尘土。它应该具有一种崇高的纯朴。……尊重每一种严肃的观点。宽容，不冷漠。赞美爱情，颂扬的是爱情的神圣性而非世俗性。喜欢忠于本性的人们，最同情的是那些忠于高尚的而非低劣的本性的人们。"（摘自1910年诺贝尔文学奖授奖辞，林凡译）

在迅疾如风的时间里，他在偏远之地，生活，业余写作，他从不以为写作本身具有多大的意义或者价值，而在于：写作是不是一种内心的需要，是不是从微物之中看到了天地及其本质性规律，是不是从具体参照的某人身上和内心，发现了更多甚至同类之间巨大的差异性，以及在现实和梦想当中究竟有没有具备镜子一般的反照功能。他时常觉得了自己的形体之远，是远离中心甚至权利和便宜的远，可是，在内心，他喜欢这种远。他想，远离是对的，至少可以安静下来，现实的利益与声名都不是真的，尤其是在这样一个文学混乱甚至指鹿为马，利益左右的年代。

他迄今为止的作品不多，也不少，从字数上说，还客观，从整体上看，似乎没有因袭和追踪，他不是谁的作品也不喜欢，而是自己知道：羊群会跟着头羊走，而狮子，总要统辖或者建立自己的一片领地。他的诗歌不多，但其中有些，放了多年拿出来读，还是那么好，只是和现在的那种不相适应。他的散文似乎有一些还可以称之为优秀，但他自己没有一篇觉得满意。他写的那些文学批评说了几句真话，但相对是单薄无力的。他至今还没小说，但他自己，这个人，以及某种生活、态度、幻想及遭际，可能就是某部长篇小说的某一复线性的章节。

他的很多文字，是他在巴丹吉林沙漠生活、幻想、品尝与自闭的产物，也是短暂外行的某些见闻及发现，当然还有对生身之地、少年往事、乡村现状及熟稔事物的描述、发现和抵达。对于河西走廊及阿拉善高原，他觉得，荒凉、博大只是一种地域表象，重要的是它所蕴含的历史和现实精神——孤独但不自卑，混血却不狭隘，理性而且内蕴。它很多的存在、事实、传说和雄心不为人知。

他的生活如上所述，一个人，在时间的轨道里，时时刻刻都在被推远。这是令人悲哀的。但他觉得幸运的是，还可以思考，还可以站在人群中，虽然卑微，但也是一个独特的存在；还可以怀抱妻儿，孝及母亲，热爱亲人和朋友。这就足够了，因此，他也没有理由逃避，责任、爱、义务、善、纯粹、抵抗、坚守，甚至献身和牺牲都是一种幸运，一种美好的作为。

相对于纷攘不休的芸芸众生，或作为其中一个，或者大地和时光的客居者，最终的过客，他想到的是，最重要的不是你在某地消耗了多少时光，自己又如何的丢失与失败，而在于：活着不是目的，而是手段，是天赐之福，也是万物推崇，是神奇组合，命运捉捏，如此，他便觉得绝不可轻慢，也不可辜负。因为，我此刻在和彼刻的在，同与不同，但本质从不偏离。

夜行者

怎么没有了乌鸦呢？以往，巴丹吉林沙漠西部边缘某地的树枝上，到处都是黑色的叫喊，尤其是午夜和凌晨，一个人走过，头顶就会传来一片翅膀扇动声和粗糙的梦呓。可2009年冬天，那些声音似乎绝迹了，我连续在午夜和凌晨从多片树林内外走过五六十次，头顶只有风把树枝撞在一起的声音，而早年熟悉甚至有些讨厌的乌鸦们，却再也没了影踪。其中一次，借着月光，看到一个快速滚动的东西，那是刺猬，以前，在戈壁边缘可以偶尔看到，大致三年来，我与这种动物谋面的机会仅此一次。还有一次，我从办公室，走在回家的路上，心情很糟，快到时，却不想回家，我在雪地上站了一会儿，新下的雪上，没有一点痕迹。我回身看了看自己成串的脚窝，脑子刹那空白，一时忘了自己从何处来，要到何处去。上楼，我觉得，自己的脚步声格外突兀，邻居肯定听到了，有孩子哭声传来，我想轻点，可控制不住。开门声音也大，吱呀呀地，像某种潜伏与离开。

在沙漠，很多年来，我已经告别了午夜和凌晨，尤其是冬天的。我记得，有些年，我喜欢在夏天的午夜和凌晨到外面走走，在树林里，坐在石凳上，听虫子鸣叫，在人造的土山上，仰着脑袋看天，在渐凉风中，领受一种惬意。而冬天，我大都潜伏，用在房间的睡眠与某种作为隔绝午夜和凌晨。那种生活简单而重复，白昼，在办公室、人及事务之间穿梭，做必须做的事情，下班回到家，妻儿看电视、做作业，我在书房对着屏幕或者长时间摊开书本。直到夜深，风在楼墙和树枝上的动作越来越单调，困了，洗漱，脱光衣服躺在妻儿身边。有几次在午夜和凌晨醒来，听到风声，觉得此时的黑夜是一种无限的深，除了别有目的和不要的，最好不要涉足。

可 2009 年冬天，从 10 月 8 日开始，我不得不重新回到黑夜和凌晨。那种"忙"是人为的，强力和不体现任何个人意志。从接到通知或者被督促的那一刻起，就有了绳索，甚至刀子的力量。绳索是越来越紧的那种，你越是挣扎，它越是紧勒，越是反抗，越是往肉里和尊严里陷。那刀子也是，它准备削去的不是草芥，也不是皮肉，而是骨头和类似骨头的东西。起初，还有几个同事一起忙，但从 9 月底开始，他们都走了，去别的岗位，还有一个，爱人生产，在老家休假。

只有我一个人，9 日，从白昼到傍晚，我觉得自己真成了机器，齿轮咬合，没有一刻停息。到傍晚，我被告知，明早要开会，一切材料及准备都要重新发生。我看着领导熟悉的脸。狼一样奔回家吃饭，又狼一样奔回办公室。开始，一个人没有，落日的光芒穿过走廊的玻璃，在幽暗之中显得热烈而神秘。再后来，加班的人陆续来了，话声和脚步声此起彼伏。我坐在办公室，手指如飞，写讲话稿、主持词。夜幕袭来，淹没了窗户，灯光照耀的世界，我觉得了一个人落在某种空洞里的紧迫和慌张。

23 点，楼道和隔壁越来越静，电梯和楼梯停止了断续的声响。我出来一看，除了走廊的灯光，其他办公室都紧闭着。我到卫生间，忽然看到尽头的黑，再回头，也看到背后走廊尽头的黑。我蓦然觉得了一种孤独，那遥遥相对的两团黑，像是无形的夹击，压迫的不是肉体，而是心，熏染的不是情绪，而是灵魂。

回自己办公室时，脚步格外响亮，摄像头一动不动，我觉得自己像是一个被故意遗弃的人，在这个时候，没人会陪我，帮我做些什么。坐在办公室，调整了一下心绪，按照既定的思路，继续写讲话稿。到午夜，我觉得冷，抬眼看看窗外，那种黑没有目的，但却异常庞大，沉默而有着逼入内心的力量。我忽然想起，这办公楼在成为办公楼之前，曾经做过礼堂，开过很多会议，还做过灵堂，那些在沙漠逝去的外乡人的肉体，曾被停靠在这地方的某一角落。

我觉得了冷，2009 年冬天提前袭击的寒冷，从窗缝甚至墙壁和玻璃当中，向着我的身体蔓延。我哆嗦了一下，想回家，想赤裸的无梦的睡眠。但我知道，天一亮，会议就要召开，会场要布置，领导要讲话，那么多人要听，要发言。我放弃，就等于放弃了参会的所有人，放弃了职责和命令。我咬咬牙，倒了一杯开水，放在手里暖了暖。可还是抵挡不住冷，是钻入骨髓的冷，杀人的冷。凌晨 6 点 30 分，距离上班和开会还有 2 个半小时，我想要是再坚持下去，会被冻死。

这样的生活如此这般开始了。白昼是一个单元，夜晚是一个连续。衔接它们的是一刻不停的工作，是命令和被命令，执行与被执行，还有检查与被检查，推动与被推动。10 月 9 日，一夜未眠，第二天我想在中午休息一会儿，我的身体命令我必须停下来，我已经感到它的软，类似面条和清水。可是，中午，我又被命令，他们要来检查，被检查的单位必须做好准备，我必须去帮着他们做好，不能出纰漏。我回家，吃了一点东西，趴在沙发上，闭上眼睛，就要睡着的时候，又猛然张开眼睛，穿好衣服，下楼，往被检查的单位走。

身体在晃，像海面上的浮木。走到被检查的单位，他们也只有一个人在忙。我坐在他的位置，把他的公文从头到尾浏览一遍，开始修改。那一时刻，我的思维还是活跃，不是清醒的，而是惯性的活跃。公文就是如此这般，一套一，二套二，大方向始终是被焊死并固定的。下午3点多一点儿，他们来了，车辆人马，喧闹一团。我想我可以歇歇了，故意避开他们。到院子里，却发现，自己还是不能休息，必须到办公室去，那里还有一堆事情张着獠牙等我。

晚上，吃完饭，我歪着脑袋想了想，还是不能休息。再下楼，一个人去办公室。写汇报、检查情况、布置明天工作。我泡了一杯茶，放在桌边。屁股沉重坐下。新建一个 word 文档，写上标题。看着空白屏幕，我一时忘了怎样开头，好像是这样，也好像要那样。我起身，到卫生间，洗了一把脸。往回走时，又来了一些人，分别进入他们的办公室。我迟疑了一下，返身将门关住。我知道，要做的事情再多，也只有我一个人来完成，外面和隔壁的人即使闲得吹牛看影片，也不会来帮我。

这之间，是职责分工，谁的就是谁的。再说，就像我对他们目前的工作情况感到陌生一样，我的这一摊子活计他们也会无从下手。一如昨晚，整个办公室，是手指和键盘的声音，机器的微响像某种呻吟。写完一部分，我起身在房间走一圈，舒展一下手脚，有时会抽烟，满屋如遭火燎。时间长了，我背疼，颈椎疼，整个身体是僵直的。我轰然倒在沙发上，用扶手垫腰，使劲弯曲，或把脖颈放在扶手上，使劲下压，舒服一点后，重新坐在屏幕前。到午夜，到处寂静，万物失声。写完最后一行，从头至尾浏览一遍，改掉错别字和不妥帖的，我长出一口气，再长出一口气。关灯，明亮的房间陡然变黑，一切都变得深不可测，包括我那些仍没散尽的体温。

有时候，我乘电梯，有时故意走楼梯。在午夜，向下的电梯时常给我一种恐惧，那一瞬间，就像是一种无休止的坠落。而楼梯始终是安全的，它曲折，但有层次感，皮鞋和台阶相互磕打，声音在光滑墙壁上弹跳流淌，很重时，整个楼宇都有反响。到一楼，大厅灯光辉煌而暗淡，守门的小伙子趴在桌上看书或者睡觉。我轻轻路过，旋转门让我想到充满某种玄机的轮回，路过的时候，我盯着门外，一到门口，就兔子一样蹦出来。

门外是黑，眼睛很久才适应过来，有一次，我在台阶上跌倒，疼了一下，起身后，自己笑了笑。风是冷的，从巴丹吉林沙漠深处来，带着比初冬还深的寒意，以及四季常在的土腥味。到广场，我还是没有适应过来，抹黑走，有一次撞在文化柱上，头疼欲裂。远处的路是黑色的，楼房有灯，但一盏和另一盏距离不规则。我朝着家的方向，脚步在瓷砖上噗噗有声，四边墙壁传来深远回声。

沙漠的凌晨，人居之外，是巨大的空旷，是人间的寒冷，浑圆天空幽深如穴，繁星满天。这样的一种情境，我觉得自己像是一个行者，一个被遗弃的孩子，方向虽然明确，但到处都是孤独。横穿广场的时候，我看到了超拔的旗杆，还有它头顶的旗帜，在风中，铁丝和旗杆相互撞击，声音清脆，更像是孤独的音乐。我蓦然觉得自己小了，和脚下的一块瓷砖、一枚飘叶没有区别。一个人，在凌晨，是可以被忽略的，不论发生什么，摄像头不会看到，上帝也不会。只有不远处的灯光，在漆黑凌晨，就像温暖的灯火，一次不闪地等我投靠。可我知道，那不是我的方向，即使我站在门前，它也不会吱呀而开的。

我无端地想，在那些灯光，或者墙壁内，到底有些什么人和事呢？他们是谁，我认识或认识我，都不重要，关键是，他们是不是心和心一起抱头抵足，鼾声是不是均匀，呻吟是不是畅快别致？再后来，是马路，我朝北，额济纳方向。马路两边，栽有松树，时间不长，其他树木叶子都落尽了，它们还青，但是，在黑夜，青色也只能是黑色的。

松树内外，每隔十米就有一面灯箱，在黑夜，发着光，正面是宣传画，关于某些理念和精神。背面也是图画，还写有一些字，我记得如下这些："极则反，盈则损。此天道也。""仁者爱人，有礼者敬人。爱人者，人恒爱之，敬人者，人恒敬之。""吾生也有涯，而知也无涯。以有涯随无涯，殆已。""故君子名之必可言也，言之必可行也，君子于其言，无所苟而已矣。""五月天山雪，无花只有寒……愿将腰下剑，只为斩楼兰。""酒泉太守能剑舞，高堂置酒夜击鼓……""单于欲问边，属国过居延……大漠孤烟直，长河落日圆。""野幕敞琼筵，羌戎贺劳旋。醉和金甲舞，雷鼓动山川。""东风夜放花千树，更吹落、星如雨。宝马雕车香满路。凤箫声动，玉壶光转，一夜鱼龙舞。……众里寻他千百度，蓦然回首，那人却在，灯火阑珊处。"每次路过，我都看，默念，想想，觉得了智慧与才情，有时候，还由此及彼地想起一些什么。

我想，这些人是不朽的，仅那些言语，就够我一生修炼、参悟了。而我，一生未必达到他们的境界。此外，我还想到，人活着，究竟什么才是有意义的，值得如此劳作呢？我劳作，未必出自内心；我劳作，也未必就可以使得某些东西升值。我感到沮丧，在凌晨的冷风中，我叹息一声，那声音就像一粒沙子落在耳朵里，自己听起来很大，但对于整个黑夜，可能连一粒沙子都不是。

大约 200 米后，是丁字路口，我得向南，那里是祁连山，还有青海。路口以左，有一大片空地，夏天，苜蓿和杂草茂密，中间还有一丛白杨树，根根挺直，在黑夜中，它们的表皮发白，犹如玉腿。树林一边，是建筑，2006 年到 2008 年，我和一些人在那里工作，搜集材料，撰写"历史"。相对于现在，那时候是轻松的，可以不做某些事情，专心做自己喜欢的和热爱的。现在，我书写的"历史"就陈列在一边的新式建筑内，许多人来了，站在墙壁下参观。

想到这里，我觉得恍惚，那时候，我是那样的，年龄没有现在大，皱纹也还没有现在多，想的事情也都很简单，以为抓住了一点就可以逍遥一生，做好了就能博得赞赏，做到了就是一种价值体现。可现在，我忽然觉得，那些太过浅薄，我抓住的不过是自身生命的某一阶段，做的也只是一种谁都可以的工作，与自己的真实内心、理想和梦想有着被篡改的痛楚与距离。

我叹息一声，向南走，两边的白杨树林根部纹丝不动，头顶相互摩擦。有一些干枯的树枝，冷不丁掉在我肩上。右边，是一大片野地，向西是草坪。春夏季节，这里是最茂盛的，有花树，还有灌木，茅草厚厚一层，鸟儿们最喜欢来，还有蜜蜂。左边也是空地，前些年是沙土成堆，现在是草坪，只不过，绿油油的变成了枯黄的，上面还覆满了黑色或黄色的落叶，落叶上面，是尘土。

再向前，两边的树木或多或少，或粗或细，之间还是长水渠和小野地。夏天，这里也是我在巴丹吉林沙漠最喜欢的去处之一：苜蓿成片，蝴蝶成群，不大的杨树亭亭玉立，走在其中，会觉得一种自在的美。树外的空地，每年都种植向日葵，暮秋时节，黄黄的花片和排列整齐的籽粒，随着太阳集体扭转。

可现在，那里除了楼宇和繁华落尽的树权，就只有一片风和茅草枯叶之间藕断丝连的纠缠声，以及大面积的黑。花朵成为大地最深的梦境，树叶被清扫或者就地掩埋。一切都是萧索的，干涩的，残酷的表象不仅是一种轮回的过程，也还是一种从视觉到内心的隐喻和提醒。连续很多天，每到这时，这一带只有我一个人在路上走，一连半个月，没有遇到一个人。我一边走着，一边想，白昼经常在这里相遇的人，此刻正在安眠，或者暂时离开了巴丹吉林沙漠。还有一次，是沙尘暴，我捂着脸走。呼吸愈加粗重，从袖口和脖子钻进去的沙尘落在皮肤上，有一种类似蚂蚁的咬疼感。

太黑了，我用手机电筒照亮，慢慢走。忽然想为自己设置一个旷世的情境或者说离奇遭遇。我想，这一路，分别长着七棵百余年的大杨树，我将在每一棵大杨树前，遇到七个自己最想遇到的人。

第一，一定遇到父亲。不管是尘世的还是灵魂的，我都会上前拉住他的手，说我很想他，然后和他一起并肩或者一前一后地走。

第二，我会遇到母亲。她在我这里住了四个月了，这段时间我没白天没黑夜地上下班，她还以为我是小孩子，一定怕走夜路，便穿着羽绒服，在大杨树跟前等我一起回家。

第三，我想遇到那个恨我的人。我们之间有很多误解，还有不宽容、不知道，甚至不懂得。

第四，我想遇到张骞和他的匈奴妻儿。这个第一次使东方帝国打开世界之眼，发现大地的辽阔性及内在活力的人，我觉得，他的匈奴妻子应当叫作"伊利雅"。张骞脱逃的那一晚，"伊利雅"肯定做了不少掩护。张骞再次回来，带他们母子同归的举动，是最叫人动心的，也是最能体现男儿柔肠的行为。我想看看他的匈奴妻子，还有他们的孩子。

第五，我想遇到从这里带五千步兵直取匈奴单于庭的李陵。我想对他说："英雄本身就是一出悲剧，只不过，没有人比你完成得更像悲剧而已。"

第六，我想遇到嫁与匈奴呼韩邪单于的王昭君。这个命苦的女人，以自己的悲剧成就后世美名，政治家们总是在任意篡改她的历史及命运，总是在用某一种适合自己的眼光，来演绎她的故事。我想说："一切都不会过去，也都会过去的。"昭君何等聪颖，一定会理解的。

第七，我想遇到另一个自己。我很想这样问问他："你是谁？为什么在这里？为什么在凌晨出现？为什么和我从里到外一个模样？"

这显然是一种设置，真实的不会发生。但是，即使母亲这时候真的在等我，我也会很生气的，会说，这么冷的天气，你在这干吗，我还不知道家吗？对于父亲，他已经在这一年的春天去世了，我一直想他，觉得自己没有好好对他，很愧疚。要是真的遇到，我会对他说，你在我心里，我的父亲！还有张骞、李陵和王昭君，远古之人，都与巴丹吉林（古称流沙）有过渊源，他们都是我在这片沙漠心灵当中觉得最亲近和热爱的古人，在古今相同或相近的异地，他们的往事让我觉得了一种神奇的痛苦，还有辽阔的不安。再还有恨我的人，其实是子虚乌有的，我这样一个人，连让人恨的理由都难以找到，那只不过是一种妄想罢了。

还有些夜晚，在凌晨，一出办公楼大门，雪花打在脸上。小心翼翼下了台阶，到广场边缘，以为安全了，却不料，摔了一个倒栽葱。我没有急于站起来，躺在雪地上，看楼宇余光之中飞舞的雪片，像黑夜的幽灵，在凌晨人间寂寞舞蹈的天使。我觉得有一种被抚摸和逐渐覆盖的美感。

起身，我不拍打身上的雪花，从广场上，小心蹚出一串脚迹。我知道，这一痕迹才是我的，尽管会很快被雪花覆盖最终化为乌有。我一路小心，到台阶处，一只脚先探探，踩稳了再挪动。路过一些楼房的时候，听到一些钢管或者铁丝在风中尖啸，像不死魂灵在弹钢琴，嘁嘁的，唰唰的，听久了，像妖精在吵架，也像某些猛士在用手指擦拭刀锋。

有些凌晨，月亮照耀，从背后或者对面。冬天的街道有人匆匆，有车辆呼啸而去。一切的事物，都是明朗的、温驯的，除了松树是黑的，其他仍旧会保持原来的颜色。我去办公室时，脚步轻松，像一个散步者，周围一切熟悉得如同自己的身体。凌晨回来，风把大地的尘屑吹得吱哇乱叫。草丛里的灰雀比往年少了许多，但时常有它们的梦呓和扑打翅膀的声音，沿着树身向地面行进。

有一些晚上，乌云不浓，但距离月亮很近，似乎一转身就能咬到。有几次，我正在行走，突然没了光亮，不动的树木，消失的声音，暗黑的楼宇，以及远处的天空，不闪的星辰……一切都沉浸了，心里忽然升起一种末日之感。我不止一次想：倘若真有末日，大地上的一切都会如此这般，在大平静中孕育大动静，大沉默中大爆发。倘若真的有灾难，我第一时间会往哪个方向跑，会向着谁不顾一切冲刺呢？

这些古怪的问题，我在多个这样的凌晨想了多次，最终，我不得不确认，一旦灾难来临，我一定会向着妻儿和母亲发足狂奔，他们距离我最近。儿子还小，是另一个我，他在我就会在。妻子是我这一生的同路人，也会是与我死同穴的人。母亲现在就和我们住在一起。父亲没了，她就是我在这一生最后可以叫娘的人。紧接着，我想到岳父母，他们也老了，对我视如亲生，想到弟弟和两个侄女，他们现都在向南千里之外的南太行乡村。我还想到从没谋面，但曾让我欲罢不能的你；还想到分散各处，但给予过我很多关爱、温暖和鼓励的他们和她们。

当月光重临，眼前的一切都再次鲜活起来，风不失时机地扑上我的面颊。我长出一口气，似乎是自己移开乌云，把月光引渡下来似的，浑身上下都觉得了一种"此刻我在"的妥帖和美好。通常，我会摸出一支香烟，背着风点着，使劲抽。这时候，我听到了自己的脚步声，在瓷砖上，噗噗地，交替进行，声音在路边的树干上缠绕，在两边墙壁上激荡回声。

如此许多天后，我逐渐喜欢起夜行的感觉。在这里，在庞大的集体，唯独凌晨，才可能是个人的，唯有把自己放逐于夜晚，才能从灵魂中挖掘出最隐秘的思维。尤其是当一切静止，看着楼房和灯光，我会想到：人如此相同，但却如此不同，如此多，又如此少。我可以想到他们，而我，却正是他们忽略甚至轻视的。我还觉得，人与人之间的关系就像是开合的门扉，背过去之后，是一个样子，打开来，却又是一个样子。

但人毕竟是人，我和你之间，最难逃的就是身体和灵魂的大同小异。我记得，是12月1日凌晨，那一晚的月亮在巴丹吉林沙漠是我见过最美的，一点云彩也不来打搅，悬挂在天空西侧的月亮果如古人诗中的"玉盘"，光芒如稀释的蛋黄，借着松树枝看，我忽然想到了尘世上最美的女子及爱情，忍不住想起"北方有佳人，遗世而独立，一顾倾人城，再顾倾人国，殊不知倾国与倾城，佳人再难得"这首诗，还让我想到后羿，要是我也有他的臂力和弓箭，我会把自己射到月亮上，像吴刚那样，在那里永生永世地伐桂树。

有一次，月亮美得比往事还要纯粹，比我想过的那些浪漫还美。我忍不住在心里写了这样几句诗："这月亮是向西的，而我却一直向南/西边的昆仑上住着成群的雪孩子/南边的人，此刻和衣而卧/我在这月下，借着光亮在凌晨不停穿梭/在第一个十字路口，我丢掉自己另外一颗心/到第二个十字路口，我捡到了雪一样的灵魂/还有烟花一样的虚空、泪水/很多天来，我就这样走，知道去向，但没有归处/如同这不断重复的黎明，乌鸦从去年开始绝迹/风带来连续的雪，它们融化，如同这就此消失的此时此刻……"

这可能是某时因某种情境与心事的巧合，而蓦然吟出的。我掏出手机，迅速存下。还有一次，在凌晨4时的办公室，我饿，搜肠刮肚，翻遍所有抽屉，一个瓜子也没有。食欲一旦被饥饿激起，就从羔羊变成了魔鬼。以前，我极不喜欢在办公室、卧室等处存放和吃东西，那种场合，影响的不仅仅是食欲，还有心情。到最后，我饿得就要窒息，身体轻若无物。我锁门，飞快下楼，三步并作两步，跑出一身汗，到家里，搜出面包和沙拉，还有方便面，吃了后，觉得自己就像到地狱走了一趟，终回人间一样。

在我近三个月的观察和体验当中，我觉得，沙漠的凌晨是多样的，因为月亮、风暴和雪花，还有固有的树木、落叶、人居之灯，制造出截然不同，抑或情趣相近的氛围。比如说，有月亮和没有月亮，走在空旷路上的感觉，一个像是神意的导引，一个则像有意识的迷惑甚至掩埋。大雪的凌晨，周围的一切比月亮和灯光还要明澈，灯光是局部的照亮，渲染的是一种等待，一种私心与独享的味道，月光虽然广博，让人心怀美好，也更令人惆怅甚至由此及彼的心疼。

大雪之夜是最好的，一个人在其中，有一种雪夜独行、弹铗而歌、"林冲夜奔"的英雄孤绝与悲剧色彩，还有一种踏尽大雪人未归，横刀天涯向昆仑的雄壮和苍凉之感。10日到12日，巴丹吉林沙漠降下五十年不遇的雪，连续下，早上一层白，中午再加一层，第二天凌晨则是白色一片厚且软，素洁大地梦辽阔。在凌晨，我的行走是激昂的，源自内心的某种猛士和侠士情结。但是，这些雪注定不长久，尽管它们会自行消融，但单位时常组织人员清扫，众多的人一起，将雪清理到路面以外，堆成山，然后被尘土染成黑色。

小区的丁字路口，东边，是废弃的果园，果园之外是马路，马路之外是无际戈壁，再是沙漠。路边的水渠周围长满蔓草，还有几丛红柳。这是一种沙生植物，不管在哪个季节，皮肤都红如鲜血，成丛，极少长成大树。小区楼房不多，但很整齐，街道两边还是水渠，水渠之中，是相隔十米的馒头柳，上面是高压线。在冬天，这夏天生长最快的树木，叶子早已凋零，只有细细的枝条，向上或向下。其中一些嫩枝，经常击打我的头顶。特别是在夏天，我喜欢让这些枝条抚摸一下我的脑袋，感觉特别新奇，有时候还会想到某些旖旎但却温暖的情景。

在沙尘暴奔腾的凌晨，进入小区，我总想到"风高杀人夜"或者"孤客夤夜归"等主题情景剧，总在心里模拟一些闯入、寻仇和远归者角色。那些楼宇灯光也不够均匀，有的是白炽灯，有的是荧光灯。要在夏天，可以看到一些赤身的男人、着睡衣的女人。可在冬天，一切都是严丝合缝的，隐秘的更加隐秘，就连明白的，也变得暧昧。

一幢楼过去，两边还是柳树，柳树之外，是围墙，两两相对，把这边的楼房和那边的楼房隔开。我觉得，这样的设计就像是夫妻分居，就像是心里有隔阂的兄弟。要是我来设计，这一切都应当敞开。再一幢楼房，还是白色的，灯光参差不齐，门前的自行车东倒西歪。冷漠的灯光像是一种无奈的墨守，也像是一种内在的勾引。因为成行的楼房外形如一，很多次，走上楼梯，才发现自己走错了，有时候，站在别人门口，才发现这扇门是打不开的，也不可以打开。

这令自己恍然甚至羞愧的遭遇，让我无地自容又充满疑惑。为什么是这样，又为什么不能这样。到第三幢楼前，为防出错，我通常会站住，从来处数到第四幢，才抬脚向三单元走。然后是檐下的那盏灯光，面无表情地亮着。我上楼，脚步很重，尽管邻居暗示几次，要我晚上回来上楼时轻点。我想轻点，可就是控制不住，觉得身体特别沉。自己也能感觉到，脚步像是要把楼梯踩塌一样。

我知道这是累了的缘故，就要进门了，我想除去所有的衣服，赤身躺下来。开门的声音也大，进入后，是暖，是放心的暖，也是一天当中最为期待的暖和安全。有时候，母亲早睡了，我路过她的房间，想起她白天说的某些话，笑笑，还是笑笑。我坐下来，冲杯咖啡，尽管会有一段时间睡不着，但仍旧喜欢在困乏不堪的凌晨喝一杯。然后洗漱，打开卧室的门。开灯看到儿子，这家伙睡的姿势叫人羡慕，连表情都是自由的，有时候，我会摸摸他的脑袋，替他盖好被子。

除掉所有衣服，像根木桩一样倒在床上。临睡前，会想一些事：上班后的紧要事，对某人要说的话及说的方式、内容，想一些与自己贴近的人，甚至只属于内心的事。然后睡着，有时会做一些似是而非但异常真切的梦，有几次梦见父亲躺在曾奶奶住过的老房子里，我在旁边守着。开始，我使劲叮嘱自己不要睡去，可就是没顶住。醒来，父亲已经去世了，我使劲哭，捶胸顿足。还有几次，梦见一位从未谋面的人，声情并茂。有两次梦见许多人被屠宰，血肉都是红的，连毛孔里都是恐惧，主谋者竟然是几位关系不错的多年的同事和朋友。更多的只是单纯的睡眠，像自己把自己扔掉了一样，一切都是无根的和不确定的，直到闹钟响起，儿子哼哼唧唧起床，我睁开眼睛，看到窗外的黎明，再后来是冬天的阳光，菊花一样开在窗帘上。

风中的河流

最先路过戈壁（沙漠和绿洲之间的阔大存在）、居住区（单位机关所在地、生活区及其相应设施）。杨树（马路和田地边缘）、田地（种植棉花、玉米和苜蓿）。村庄（被戈壁边缘绿洲所包裹）。行人（农人居多）、流动的渠水（发源于祁连山弱水河河水），还有一些迎面或超越的车辆——我路过它们，它们也路过我。

一个人在飞速的行驶中，擦身而过或一闪不见，甚至相互看不清对方面孔——我们都是路过的，在各自身边，在风中，我们匆匆，而大地、天空安然不动。

安然不动的还有身体，在车子上，我坐在少有的安静里，感觉空无一物。心情干燥得仿佛裂开。窗外大风飞行，石子和尘土，遮挡了视线。

然后是间隔距离不远的大小村庄，我可以一一说出它们的名字：东岔、东光、东胜、友好、新民、鼎新、东坝、西坝、营盘……村人都在黄土版筑的房屋里，紧闭门户，经受弥天风尘的洗礼。我想此刻，他们当中有人肯定看着窗外，但不知道是否看到了我。

迎面的车辆，方向相反，其实也高度一致。我们相互路过，相互走远，尔后又必将回到同一个地方。

再后来是山，草木不生，绵延低纵。右边脚下是一座废弃的水泥厂，左边是公墓，黑色的墓碑，隆起的土堆。我路过，从他们的卧榻之侧快速行驶。我看见。我伤悲——在河西，我看到的村庄和梦想没有墓碑多。

再之后是鸳鸯池，蓝色水面，四周村庄被众多的杨树包围，草滩上仍旧散落着数匹牛羊和马匹，毛发翻飞，而嘴巴始终向下，它们的嘴巴在路过青草，在湖边，路过水，在水里，路过自己的影子，影子路过鱼和水藻，还有摔落的尘土，曾经涉足的人。

它们路过我，路过车子。这里的村镇稍显拥挤，信号塔、房屋和田地在风中失身，人在风中被穿透。两边的杨树高大，身体发响。进入城市时，大风骤停，或者还在身后，阳光新鲜，打在鼻子上，感觉灼热。下车，在路上，众多的人和车辆，楼宇和烟尘，我们相互交错，路过，从这条街道到另外一条街道，在这里也在那里。

| 在黑夜沉醉 |

我时常想起那些饮酒的诗人，想起酒。白色的液体，黑色的夜晚，忽闪的灯笼，将军的马鞍，骑士的刀锋，高关的城堞和风中的鼓楼，敲钟的士卒，盔甲的光亮幽暗，但仍可以照见近在咫尺的太守府邸：他在夜夜笙歌，琉璃的杯盏有着玉石、葡萄、玛瑙和珍珠的颜色，在黑夜发

光，在手指之间，滴下边城风霜。

这就是酒泉，朝代的酒泉，沙漠和雪山之间的边塞城市。我在其中，在外围。我只是一个过客，从里到外都是。我一直觉得，这个城市本来就属于贬臣、商贾、刀客、英雄与土匪、僧侣、诗人和野心家，但没有一个人真正可以在此停留，包括来自远方的我。我无数次在黑夜来到，在酒泉的数条街巷、酒吧、商店、宾馆、市场、烤肉摊前或某个饭店的某个房间，和一些人，或者一个人。

更多的时候，我一个人，我喜欢一个人的状态（一个人就是自己，自己的自己，没有人干涉，不去靠近，也不疏远）。我饮酒，红色的，我喝着，眼睛在看别人，心里在想自己；灯光是晦暗的，谁也看不清谁，在角落，在嘶喊和低语当中，我不愿意旁观，也不愿意自守。我不敢确信自己就是自己，也不敢否定自己就是自己。

我疼了、累了、绝望了，就在房间哭泣、叹息，自己给自己洗澡，拿着书本在床上做样子，想心事，想心事的种种背后，想现在和以后有没有一条路可以供我去走。而外面是黑的，在鼓楼一侧，我一个人来来回回走，脚步在瓷砖地上敲着、敲着，在众多人的脚印上重复。对面的霓虹灯有点色情，广告牌上的男女好像不属于这个世界。

而这一次来到这里的夜晚，我也醉了，很醉的醉，但还能站起来，那就是意识清醒的醉了。不过，我喜欢这样的境界。

已经深夜了，我在马路一侧走来走去，和一个人说话，对着虚空，沉沉的黑，偶尔的行人只看到电话在我耳朵上。有情或者交易的男女一对一对，在黑暗中说话、拥抱、喘息和呻吟——我经过，我听到了，却又好像是虚无的。我知道那是他们的身体，不是我和我们的。这些人在用身体说话，黑夜是他们的外衣，薄薄的外衣，却挡住了那么多东西。

我躲开他们，在宾馆台阶上坐下，身下的凉升起来，心仍旧暖着。

| 在峡谷中感觉乱石穿胸 |

出边城酒泉市区，向祁连雪山，开始，是一片短促的黑戈壁，阳光是纯白色的。一路向上，车辆被我们压着，身体的重在钢铁的重量之上。村庄当中，洋葱味道浓重，正在装卸的车辆上下，赤膊的人们汗水晶莹。我们路过，进入戈壁。巨大的、起伏的戈壁，上午的戈壁，没有人的空寂之地。我们来到，路过，车后的尘烟是一些紧紧尾随的无声的呐喊。

无声的喊。在向上中突然向下，身体猛地震颤。车子倾斜，车轮在卵石打滑。我听见它们在身下碰撞的声音。看见一边的深渊，整齐的层面似乎刀切，直立，沉默，砂石混结，暗淡无光。有人发出惊呼，尖厉的女声让人惊诧。一块不知何时滚落的巨石挡住了路面，我们下车，几个男人，捉住石头一角，一起喊，一起用力，它纹丝不动。凉冷的巨石姿势顽固，态度坚决。

呈 30 度倾斜的小路挂在悬崖上，几处已经缺口，随时都会塌陷。我坐在后面的座位上，看车轮下面的悬崖，再看深渊的谷底。众多的石头大小不一，在阔大的河滩陈列，在阳光下，无数细小的光亮升起来，类似银子，从白色、青色、黑色或红色的石头当中，安静、锐利地闪起。再一个转弯后，下了平坦的地方，身边有人长长出了一口气，攥紧的拳头松开，掏出香烟，颤手点燃。

谷底无风，很凉，可以深入骨头的那种凉，进入身体，而我单薄的衬衣上仍旧有着自己肉体的温度。从树荫下走出来，阳光中，逐渐感觉到了温暖。我和他们一起，走向河滩——流水的河滩，有风的河滩，巨石乱陈，拥挤而深嵌的石头间看不到土壤，参差不齐的石头，沉静的石头，它们就在一起，就在河滩上下，裸露的和被流水掩埋的，从那里到这里，看不到边际。

我站在一块墨绿色的石头上，逆光、顺光看，石头，石头，石头，都是石头。这么多的石头，看得久了，它们竟然移动起来，进而飞。带着迟钝而响亮的风声，向我，从我的胸脯穿过。但我知道，这些石头没有尖锐棱角，身体阴凉，体态庞大、娇小、浑圆，甚至笨憨。我想它们在一起一定很快乐，即使相互碰撞，会受伤，会疼，但不会致死一方。

从一棵枯树的正面看见雪山

枯树在河滩右边的斜坡上，石头之间有草，枯树独立，别无同类。枯树枯得风都不愿意抚摸了，只剩下了主躯干。腰部有一个巨大的洞（虫子的洞，蚂蚁的洞，老鼠的洞，大风和尘土的洞）。头部枝干惨白，裂开的缝隙，我可以伸进手指。

它的背后是河滩，是流水和石头，是黑色的山和白色的山。头顶是浮云，白色带黑的云彩，在那里停留，在黑山和雪山上凝固。形状模糊，让我没有任何联想。以这棵枯树为坐标，我看见它背后的东西，草、黄土、枯树、鸟及鸟从空中掉落的羽毛……种种自然的物事，在远处，在我的仰望当中，隐约得没有心情。

我爬上树，原始的爬，我的手掌在它身上遭遇尖刺，我不知道，划开我的皮肉，血流出来，在手掌上，红色的血，我不止一次看见它，从自己的身体，或他者的身体。血液流着，我擦掉，它再溢出，我再擦掉。我看到石头红了，黑的和白的山也红了，天空红云彩也红，隆重的红，在眼睛和心里汹涌。

我跳下来，脚掌被卵石打疼。坐在一边，正对着那棵枯树，我在看，而且好长一段时间。远处的颜色，远处的物事，远处的静止和运动，我想到，但看不到，细微的动作，暗处的动作，我感觉到了裂帛一样的消失。再想想我自己，一个人，在一棵枯树下面，他也是静止的，表面的静止，但我知道，他在很多时候也是枯干的了，但也不会有这棵树一样的清晰背景。

｜来吧来吧红水河｜

来吧来吧，浑浊的水，暗红的水，向前的水，滔滔的水，我听见它的声音，看见它向前的动作，白色浪花从石面上旋起，岸边的石头一颗一颗，被冲刷，像人被世事和时间的尘土洗劫。我坐在一边石头上，水在身边和身下流动，水在水中，水也在一个人的身体之中。

他们叫它红水河。我伸进去，捉住一把泥土，带着沙子的泥土，红色的泥土，潮湿的泥土。我看不到金子，看到的都是流动、冷却、干枯和消失。在河水当中，我的吼声微乎其微，试图的混淆和阻断就是妄想。但我仍旧愿意喊出，一声，一声，喊出一个名字，喊出内心的焦灼、羞愧、绝望、梦想和惆怅。

而河水连续，河水泱泱，河水不再而永在。我来到这里，在这里的水的一边，只是一个移动的肉体，一个过客，我在路过中停留，在被它路过中感觉到自己的疼痛和忧伤。我总是觉得，水是无尽的，是坚硬的，柔软不是它的本性。河水是刀，软刀子，像爱情，像不朽。

我跳过去，在河流中央巨石上，它裸露的头角承载了我，大水绵绵，大水激荡，在石头之间，覆盖，低潜，拍打，摩挲，到来，遗弃，渗透，蒸发。而我只是一个活动的不动者，片刻的静，片刻于此的存在。不一会儿，我就离开了，往岸边跳的时候，一只脚被一块石头欺骗，落在水里，刺骨的水迅速包围，迅速的凉深入进来，从脚踝开始，在我的体内和灵魂中，乌云一样扩散。

河水在两边的峭壁下不停流过。黄土和砂石构成的悬崖在水中溃退，有的地方在不断塌陷，轰轰的声音落下来，荡起一团烟尘，雷霆一样响亮。我在远处听见和看见。红色的土落进河水，河水更红，更黏稠。与上游的河水和泥土一样，它们来到，一路带走，峡谷越来越宽，河水沉重。中午时，我一个人站在一边山岭上，俯身下看，弯曲的河水落在巨大的河滩，在众多的石头上，宛如舞蹈的红色飘带。我鼓足气力，大声喊出：来吧来吧红水河，总有一天，我会在这里等着——等着你的清澈、浑浊和滔滔不绝。

沙漠爱情故事

| 一 |

　　金塔到酒泉之间，有一个地方叫三墩乡，也像鼎新绿洲一般，大小村舍莽苍苍地散落在黄土田地与稠疏不一的杨树、沙枣树之间。每次路过，我都忍不住扭头看一阵子。实际上只能看到近公路边的一座村庄和它窄长的街道，排列整齐的小四合院沉浸在夕阳绿树之中，或者被飘浮的灰尘懒散充满。

　　每次透过车窗扭头看，我的脑子里就会出现一个女人。准确说，那是一位少女，个子高，略胖，两只大眼睛看起来像是临近的鸳鸯池水，黑黑的，净净的；最好的该是她的皮肤，白得让人忍不住伸手去掐。十几年前，第一次听说三墩乡，是在一次同乡聚会上，和我关系最近的一个老乡安志勇说，张安斌老婆就是三墩乡的。我问他三墩乡在哪儿。他说就在金塔县快到酒泉的路上。他还小声告诉我，张安斌找的老婆看起来就像是做过妓女的那种女人，脸上的粉至少五斤以上，说话嗲声嗲气，听起来像是叫床。我责怪他说，不要这样说老乡和他老婆呢?！安志勇尴尬地笑了笑，然后把头扭向窗外。

安志勇人长得五大三粗，大方脸，一双眉毛粗而厚重，嘴唇却薄得能当刀片用。我一直奇怪，这样一个外形很男人的人，怎么喜欢背后咕咕叽叽，和他在一起，听到的不是这个人的风流韵事，就是哪个人又倒霉了，摊上事儿了。他要说得准确还罢了，关键是从他嘴里成批倒出来的事儿，十个有八个不靠谱。在当年一起到西北的四十多个同乡当中，我和安志勇的家距离最近，相互知根知底，在巴丹吉林沙漠，平时俩人联系和厮混最多。张安斌虽然也是一个县的，但与我和安志勇的家距离很远，在老家时谁也不知道世界上还有个谁，到这里，才逐渐地相互认识，进而交往和熟悉起来。

张安斌矮胖、浑圆，但脸庞看起来还算得上半个美男子，最重要的是，在我们几十个老乡里面，张安斌是第一个转正的。去院校培训之前，张安斌大摆筵席，把领导和我们这些老乡都喊了去。当然，在领导面前，老乡是次要的；在老乡堆里，家离得近的才是主要的。因为张安斌的怠慢，使得我和安志勇有些不满。这也是安志勇为啥提起张安斌，不满情绪就在脸上张牙舞爪的根本原因。

时间过得真快，宴席的酒味还没完全消散，张安斌就又回到了老单位，从我们这堆临时工群中一跃而起，成了企业干部，坐在阳光刺眼的办公室里，用电话传达上级各种指示要求，用报纸消磨悠闲时光。最耀眼的，该是我们一身臭汗加班路上，看到张安斌提着小包，跟在某个领导屁股后面，或者左右侧，步速总比领导慢五分之一拍。有一次，我和安志勇穿着满是油垢的工作服去附近一个小餐馆吃饭，恰好碰到张安斌陪着单位管生产的副职领导在马路上散步。安志勇脱下安全帽，扯着嗓子就喊，安斌，安斌，过来喝两盅咋个样？

你扯啊！我扯了一下安志勇的肩膀，对他说。

安志勇身子也没转一下，就嗔怪我说，你扯俺干啥?! 我说，你傻啊，没见人家正在陪领导散步？安志勇哼了一声，说，那有啥？不就是喊他一声吗？还叫他喝酒，他要不是老乡，俺才不知道他算哪根葱呢？

安志勇还巴着眼睛看张安斌，张安斌却亦步亦趋地跟着单位副职走远了，那神态，连看一眼安志勇也觉得费劲儿一样。

呸！安志勇狠狠地朝地上吐了一口唾沫星子，扭头朝小饭馆走去。

| 二 |

张安斌这一个做法，在我身份转换成和他一样的时候，我才理解了他。一个人在一个单位工作，很大程度上是一种相互依存的关系，尤其是上下级之间。如果在老乡和领导之间任选一项，多数人都会选择后者。我尽管也陪过领导，但我却没有遇到张安斌与安志勇及我那种情景。几年后，我们都长成了胡子乱翘的大龄青年。巴丹吉林沙漠浩瀚辽阔，对于写诗和探险的人来说，是天堂和福地；但对于具体的个人，则是一场不大不小的磨难与自我意义上的放逐。

腊月的一天，暴风吹得整个沙漠都像地震和世界末日。就要下班时候，安志勇来电话让我下班后去他那里一趟。相对于我和张安斌，安志勇和其他老乡最终都解决了正式职工编制问题，但还在一线。有一次和安志勇在小餐馆喝酒，都晕头涨脑的时候，安志勇叹了一口气说，你小子命好，离家三千里，不仅找到了吃饭碗，还当上了干部，恁家祖坟肯定安得好。我笑笑说，其实都一样，还在这兔子不拉屎的地方混，都二十五六了，连个女人毛都没摸到。

这确是事实，处在巴丹吉林沙漠西部边缘的单位虽然大，但常年风沙连天，一滴雨一粒雪都不下，干燥得人躺在床上就像是木乃伊；偌大的一个国营单位，黑压压都是硬邦邦的男人，女人就好像无边沙漠里的马兰花，只有在机关和通信保障单位才会奇迹般地闪电一样出现，引得无数男人全身冒火，鼻孔好像烟囱。但人往高处走的规则无所不在，漂亮女子屁股还没坐稳，就有了对象，不是这个领导的儿子，就是哪个领导的侄子；别说普通工人，即使像我和张安斌这样的，也只能看着仅有的几个女子蜜蜂一样，眨眼之间就吸附在浓密、巨大的"花蕊"之中。

只能在外面找。

从单位向南，是庞大的祁连山，白雪就像男人对于女人的永恒梦想，够不着，捉不到，但还是要把脖颈仰得试比天高，心跳得跟爆米花一样。我们这些老乡谁也没想到，相貌和各方面条件都很一般的安志勇，居然第一个带着一个女孩子来到了单位。那一个下午，他电话我的意思就是叫我一起吃饭。我骑着自行车，冒着乱箭一样的风沙，奔到安志勇住的宿舍楼，一进门，就闻到了一股饭菜香味。

饭菜是一个叫白珍珍的女子做的，我进门时候，她还在厨房忙活。安志勇把我拉到沙发上坐下，我正要开口问，他却压低嗓门说，这女孩子家就是附近的，爹娘都是当地的农民。还特意强调说，这一带棉花产量很高，一亩地可以收入近万元。白珍珍家有五十多亩地。我明白安志勇说这话的真实用意，连说，挺好，挺好的。还特别对他说，咱也都是从农村的泥坑里爬出来的，农民没啥不好的！安志勇叹了一口气，说，像俺这样的，也只能这样了。

我能看得出安志勇脸上半是不甘半是心安的表情，就像东边的暴雨和西边的乌云。我拍了拍他厚如棉垫的肩膀，小声说，找老婆不是看样子的，贤惠、体贴人、孝顺，就是最好的，日子嘛，俩人还都年轻，可以好好打拼，再说，人家白珍珍虽是农村女孩子，但家境还是相当不错的了。安志勇说，她人倒是挺好，处了几个月，还很温柔、听话，对我也很关心。

这就对了，你还想找啥样儿的？我说。话刚出口，我就觉得有点不妥。与安志勇交往这么久，我了解他的为人和择偶取向。在他看来，农民进城的目的之一，就是娶城市女子为妻，一来可以迅速消除城乡差别，从名义上取得城市身份，二来可能省掉诸多的个人奋斗与付出。就此，安志勇曾多次对我说，离家西行的头天晚上，他爹娘就一再叮嘱他两件事，一个是要听领导的话，一个就是娶个城里的媳妇回来。这七八年来，安志勇所做的每件事，似乎都在为这个目标奋斗。爹娘的这两句话，对安志勇来说，就是皇帝的嘴巴，金科玉律。

半个多小时，就是一桌子菜肴；尽管外面狂风乱吹，天摇地动，但房间里还是暖和异常。几杯酒下肚，我才开始仔细打量白珍珍。说是打量，也不过是斜睨，借着各种时机和动作。我发现，白珍珍还真是一个美人胚子，个子细高，与安志勇形成绝妙反差；脸蛋是圆的，眉目清秀，看起来很孩子气，与少年老成的安志勇简直就是两个世界的人。说话当中，白珍珍给我的感觉温柔得体，礼节周到，且还显得睿智谦和。这一点使得我大为惊异，心里忽然也跳出一点嫉妒。酒到酣处，我对安志勇说了很多话，大意是劝他要好好珍惜白珍珍，这样的媳妇，也算是他家祖坟上冒了青烟。

离开时候风沙停了，空气中飘满了呛人的土尘。回到自己宿舍，撒尿时候，忽然看到镜中的自己，一个满脸灰土的男人，胡子张扬得能做鞋刷子用。躺在床上，忽然觉得很悲伤，心里想到，都这么大了，喝醉了连一个给自己倒杯茶水的人都没有；甚至，二十七年玩笑一样过去了，除了中学时恬不知耻的暗恋与人生第一次遭受的爱情寂灭，在异乡和故乡，竟然没有一个异性走到自己跟前，伸手摸摸我风霜渐重的脸，也没有一个异性，用嘴唇轻触过粗糙的脸颊。

一个人的心和现实，都始终敞开着一道门，也总在有意无意地呼唤着另一个人的闯入和扎根。

| 三 |

几乎没有任何前兆，张安斌就要成家了。举办婚礼前几天，才电话通知我们这一干老乡。刚挂断张安斌的电话，安志勇就丁零零地窜了进来，一开口就说，张安斌要结婚你知道不？我说我从哪儿知道？安志勇嘿嘿笑了一下，又说，你俩都在机关，又分别是领导身边的红人，这事咋不互相通气？像俺等贱民也就算了，他谈了对象，而且马上要进被窝里了，怎么着也得给你透个一星半点消息的吧。

安志勇的意思我明白，其中的煽动性质也昭然若揭。我半带玩笑半认真说，恋爱结婚是自己舒服的事儿，人家干吗要给我说？安志勇又嘿嘿一声，说到时候一起去。我说，这事还是提前去看看好，能帮忙的要帮忙，毕竟是老乡，在外面成家立业不容易，就相互帮衬着点吧。

安志勇嗯了几下，说行，还让我去的时候招呼他一声。

单位分南区和北区，北区多是办公场所，南区是宿舍和家属楼所在。我和张安斌虽然都在机关，但所在单位的职能不同，公寓房也便约定俗成地分在了不同的地方。张安斌婚礼前三天，我叫上安志勇，骑着自行车，穿过数十幢或陈旧或崭新的楼房，去到了张安斌所在的公寓楼。刚把车子停好，安志勇就仰着肥嘟嘟的脖子，转着脑袋看了一会儿，愤愤说，他娘的，干部和职工就是不一样，连住的楼房都有差别！我回头看，安志勇脸上的不满好像一层阴霾，不仅重，而且厚，还有几道斜斜的光。

张安斌父母和姐姐来了，正在为张安斌布置新房。因为是老乡，边干活，我们还用方言聊一些家乡的事儿，当然还有在这里的一些人事儿。但我很快发现，张安斌的父母不但不怎么快乐，且语调和神情中还有一些失望和不解。唯有张安斌姐姐，一个三十多岁的妇女显得很高兴，一会儿往门上贴喜字，一会儿挂门帘，摆放各类物品。张安斌父亲一直坐在窗子下的小木凳上抽烟，而且很凶；他老娘擦洗家具、玻璃和其他用具。大约半个多小时，张安斌从外面回来了，上楼叫人下去帮忙抬冰箱、电视机和其他一些电器。我和安志勇当然义不容辞，还有其他单位的几个职工，这肯定是张安斌利用手中职权"征调"而来的，一个个脸上憋着无奈，但还是要全程卖力。

忙活一阵，洗手，张安斌带我们到外面吃饭，因为忙，也没喝酒，更没有打听张安斌未婚妻的任何情况。回到自己的公寓房，心里还觉得有点堵，说不清原因，也没有确切来由。觉得房间好像很空，空得好像牢笼，虽然是暮春，也觉得四处都在冒着凉气。几天后去参加张安斌婚礼，人很多，宴席起码有六十多桌，除了一大群老乡和零星的领导，大都不认识。单位一个副职领导充当张安斌夫妻的证婚人，这没什么不可以，但他在讲话的时候，还没喝酒，脸就红得秋天的辣椒一样，说话时候还稍微有些磕巴，最重要的是他那双眼睛，几乎一直盯着衣着光鲜、喜庆的张安斌夫妇。

安志勇坐在我旁边，仰着脸，张着大嘴巴，看得津津有味。一阵闹腾，然后开始大吃大喝，新郎新娘挨着桌子敬酒。我看到，张安斌和他的新娘子先是敬了领导酒，然后才是双方父母，便对安志勇嘀咕说，这个不对，爹娘比天大，比领导更大，怎么能这样呢？安志勇一边往嘴里塞肥肉，一边嘟囔说，拍马屁呗！张安斌到啥时候都是这个德行，所以我打娘胎里出来就看不起他。

等新郎新娘敬到我们这一桌，人基本上都走了。我借着酒劲，问张安斌说新娘叫啥名字？张安斌脸色涨红，大着舌头说叫朱秀秀。又给朱秀秀介绍我说，这是俺老乡，现在计划调度处，再过几年，就是处长大人了！来来来，给处长敬杯酒！说着，就端来两大杯白酒。我也笑着说，张安斌你少扯，咱老乡，客气的都是王八蛋；再说处长嘛，也不排除那个可能，但准定是俺儿子的事儿，我这会暂且以他爹的名义盯着吧。然后哈哈笑，仰头喝完了两杯酒。

就在喝酒的空当儿，我斜着眼睛看了一下朱秀秀。人长得倒是不错，有点胖，个子还可以，可就是化妆化得太浓了，眼睫毛也是假的，头发好像也多了一层。再后来，我去过张安斌家几次，发现朱秀秀确实化妆很重，即使在家里也是浓妆艳抹，说话虽然有点嗲声嗲气，但听起来并不像安志勇说的那样——像叫床。

几个月后的某一天傍晚，张安斌电话我，让我去他家，而且说有天大的好事。我说不管啥好事，你和你老婆要是管我吃饭喝酒我就去。张安斌说，吃饭喝酒算个屁，来吧！下班后，刚进张安斌家门，朱秀秀就从里屋牵出一个二十岁出头的女子，身材高，微胖，脸色白皙，眼睛水汪汪的，看一眼好像就能淹死个人。朱秀秀松开那女子的手，神情诡秘地叮嘱她说，这是你姐夫的同事，未来的处长，赶紧给人家倒杯茶去。那女子脸色绯红，低着脑袋，咬着嘴唇，迈着小步子，走到了饮水机跟前。

她叫张丽丽，二十一岁。朱秀秀开始说是她小姨妈的女儿，自己的表妹。交往后，张丽丽告诉我，她妈妈和朱秀秀妈妈是结拜的干姐妹。家也在三墩乡。张丽丽还告诉我，听她们村里人说，朱秀秀确实有几年不知道在兰州干啥，每次回家都包车，带回的钱都是一沓一沓的大红现金；穿得也很时尚，在她记忆当中，好像是朱秀秀第一个穿超短裤的，还有那种胸露很多的短袖衫。她还听说，朱秀秀的丈夫，也就是我的同乡张安斌，是我们单位一个领导做的媒人。

这使得我浮想联翩，觉得这里面大有蹊跷。有一次和安志勇说起来，安志勇哼了一声说，俺以前说得没错吧？你还不信，现在呢？我说，没有亲眼看到的事情，最好别轻易下结论。安志勇又哼了一声，说，除非你是公安局的！在一边的张丽丽也附和我说，俺姐压根不是那样的人！

张丽丽明显在附和我，同时也在维护朱秀秀的声誉。

附和我，因为张丽丽和我已经确立了恋爱关系；维护朱秀秀，对于张丽丽来说，也是情理之中，当然也含有间接维护自己的意思在内。

而这时候，安志勇却和白珍珍分手了。

我不知道安志勇到底想要什么样儿的女子做老婆。一个周末，他电话我，让我跟他去白珍珍家。我开始不想去，安志勇语气沉重地说，我一个人去不好说，你是最近关系最好的老乡，不找你找谁？我一听这话，立马答应了。

白珍珍的家距离我们单位不远，出了大门，骑自行车也就是二十分钟的时间。村子名叫双城，远离公路，很偏僻，一色的土石公路。路上，安志勇说，他想了很久，决定和白珍珍分手，理由是，他父母在老家给他找了一个对象，女方家在县城，爹在政府文教卫当领导。我一听，气不打一处来，大声呵斥他说，你这个人，就是没良心，和人家交往了那么长时间，说一脚踹开就一脚踹开，这个不是男人干的事儿！安志勇举着他那颗硕大的脑袋，看着前面的湛蓝天空，语气坚决地说，人往高处走，水往低处流，找一个当官的老丈人，再想法调回去转干，过人上人的生活；和一个乡村女子结婚，一辈子留在西北，这两者相比，我当然选前面一个了！

我无语，把自行车骑得飞快。

白珍珍在家，她父母也在。我没想到的是，白珍珍父母特别开明，对我和安志勇说，他们听自己闺女说了，尽管觉得很遗憾，但人各有志，特别是婚姻的事儿；两人都愿意啥都好，有一个不愿意，即使勉强了，以后也过不好，不如早散了。我很受感动，连声夸白珍珍的父母为人好，说的是真理儿！安志勇一进门就埋着头抽烟，听了白珍珍父母的话，然后站起来，从裤兜里掏出一沓子钱，看着白珍珍父母说，叔叔，婶子，家里爹娘的安排俺确实不敢违抗，辜负您老俩，也辜负了珍珍，这点钱，算是我的一点心意，愿您老俩身体好，珍珍找个好对象！说完，就把钱放在了桌子上。

"谁要你的钱！"

只见门帘一阵席卷，一个红色影子冲进来，一把抓住桌子上的钱，朝着安志勇脸上急速甩去。

白珍珍确实很伤心，两只眼睛肿得好像被蜜蜂蜇了；尤其是她抓起钱甩在安志勇脸上的动作，好像是一只暴怒的麋鹿。情境尴尬、紧张起来。我正在想该怎么办，只见白珍珍妈妈一下子从炕沿上站起，顺手抄起一把扫帚，劈头盖脸地朝白珍珍身上打去，一边打还一边骂说，你就缺这一个男人吗？死妮子！你就盯着一个窝儿到死吗，死妮子。你给俺丢人还不够？

我快步上去，拦住白珍珍妈妈，夺了她手里的扫帚，拉她坐回原位。

白珍珍蹲在地上嘤嘤嘤嘤地哭。

这伤该有多深啊！我心里想。还没来得及开口，白珍珍的父亲起身，不慌不忙，捡起地上的钱，转身塞在抱着脑袋一声不吭的安志勇怀里，然后声调沉雄地说，走，走，马上给我出去！安志勇站起身，任凭钱从身上飘落，低着脑袋朝门口走，正要掀门帘，忽听白珍珍父亲大声吼说，拿上你的臭钱，老子不缺你这勺娃子仨瓜俩枣！

| 五 |

回到单位，我就电话张丽丽，说了安志勇和白珍珍的事儿，语气激动而沉痛。张丽丽当然在自己家里——三墩乡古园村。春节前，我第一次去张丽丽家。从三墩乡政府所在地白水村下车，又租了一辆出租车，走了将近一个小时，才到张丽丽家。张丽丽父母对我都很客气，晚上还炒了菜，喝了酒，我开始说得还有板有眼，规规矩矩，酒一多，就管不住自己的嘴巴了。张丽丽一直坐在我旁边，我说得有点过了，她就悄悄地掐一下我的大腿或者胳膊。这点小动作，估计坐在对面的未来岳父岳母，还有哥哥嫂子肯定看到了。但在那一时刻，我觉得一种莫名的幸福，一个男人，被身边的女人用动作呵护和提醒，虽然疼了一点，但疼

得有价值，舒服又安心，还有一种隐隐约约的暧昧气息和说不清楚的美感。至此，我和张丽丽的恋爱关系正式定下来了。

第三天，我和张丽丽去了嘉峪关，说是买东西，实际上是要小心眼，想单独和张丽丽一起。其中的隐秘，相信每个恋爱期的男女都感同身受。嘉峪关是河西走廊工业化程度最高，观念和风潮领先的城市，但人口极少。到嘉峪关，吃饭，买东西，剩下的事情就是找地方住下。登记房间时候，我征询性地看了看张丽丽，她把头扭向一边，看宾馆大堂里的一株水仙花。我毫不犹豫，甚至有些兴奋地只要了一个房间，拿到房卡，走到张丽丽的身边，小声说，好了，然后牵了她的手，上电梯，进房间。

这种情境，我平生第一次。一男一女以恋爱的名义，理直气壮地住在一起，有点天赋人权的意味。进房间，我的心跳就开始加速。坐下来，抽了一支烟。张丽丽洗了一下手脸之后，一直坐在床边，两只手交叉在小腹上，扭来扭去，像是一堆小蛇。我说，你洗澡吧？张丽丽抬头看着我，脸色绯红，眼神也有些紧张和惶惑，还有一些羞涩和好奇。我又说了一句洗澡吧。张丽丽嗯了一声，摇摇头，才说，你在俺咋洗？我呵呵笑了起来，看着她说，这个时候，你最可爱了！要不我出去待会，你洗完了我再回来？张丽丽上唇挤着下唇，嗯嗯地点点头。

六

朱秀秀不能生孩子！

这话还是安志勇给我说的。我睁大眼睛，看着脸色粗糙，但又因为马上调回去而有些自恃和骄傲的脸。

"你想嘛，那事做多了，就不能再怀孕了；要是再加上堕过几次胎的话，这辈子都难有孩子了。"安志勇又说。

我说，这怎么可能？

"朱秀秀和咱们一个领导也有关系，对了，就是给张安斌朱秀秀当证婚人的那个。"安志勇又说。

我说，这事我都不知道你咋知道？

"咳，全单位人都心知肚明，就你这人不食人间烟火呗。"

我摇摇头，还是不信。

说话间，安志勇就要调走了。我置酒为他送行。席间，我对安志勇说，你这事儿真是神奇，职工调动好像是见到的第一个，而且工种岗位都不同，所在省份也不同。我不得不佩服你未来老丈人啊！安志勇嘿嘿笑了一下，说，这就是权力和关系的力量，这就叫朝中有人好做官，大树底下好乘凉。我也笑笑，心里滋味复杂。我很清楚，对于安志勇的自我选择，我一方面鄙夷，另一方面还有嫉妒和羡慕。在外的人，都想着距离老家近些，一来可以光宗耀祖，照顾家人，二来可以很快建立长期稳定的交际圈和关系网。这是我们老家人的一贯观念，几乎人人如此，我也不例外。

酒至半酣，我忽又想起白珍珍，便口无遮拦地对安志勇说，要不要再去珍珍家告个别啥的？安志勇咳了一声，点了一根香烟，说，还去啥呢？上次那就够了。我说，婚姻不成情意在。再说，人家白珍珍一家都对你不错。安志勇说，算了算了，这事儿已经过去八百年了，还提这个干吗？来，喝酒。说着，端起酒杯一饮而尽。

第二天早上，我把安志勇送到大门外，看着他上了班车，骑自行车返回路上，想起昨晚安志勇说他没和白珍珍有过肉体关系，心里忽然无端觉得欣慰，也觉得，仅此一点，安志勇这个人还是可以的。

而我，却遭遇到了一件难以启齿，无法释怀的事情。那一晚上，我和张丽丽在嘉峪关有了第一次，这该是人生美事，却没想到，张丽丽不是处女。张丽丽哭着解释说，是小时候爬树导致的；我不吭声，也下意识知道，这肯定不是真的。张丽丽见我不信，趴在我怀里哭着说，这是真的，不骗你。我还是不吭声，但在那时候，我却不想推开张丽丽，因为，张丽丽也是真心对我的。

俩人沉默到半夜，张丽丽才语气坦诚地告诉我说，去年她在一个单位的办事处当服务员时，所长对她挺好，她和他有了第一次。然后说，俺已经说了，也知道说了就不会再留住你，从现在开始，你可以自由选择，觉得可以接受俺，我会这辈子都给你当牛做马，不可以接受，你就另再找，我不反对。至于父母那里，俺自己来解释。

就此一点，张丽丽让我喜爱，起码真心实意，敢于承担责任和错误后果；这样的女子是我喜欢的，也是钦佩的；我也相信，假若我和张丽丽结婚之后，她一定会尽心尽责，做一个好妻子。但张丽丽和那个所长的事情，却也像噩梦，时时缠绕着我，有时候半夜忽然惊叫而醒；有时候梦见张丽丽又和一个陌生男人在一起……甚至还想到，即使婚后，张丽丽还会和那个所长有往来。

这一切，都是我无法接受的。

夏天时候，我又去了一次张丽丽家，给她和她父母送了很多吃的用的，他们一家都留我吃饭，我借口说领导在酒泉等我，就匆匆上了车，从车窗上，我看到张丽丽一直站在自家门口路边，朝载我走的车子张望。她可能知道，这一次之后，我再也不会到她的家里来了，两个人自然开始的爱情也从此戛然而止了。其实，离开的时候，我心里也非常难受，眼泪止不住地流，还想哭，为了防止被司机看到，我一上车就坐在后座，然后装作很累的样子，把头仰在后座上，不让其他人看到我的眼泪，看到我因为痛苦而一定会扭曲变形的脸。

没了张丽丽，我又开始了凌乱不堪的单身生活；在巴丹吉林沙漠的单位，很多同乡都成了家，老婆不是在本地找的，就是从老家带来的，也很快有了孩子，只有我还是孑然一身，上班下班连影子都觉得自己孤单莫名。隔一段时间，张安斌会喊我去他家吃饭。每次看到朱秀秀，我也是滋味复杂。张安斌虽然和我同乡，关系还可以，但这事儿是万万不能给他说的。老家人说，宁拆十座庙，不坏一门亲。两口子，两个人，只要人家自己的日子过得好，感情融洽，外人说什么话都是不对的。有几次，在张安斌家喝多了，也差点说了出来，难忍的时候，就连告辞也不说，拉开他家房门就奔了出去。再后来，为了防止哪一次喝多了冷不防说出来，张安斌再喊吃饭时，我都找理由拒绝。

| 七 |

就这样，我在沙漠的时光形单影只，像一匹狼，在有月光的夜晚尤其哀伤，看到他人带着老婆孩子嬉闹、散步、购物的情景就躲开了。到三十一岁，我时常觉得自己老得像一块风化岩石了，稍微一碰，身上就簌簌掉渣子。对我的婚事，老家的父母也是急得吃饭不香睡觉不安，到处托人给我找媳妇。可我这一个年龄，小的不行，差不多的都嫁了不说还都当了妈妈。父亲说，你这个儿子，俺算是白养了；母亲说，人家谁谁谁都俩孙子了，俺一个也没抱过！

每次到酒泉和兰州出差，路过三墩乡，我都是会一片惆怅，心疼、不安、想象，还有一点后悔。总是想，张丽丽该是嫁人了吧，要是没嫁人，我是不是可以再把她作为自己的妻子呢？还想，她父母都还好不好？虽然和张丽丽相处时间很短，但她们一家人都对我不错。人都是有心的。可一想起张丽丽和那个所长在一起的样子，我就使劲摇头，咬着牙，果断地把头颅别过来。

大约六年后，朱秀秀给张安斌生了一个大胖儿子。庆生时候我去了，看孩子相貌，和张安斌很相像；有一年春节回老家，却听说，安志勇和县里的媳妇离婚了，俩人也没孩子；而且，安志勇也没在任何单位上班，而是又回到了村里，盖了一座新房子，花五千块从人贩子手里买了一个女子做媳妇。正月初八，我趁去给舅舅拜年的时机，拐到安志勇所在的村子；安志勇一看到我，就一蹦三跳地跑回屋关上了门。我站在他家院子里抽了几根香烟，然后骑上摩托车，怅然若失地离开了。

盛夏的沙漠，秋天的沙漠

几乎每天傍晚，我都要到附近的戈壁沙漠去。不怀任何目的。斯时，夕阳正浓，从营区出来，脚步落在干硬的戈壁上，大地的滚烫透过脚底，向着周身蔓延。尽管燥热，但这似乎是生命力强悍的表现。沙漠戈壁表面无物，荒凉千里，可内里蓬勃、丰满和妖娆。这种蓬勃和妖娆，一方面来自自身的深厚与宽广的蕴含，另一方面则源于宇宙，尤其是天空（星辰与日月）的赋予。只有在如此的环境当中，人才会懂得，无论大地和天空多么遥远，本质上却是一体的。人和其他万物也在其中。

完全可以随心所欲，随遇而安。落日的光辉总是会呈现出一种绝对的，甚至极致的末日景象。那么强大的光芒，杀戮一般地覆盖和冲洗大地，辉煌而又惨烈。觉得累的时候，一个人坐在烫如文火的沙子上，可以感觉到大地连接身心的细致而又婉约的力量。它深刻，又不动声色；温婉，但富有耐心。

我常常这样，孤零零地，深入到沙漠戈壁之间，把自己也作为浩大之地的一部分。

这种感觉，悲怆而又神奇。

远望的戈壁平阔、黝黑，站在那里，才真切地感觉到地球真的是圆的，不论朝哪一个方向走，走多久，趔趄或者豪健，最终都会折回起点。这似乎是宿命。要是下了雨，骆驼刺上就会少一些灰土。沙漠之中的事物都是相辅相成的，这一点，与其他地方没有区别。枝干扭曲龟裂的沙枣树也满身绿叶，再大的风，也听不到它们相互击打的声音。那些灰白的叶子紧密相连，相互摩挲，但绝不彼此嫌弃。它们始终和谐相处，在生长和生存当中，既互相干扰而又乐于合作。

天色持续转暗，树林在密集的白沙上制造出的夸张阴影，也在不经意之间由淡变浓，渐渐虚无；蜥蜴、蚂蚁和黑甲虫不知疲倦地奔窜或者挪动。连续的风，把远方的沙子不断堆在树根、草根，形成大小不一的土丘。有一些沙鸡、野兔在里面隐藏。还有一些被丢弃或死难者的骨头，横在流沙上。每一次看到，我都觉得，它们是肉体的遗物，也是生灵们曾在的唯一证据。

清风吹来，土腥味浓郁得让人咳嗽。星辰出现，在头顶，如同凭空而戴的晶亮冠冕，令人的灵魂也跟着熠熠生辉。索性躺下来，我会觉得，整个天空就好像垂在鼻尖上，压在睫毛上，甚至呼吸也是蓝色的。大地无人，万里空旷，我是唯一的，大地如此浩大，它是我一个人的疆场。这疆场极其干净和静寂，容身其中，我觉得自己存在又不存在，微小又庞大，具体且又凌乱。

这当然是在夏季的傍晚，离开本来就很少的人群，在外面的戈壁上，一个人行走，似乎一匹孤狼，或者风中的石头，自己把自己流放。长时间和戈壁夕阳乃至石子草木一起，我觉得了一种无尽的宁静和空旷。

可这种境界注定不会长久。通常，当我站起身来，夏天就甩手而去，秋季凛冽来到。戈壁沙漠内外，尘土飞扬，每时每刻，又无孔不入。更多更大的暴风从沙漠戈壁深处来，也从地狱甚至天堂来。树叶就被风成批地扯下来，落在杂草上、野地里、营区的各个角落里，那种干枯，似乎烧焦的梦境，散发着宿命般的悲伤意味。某一日清晨出门，忽然冷风如刀，割人脸颊。随风跃上路面的少许沙土黄黄的，成条状，蛇一样地快速游弋。少有的草和枯叶在水泥路面上亡灵一般滑翔。脱尽繁华的杨树林当中，成群的乌鸦制造出频繁聚合离分的斑驳阴影。

我的行迹简单而固定，从宿舍到办公室，再到饭堂，像一架机器，锈迹斑斑，且不得不正常运转。土拨鼠和小跳鼠也都由户外转向室内，用人类的建筑将自己遮挡在寒风之中，把戈壁及其一切都扔在原地。干冷而枯燥的夜晚，风在窗玻璃上不断冻佐舌头，飞行的沙子被坚硬的墙壁还击得粉身碎骨。我只能看书，或者看电视、喝酒，然后躺下，关闭灯光，在黑暗中被风声摇晃。

风暴是一种掠夺和摧毁，尤其春秋两季，无际的沙漠，俨然是它们排兵布阵与两厢厮杀的战场。它们让人猝不及防，在空荡的大地上，携带大批的沙尘，箭矢一般地对所有直立的事物进行杀伐。有时会将骆驼刺连根拔起或将一些树及其枝条折断，吱呀裂开和轰然落地之声，在黑夜格外突兀。土腥味浓郁，对所有的生命来说，那是一种无可规避的封堵。满屋子都是土。窗台上躺着一群洁净的沙子，堆满碎了的黄尘，走廊面目全非。就连灯箱、旗帜及某些建筑物，也遭到了强力袭击和非法涂改。

唯有盛夏，风暴才会被自然之手牢牢关死。

火焰腾起。傍晚的房间被夕阳烧成蒸笼，尽管风流不断，但热度丝毫不减。很多的战友在操场或林荫道上散步聊天，身边是正在开花的红柳树丛，它们强大、茂盛，泛红的皮肤像在渗血。红柳叶子细碎、略长、娇小。老兵说，古代的兵士用这种灌木枝条做箭杆，再套上铁头和羊骨，就是著名的飞鸣镝了。由此，我总是想到匈奴民族，他们是巴丹吉林沙漠乃至周边广大地区的真正驻牧者，他们的鸣镝和马蹄横穿蒙古高原和整个西域，驱逐月氏，马踏东胡，并在白登山围困刘邦二十万大军，并在相当长的一段时间内，以其不可一世的武功与战力，迫使西汉纳贡和亲……而现在，红柳树丛常见，匈奴却真正地成了比沙漠还深的消逝者。

有一段时间，我经常到戈壁之外的另一个营区，看望一个同乡战友。多数也是傍晚，从祁连山斜射而来的夕阳在大红与大黑的戈壁之上，制造出凝重与辉煌的氛围。唐代李华《吊古战场文》说："浩浩乎，平沙无垠，夐不见人。河水萦带，群山纠纷。黯兮惨悴，风悲日曛。蓬断草枯，凛若霜晨。鸟飞不下，兽铤亡群。"

如此壮貌，令人心生悲切与苍凉，生命的惨烈撞击与收割，死亡之凶猛与猝然。战争之于人的伤害，是人的罪恶，也是人类古来无法摆脱的命运之一。大致因为这样的想法，每次在戈壁沙漠上行走，我的脚步都不够从容，同时也很重。轻的是心，重的也是心。这戈壁之下，肯定有很多的尸骨、灵魂、旗帜和冷兵器。我的脚步也一定一步步地踩疼了蛰伏千年的灵魂，它们是匈奴的，还有乌孙和大月氏的，当然还有西夏与蒙古，霍去病的将士，抑或冒顿的战马与骑兵。

战友所在的连队营房后面，也是戈壁沙漠。在巴丹吉林沙漠，以荒凉浩瀚为背景，是戈壁大漠边缘每一个人的宿命。有一次，我去找他叙旧，也正是傍晚，为了不打扰同宿舍的其他战友，我和他就到营房一边的小杨树林里坐下来聊天，说一些自己和他人的事情，还有各自将来的梦想和打算。不知不觉间，夜幕四面合拢，如同悄然渗透的敌军，将所有的颜色都置换成单一的黑。

我告辞，一个人沿着来路往回快步走。此时，夜关闭了很多声音，只有风。我的脚步声格外嘹亮，嚓嚓的声音，似乎是通过骨头发生并且传到耳膜的。

一个人在沙漠当中走，只有来路，没有去处。尤其在黑夜，每一处都可能是陷阱，一不小心，就会被虚土沙坑石头一样连根吞噬。相对于浩大的世界和纷纭的众生，一个人在与不在，其实一点都不重要。唯有沉寂的沙漠，才可能觉察出一个人的肉身温度。还有那些在这里消失的人和动物的灵魂，对同类，它们会觉得亲切，还是会一如既往地沉睡，将一切外来之物作为一种冒犯与打扰呢？

任何一处都是有生命的，只是有些不被看见，或者隐匿着。冷寂之处有些东西也可能最繁华、最密集，比如历史，比如自然的种种存在，不论是隆重还是卑微的，它们都与我们同在。如沙漠戈壁当中骆驼刺、马兰花、芨芨草、梭梭、沙枣树，以及残存的胡杨树等。

大地无限神秘，也无限蕴藏。

多年之前，这里有不少苦修的喇嘛，他们选择荒僻与艰绝之地，以肉体的磨难促使内心顿悟或抵达某种境界。还有一些学者，如多次从这里走过，并所获不菲的伯希和、贝格曼、斯文·赫定、科兹洛夫、橘瑞超、大谷光瑞、徐炳昶、袁复礼、黄文弼、丁道衡、李宪之、马叶谦、刘衍淮、崔鹤峰、胡胜铎、陈宗器、徐近之、郝景盛、刘慎谔、马衡、刘复、詹蕃勋、龚元忠、尤寅照、龚继成等，他们于西北考察，几乎每个人都因此而有新的发现，在学术上卓有成就。据说，在阿拉善高原，斯文·赫定还在额济纳建立了一座气象站，发现了名动一时的居延汉简。但斯文·赫定、科兹洛夫等人，却将上万枚的居延汉简与西夏遗物运到了他们的国家。

由此可以说，沙漠并不荒凉，居延汉简、西夏文物和回纥公主城等历史遗存之外，还有古老的蜥蜴、四脚蛇、红蜘蛛、红狐、白狐、双峰驼、发菜……更多的是，隐藏于民间及沙砾之中的故事传奇。比如，我听说过的人和红狐的爱情故事；在风暴中消失的人数十年又颜面如初地回到村里；某一些王朝贬官逐臣的后代忽然又举家迁回故乡；某一些当地女子与在这里军营的男子婚配后远去他乡的种种际遇……无论是现实的，还是带有一定传奇性质的，其实都富有意味，并且与繁闹之地的人群故事毫无二致，只是多了一些荒凉感。

回到单位，洗澡，晚点名，躺在干热的房间，浑身的热，仿佛有些火焰，从肉身之内向外流泻，似乎咝咝的气息。辗转数次，床铺一片濡湿。直到凌晨，才可以听到咫尺之外的鼾声在楼后的榆树灌木丛中打滑。洗漱间缓慢坠落的水滴似乎是一种试探性的敲击。我看着窗户之上的天空，星辰闪烁，感觉就像是夏天躺在故乡的水泥房顶上，万物漆黑，唯有天空明亮。后半夜，风逐渐变凉，树叶发出群体性的摩擦声，夜虫嘶鸣，从四面八方，不间断地将人间的睡眠包裹其中。

某一日，我再次背起行李，提着包，到另外的一个单位报到。这里是机关所在地，还有家属区。住的楼是苏式的，两层，里面住了一群人。干部在二楼，战士在一楼。我整理好床铺，很早就睡了，到半夜，楼上是剧烈的床板声。楼上的一个战友，妻子来队。我当然知道他们在做什么，也忍不住想入非非。身体某处焦灼不堪，充满爆破力。

第二天早上出操，见到楼上的人，我不知道该用怎样的眼光去看他和她。去饭堂，再去办公室，打开门，书籍、烟灰缸、挂图及各类规章制度，给人一种森然的凌乱之感。我找到扫把，从最后一排开始扫，然后到公用的水房冲洗了拖把，一阵劳作之后，房间里便腾起连绵的热。

我汗流浃背坐下来，他们就陆陆续续地进门了。

坐在靠窗的位置，我看到大片的阳光，还有几座同样的办公楼。巷道里，放满了色彩斑斓的自行车。有一些高跟鞋，时不时地在光滑的水泥台阶上敲打，咯噔咯噔地，响亮得让人内心绮丽，涟漪荡漾。

傍晚散步，我和四川籍战友李秀强一起，沿着办公楼前的小马路，一直向北走。很多人在操场上打球，或者三五成群散步聊天；还有的，坐在树荫下，很开心的样子。这其中，最惹眼该是那些漂亮的女干部了，她们换下制服，穿着裙子或者单薄的衣裳，蝴蝶一样飞。我侧脸看，李秀强也看，所有看到的人都看，甚至连窗户也在看。李秀强咽了一口吐沫说，中间那个漂亮。我说，都不怎么好看。李秀强说，你小子是吃不到葡萄说葡萄酸，然后嘿嘿地笑。我没否认。楼房的尽头，是一道围墙。一株起码有一百年的庞大沙枣树，庞大的冠盖覆盖了围墙内外一大片土地。

再向外是菜地。一个单位一片，种植了一些蔬菜，如大葱、胡萝卜、白菜、香菜、西葫芦、番茄、青椒、茄子，还有南瓜、豆角、苦瓜。走进去，鼻孔立即被湿气围堵，身体一片清凉。

李秀强说，新兵连时候和咱两个一个班的安平就在旁边一个连队的菜地。

听到安平这个名字，我脑子里出现一个长着一字眉、大嘴巴、脸膛宽阔、身材矮胖的人的模样。穿过一道用沙枣树枝扎成的围墙，踩着湿泥，走到一座红砖房屋前。李秀强用四川普通话高喊安平的名字，好久没人答应。我摘了一根刚刚成形的黄瓜，扭开水龙头，简单洗了洗。两个人嚼得满嘴绿沫，直说解渴、好吃透了，忽听背后一声大喊，急忙扭头，看到一个身穿陈旧黄军衣，戴着一顶黑草帽的人从菜地栅栏处冒了出来。

他就是安平。他说，这地方，从前是一片绿洲，水草丰美，到处都是牛羊和牧人，还有成片的树木及各类灌木。现在是人居之地，很多植被仍旧在人造的钢铁水泥之外被保全。在蔬菜茂盛的季节，这里空气湿润，树木环抱，青蛙和夜虫很多，就连鸟雀也喜欢在菜地四周筑巢。

三个人坐在小砖房门前的木凳子上，回忆在新兵连的事情，如某某战友咋样，做过哪些可笑的事儿。猜测三班长和五班长的对象到底谈着还是吹了，说连长和指导员两人的共同点和不同处。如此等等。人少，因为没有顾忌，不怕说错话，气氛热烈。我想，这种场景是尽可以放松的，也是尽可以把自己拿出来，把内心的想法毫无保留地发表。直到虫子们也喊叫得有气无力了，我们才恋恋不舍地告辞，各自回到宿舍，晚点名，洗漱，沉沉一夜后，又是新的一天。操练之声惊飞鸟雀，就连路面和墙壁上，也都是回声。

第二天傍晚，我和李秀强再次去到安平所在的菜地。坐在一棵沙枣树下，到不远处的小卖部买了一扎啤酒，三个人就着黄瓜、青辣椒，边喝边说。李秀强说他来当兵之前，家里给他介绍了对象。还说，他对象长得很好看，临来的那天晚上，俩人亲嘴了，觉得有味道。他还用手把人家姑娘身上重要地方都感觉了一遍。安平说，有一个女同学托人给他送了一条围巾。可到年底，她立马就成了村主任的儿媳妇。

在巴丹吉林沙漠，军事之外，我最喜欢的事情，还是读书。读各种各样的书，书在沙漠军营之间，对于我的作用，是世界专门对一个人的贴近，是历史和文明对一个人的恩典。我到图书馆借了伯特兰·罗素的《社会重建原则》和《自由之路》。坐在围墙根下，似懂非懂地读了半天，也想了半天。他书中那些句子，有些懂，有些茫然。

单位组织游览，一群人，穿着新发的迷彩服，骑着七零八落的自行车，从安平所在菜地旁边的土道而出。围墙的后面，是一家生意颇为火爆的砖厂。在这个年代，基建使得很多人从中获利，并完成了从贫苦到富裕甚至暴富的急速转变。日光下的砖厂，到处都是成堆的砖坯和红砖，做工的人在春日之下犹如黑炭。穿过去，就看到了河流。那是《尚书》中记载的弱水河，据说大禹也曾经治理过这条河流，但弱水河的河道很宽，水很小，站在高处看，似乎某一庞大陶器上的几道细线。

对岸是一色光山秃岭。村庄在河畔坐落，把车子放在一户人家院子里，几个人向山上进发。山顶上，有一座至今完好的烽燧。大致是西汉伏波将军路博德主持修建的，十里一座，沿着弱水河，一直到现在的额济纳旗。再向西，与阳关、玉门关，甚至高昌故城和罗布泊等处的烽燧相连。

烽燧高大得超乎想象，绝不是在远处看到的那一座小土包。沿着旁边的墙壁爬上去，四边有垛口。刚爬上烽顶，就听到了如雷的风吼，在耳膜激荡如鼓。戈壁平阔万里，弱水河蜿蜒其间，一边绿洲，一边荒漠。远处的汉代遗址肩水金关、大湾城及黑城遗址也都沿着河流一字排开。更远处的戈壁上，散漫着若干峰红色的双峰驼。

在冷兵器年代，这里是重要的军事关隘，从戎的军士，写诗的过客，朝圣的僧侣，满载的商贾，从这里路过，就像沙子一样，又分赴各方。公元前99年，李陵带着他的五千荆楚子弟，沿着弱水河出发，深入漠北地区寻击匈奴主力，最终在阿尔泰山中段一带，遭受匈奴单于的重兵围困，激战七昼夜，"杀伤过当"，副将韩延年等大部将士战死，余下四百多人得以逃脱，李陵被俘后，自此流落塞外，而成"千古第一伤心人"。李陵之勇决，张扬的是一种军人的勇气与悲剧意味，还有那种建功当朝、镂刻青史的铁血素质。

我抓住其中一座尚还完好的垛口，站直身子，朝北边的大漠眺望。烟尘苍茫之处，云高天低，荒草之下，粗砂匍匐。

这一些巍峨建筑，其实是用芦苇、模板和黄泥夯筑而成的，从西汉至今，已经迢遥2100年了，仍旧坚固伟岸。自然之物始终比人持久。历朝守卫者或终老边关，或返回故里，或早已在古边塞诗中成为"马革裹尸"及"怨妇的月下泪滴"了。

巴丹吉林沙漠在时间当中所经历、承接与流转的，比典籍记载的都要多和深厚。

骑着车子上路，便道都是土，犹如面粉，将我们飞扬得满面尘灰。到国光村外围，遇到一位老人，他指着北边的一座小山说，那儿有个土洞子，里面有壁画。几个人奔过去看，土洞子仍在，而里面的壁画只剩下几个残片，依稀可以看出和彭祖有关，壁画所表现的，也是他御女养生之内容。我们大呼可惜。傍晚，我们从另一条道路返回，横跨弱水河时，遇到一股足有两丈宽的大水，男人们脱鞋蹚水而过。水质冰冷，刚一进入，就直入骨髓，尔后全身蔓延，刺骨地疼。

到双城乡（现航天镇）政府所在地，已是傍晚，田野和村庄之上，光晕浓重。骑着车子在马路上并行，影子始终在我们前面靠左的地方，一笔一画地重复身体的动作。村庄被长着棉花、玉米和小麦的田地围拢；一些孩子在路边水渠嬉闹。村庄和村庄之间，总是有大片的荒滩。稀疏的马匹在海子边上低头吃草，时不时打几个响亮的喷嚏，用短尾巴驱赶不断围拢的虻蝇。

巴丹吉林沙漠的夏天极少有大的风暴，只有满地的植被，虽然有些零散，可再没有什么比在荒芜中不断遭遇绿洲更美好的事情了。长满马莲和芨芨草的荒滩，鸟雀和蝴蝶，牲畜和人，是一种远古游牧场景的遗存或情境再现。李广杏、李广桃、葡萄、大枣、苹果梨、西瓜等水果也在不断成长和成熟。

有一次，阵雨骤停，夕阳普照，我恰好路过一片麦地，麦子和周边的草，真配得上崭新如洗一词。迅速退去的乌云之后，天空蓝得似乎是看到全世界的良心，云朵如马队，如山峰，如雄狮，如军团，如猛士，如战争。我一阵惊叹，张着嘴巴，自行车摔倒在地，也浑然不觉。低头时，有几只白色的蝴蝶，在摇着雨露的草尖和麦芒上落落飞飞。

数年过去了，同年的同乡战友大部分退伍了，离开了巴丹吉林沙漠，我和少数的几个虽然还在，但都分散在各个单位。李秀强退伍回去之后，还给我写了几封信，说他在县政府找了开车的工作，家里又给介绍了对象，正在谈。安平在老家开了一个家具专卖店，买了一台客货车，每天往四里八乡送家具。因为大多数战友的离开，属于个人的热闹消失了，老乡和战友间的你来我往，谈天说地，无拘无束，也变得非常奢侈。大多数时间，我一个人，或者和同事，最奢侈似乎是在睡不着的夜晚，到新修的人工湖边坐坐，说一些子虚乌有甚至异常现实的话。

人工湖一侧，堆砌了几座假山，植满红柳。背后的荒滩上，长着大片的沙枣树，有的老到了不朽，有的从根部滋生而起，已经独立成木。散步到那里，芦苇丛中忽地飞出野鸭，惊走的野兔一眨眼就闪没在厚实的茇茇草丛。

我说我想在这里建一座房子，在树林一边开一片田地……可惜，单位不允许个人在营区自行建房。再后来，遇到不开心的事情，或者想静静了，就一个人去到那里，在厚厚的茅草上坐坐，喝一听啤酒，抽几支香烟。把心情打乱，再一一捡起来。有时候朝着沙枣树林大喊几声，在草地上傻子一样地跺着脚猛走几圈。

还有些周末，睡到日上三竿，吃点东西，拿一本书去那里看，看到日落，天黑了才回来。几年下来，我在那里看了《环境的思想》《巴黎圣母院》《代价论》《忏悔录》《通往奴役之路》和《毛泽东传》（罗斯·特里尔）、《红与黑》《思想录》《战争与和平》《百年孤独》《树上的男爵》等书籍。在那里，除了草木和鸟雀，还有时不时跑过来的脏兮兮的羊，远处的车鸣和近处的人声，一切都是安静的。太阳晒到了，就换个位置。冷了，就在阳光下晒晒。困了，就躺在青草上假寐一会儿。在巴丹吉林沙漠，有这样的安静去处，也是一种安慰。在一个集体当中，个人是需要一种持久而随意的安静空间的。

几年后，我又到另外一个单位任职。那是最远的一个"点号"，距离机关和家属区所在地七十多公里。从空中看，像是海里的孤岛。从原单位，乘车去到，至少得两个小时，沿途都是戈壁大漠，在其中行车，是一种凶险的漂浮——一台车，在大戈壁上，就像是一块不断滚动的石头，被车轮卷起的白色烟尘如影随形，犹如古代的狼烟，看起来气势雄壮，令人顿生豪气，但随时都有倾覆的危险。

在那个营地，除了手头的工作，加班加点之外，我也时常到营门外面的戈壁去。其中的一次，去了几公里之外的一座沙山。沙山之后，是更多的沙山，更多的沙山，构成了汹涌的巴丹吉林沙漠。

波纹的沙地表面坚硬，脚一踩，板结的表面就破裂开来，里面还是沙子，有点温热。再下陷一公分，无论再炎热的天气，也是凉的了。从一边的沙谷顺坡滑下，足有 500 米。飞速的下落当中，伴随着倾斜，有时候觉得自己就要沉入茫茫沙漠之中，再不会出来，而在眺望蓝空和远处的时候，觉得了一种从肉身到灵魂的快感。

向下的感觉，是快意的，那过程，让人想到彻底的堕落和坠落。很多时候，单位组织拉练。旗帜后面是队伍，从沙山逶迤向东。戈壁之后是巴丹吉林沙漠的腹心，我体验到了一种瀚海行军的激越力量，与我一个人在某些角落形成了鲜明的比照。一个是集体奔腾、刚烈勇决，一个是个人对自然甚至某种境界的安享。一个人在戈壁上行走，看到的是空无，看不到的在心和身体之外。但静坐或仰躺得时间久了，感觉自己就是戈壁的一部分，静默的黄沙总是有一种埋葬的欲望。

在军营，我觉得自己是一张不断拉圆的长弓，从身体到灵魂，一切都咯咯有声。这一时节的沙漠军营，不断有家属来队，原本的空寂与性别的单调仿佛一个梦境，触目所见，一切都是热闹的，广场和马路上彩裙飘飘，孩子们马驹子一样奔啸和嬉闹。绿地、花朵、树木成片。葡萄正在长大和成熟，青苍的苜蓿忽然老去，向日葵集体转动向阳的头颅。

游乐场里有喷泉和灯光，女人们舞蹈，嘹亮的乐曲声把蚊虫震惊得仓皇奔逃。到人工湖边，声音渐渐小了，鱼在水面制造幽静的气泡，蝙蝠冷不丁掠过头顶。大批的虫鸣在泥土和草丛不断把嗓门调高。

营区以外，夜幕遮住戈壁，还有弱水河和它养育的少数村庄。我看到，营区周围的草滩越来越少，房屋成群，人来车往。不知道具体从哪个地方迁徙来的异乡者，用各种各样的货品、手艺在沙漠边缘谋生。期间，有一些面孔不见了，另一些就会迅速补上来。有一些天天照面，在办公楼、马路、机房和设备上，熟悉得如同另一个自己。我们在巴丹吉林沙漠的军营，就像一个自成系统的部落，或者就是一座沙漠间真实存在着的海市蜃楼。

某一天，落叶打在我额头的同时，也躺在了脚尖。我惊异，这时令还在夏天，叶子怎么就发黄并且提前归根了呢？后来我才知道，即使在春天和盛夏，也有一些叶子，甚至树木提前阵亡。这使我莫名悲伤，虽然只是一个小小的自然现象，但给予我的内心震动却不亚于一场龙卷风。生和死，生发与腐朽，每时每刻都在进行，并且往复不已，无有休止。自然本身具有一种神秘、自足的调适机制与力量，并且无视人和其他事物。很多事物，并非我们主观所想。在这个世界上，看似顺理成章的事情，往往包藏着一些令人错愕不已的绝望和忧伤。

沙漠中的树木花草本来稀少，且都不会大片存在。但是，秋天来到，植物们便整齐地颓废和沮丧起来，枯萎、衰落，这种肃杀，使得我觉得了冥冥之中的律令，它严格、冷酷且果决。老子《道德经》中说："天地不仁，以万物为刍狗；圣人不仁，以百姓为刍狗。天地之间，其犹橐龠乎？虚而不屈，动而愈出。"这似乎是天地的本质，万物的伦理。

难以置信的是，老子在数千年前，已经看得如此透彻了。思想的力量，总是可以超越时空的，也是最能够与天地同在共生的。

气温骤然下降，虚空之中，一片冷凝和肃杀。夜里，需要盖好身体了，气候的神奇性就在于，它始终用一种无形而强大的力量促使着万物的顺应与改变。再几天，早上出门，大批的落叶就躺在了楼道里。这些整个夏天都在风中拍手，为日光和人群欢呼的绿色精灵们，忽然一下子就衰老了，转眼之间，就奔赴到了末日。

每次在路上或者树林里看着它们，我都不忍下脚，尽量从它们的缝隙走过。在内心，我怕从脚下传来的那一些骨肉寸断的脆响声音。叶子们虽然失去了生命，可它们一定也是有尊严的。走到马路上，一夜之间脱离母体的落叶被风推送到路边的壕沟里，树木的根部及其荒草之中，凌乱无序，但似乎也充满着生而仓促的快意与宿命如注的悲伤。

到营区边缘，张目四望，天地合拢，大野空茫，迎面击打人身的风中不仅多了暴戾的气息，还胁迫了大批的细尘，肆无忌惮地漫天席卷，进入人和万物的口鼻和腹腔，也使得洁净和单纯再一次蒙尘。我暗自说，又一个秋天来了，这一年一度的收割，这满含象征和隐喻的名词和生命律令，总是这么庞大、决绝，似乎一种不容分说的决断和抢掠。对于人和大地事物来说，秋天是对时间过度"喧哗和热闹"的当头棒喝，也是对万事万物再一次的收拢与再造，更是全天候、无死角的警诫与教导。不过数天，昔日苍翠的绿洲就被营区外庞大的铁青色的戈壁和白色的沙漠兼并了，巴丹吉林沙漠就又再一次陷入天空寂寥、大地僵硬的孤独与苍茫之中。

悲秋之心贯穿了人类从古至今的情感和精神生活，而我却发现，靠近弱水河边的杨树和柳树有一些离经叛道的意味。它们的叶子总是要落得迟一些，而且，都会在深秋之时突然由绿而黄再深红，犹如大片集中的红枫，灿灿夺目，可似乎又包含了一些诡异、易于寻常的意味，特别是靠近营盘水库的那几片树林，杨柳树叶子深红后，整个水库都受其感染，那在水中荡漾的红，犹如一场绝色布景，也好像一场具有某种深度的盛宴和"异象"。连树林周边的草滩、芦苇丛也是。只不过，芦苇的白头总是让我想起古代将士的盔缨，在杨柳树叶的映衬下，瞬间就有了悲壮之感。

夕阳灿烂之血从背后一点点撤退。抓住一株骆驼刺，摘几枚叶片，放在嘴里嚼，味道很苦。西风长驱，撼天动地，整个巴丹吉林沙漠就再一次地陷入了天地荒寒的境界之中。至此，我才明白，不论夏天还是秋天，这是大自然的一种固定而又蕴意深刻与美好的动作。它们的每一次来临，深入和触动的，却是人的内心和灵魂，并且轮换往复，无休无止。

巴丹吉林：落日与废墟

｜落日与马｜

落日，在西北，在沙漠，这是最震撼人的景象了。如果屏着雪山、大漠和长河，这一自然情境超越了人类任何趣味的审美之大美。雪山之上，金乌奋力地弹射最后的光，宏大而气象万千，大地上的一切，连人心，地底的昆虫，甚至亡灵，都被照彻了，颤抖或者掩面伤悲。如果是大漠，则可以看到消失了的行人和驼群，还有战争的厮杀，以及死难者的魂魄。太阳如轮，其色如血。它普照与昭示的是万世轮回，万众沧桑；是生命的雄浑与脆弱，悲凉和凄怆。如果是大河，流光如金，一块一块，一堆一堆，在河面上闪烁而辉煌，令人欣喜又令人顿感诸般虚妄。

很多时候，傍晚，骑着落日，我在巴丹吉林沙漠西部边缘的鼎新绿洲村庄之外，草甸子上，看到落日之下低头吃草的马。或是红色，或是栗色，或是白色，或高大或矮小。它们弓一样的腰身，始终呈弹射状。——再加上落日的辉照，这马的美感，令我不自觉地热泪盈眶。起初，我不知道自己为何如此。直到有一次，在肃南裕固族自治县境内的临松山下骑上一匹马，走在荒草之中的时候，才倏然明白，原来，我的内心甚至灵魂当中，始终有着极其强烈的渴慕骑士的夙愿。

那临松山，是沮渠蒙逊的故乡，他的出身，即所谓的"卢水胡"。在这里，有北魏时期修建的佛窟，名叫马蹄寺。那一个下午，在落日之下，站在马蹄寺下面的河谷，回身看到一个红衣喇嘛，站在马蹄寺最高处，衣袂飘飘，体现的是一种超凡的姿态。我激动莫名，瞬即流下了两行眼泪。在西北，最美的事物一方面是宏大无匹和苍凉悲怆的，另一方面则是细微和具体的。

就像戈壁边缘低头吃草的马，它们早就失去了应有的价值。马与人类的关系，无论在何时，都是合作互助的。牲畜与人的历史，构成了人类历史最惨烈也最精彩的部分。我的骑士梦想其实在很小的时候就萌芽了。那时候，村里一般没有马了，多的是驴子、骡子和牛这样的既能负重，又能骑乘的实用性的牲畜。有一次，我问父亲，为什么不养马呢？父亲说，马跑起来可以，可没有耐力，还特别难驯服。种地拉铁犁不如牛和骡子，老了卖不到价钱，也舍不得杀了吃肉。

我黯然。我也知道，南太行乡村人没有吃骡马和驴肉的习惯，甚至牛肉都觉得吃了有罪。他们都以为，这些牲畜对人有益处，为人干了一辈子活儿，老了，再卖了或者杀掉吃了肉，总觉得对不起它们。我觉得这一点，是人类内心深处最深刻和最具有原始性的悲悯思想，也是人之为人，心有善意的表现。尽管，人对人有时候显得残忍、无道，但有一些善意就是美德的昭彰了。

在巴丹吉林沙漠，我爱马，喜欢看着牧人骑着马放牧牛羊甚至马的同类，即使限制而养的马，只是为了驾辕拉车的马，也令我喜欢不已。

比如，在鼎新绿洲，早些年间，还有很多人养马。这些人，主要是不会开机动车的，或者买不起机动车的。他们养马，就是用马来驾辕，拉东西。我觉得这样挺好。一个养马的人，或者喜欢用马的人，内心一定是有一些古老的农耕或者游牧情结的，也可能像我这样，是渴慕骑士和骑士生活的。为此，我问过几个养马的人，他们说，有马方便，可以拉车，赶集的时候，还可以骑着去。

尤其是最后一点，令我欣喜。骑马，在这个年代，该是多么古典而豪壮的一件事？其中有诗歌的浪漫成分，也有人类与马有史以来的亲密关系在内。我觉得，人和马，应当是人和所有动物的那种理想状态。在鼎新绿洲，许多的傍晚，尤其夏日，我长时间站在草甸子旁边，忍着飞舞的蚊虫，就着落日端详一匹吃草的马。它不断地甩动尾巴，驱赶奋不顾身来它身上吸血的蝇子和其他飞虫，也不停地抖腿、跺脚。有时候，也会低头，用自己的大牙齿在腿上、肚子上抓痒。

它们打喷嚏，声音很大，但在空阔的戈壁上，相当于没有任何声音。它们嘶鸣时需要仰头，看着远方。远方，大抵是马的一种理想，它们也知道，自己生来不是为了囿于一地，也肯定不只是为了驾辕拉车，而是载着一个人，或者独自跑到很远的地方去。那里可能是森林，最好的该是无边无际的草原。那是马的终极目的地，也是梦想的家园和疆场。人类束缚了它们，给它们戴上马嚼子，还有缰绳和鞍子。这对于马来说，是严重的束缚。而人类，最喜欢的事情，大抵是放松自己，困束他者。

偶尔的冬日，马大都会在日光稍微温暖的时候，被人牵到草甸子上，戴着很长的缰绳自己寻觅草吃。它们脚下尽是盐碱地，一层层的白碱泛出地面，像是一层霜。马蹄踏动的灰尘，细微而又绵长。夕阳之时，马开始焦躁，它嘶鸣，围着钉缰绳的铁棍子打转，它在呼唤主人来带它回圈里。沙漠的冷，除了狐狸和苍狼，骆驼与野驴之外，似乎没有其他的动物可以直接抵挡。有几次，我看到主人牵着马，走在厚厚的冰面上。主人也怕马摔倒在冰上，多数时候，会撒一些干土，或者茅草，以便于钉着铁掌的马蹄能够稳健一些。

冬天的落日虽然光芒不够强烈，但它在落下地平线时候挣扎的光晕，还是有些动人和浓墨重彩的。雪山愈加峭拔、高迈，多数河流会结冰。戈壁大漠的温度下降到了零下 30 度左右。夜幕快速侵袭的时候，太阳光是唯一的温暖来源。此时，沙鸡、狐狸、骆驼、驴子和羊、牛等，都把头颅朝向了西边。马则有些随其自然，它们不看，而是用慢慢倦怠的身体，委身于茅草的圈中。此时，马会大口喝水，冰冷的雪水打湿了它们的嘴巴，以及嘴巴周边的绒毛和皮肉。夜间，马会突然惊醒，好像做了一个什么恢宏而壮烈的梦一样，一下子弹起，用蹄子猛踢木门。可是，木门紧闭，外面是一阵紧似一阵的寒风。黑夜里的一切，都沉寂了和躲避了，唯有天光和马，以及朝阳，正在酝酿新一轮的照亮、奔跑与命运的铁框。

| 风雪大湾城 |

竟然下雪了！这在巴丹吉林沙漠，极其罕见。沙漠长时间以干燥对应天空的虚幻和轻软，雨和雪花是它最为柔情的表现。雷电、乌云，则显示着天空的暴怒和不满。早起，看到白茫茫的街道和建筑。金塔是一个名不见经传的小城，它的标志性建筑就是那一座矗立在城南角，戈壁与乡村混合处的那座金塔，也叫筋塔，大抵取以木板和芦苇为筋的意

思，据说建于元代。那个年代，河西走廊信仰最多的，大抵是藏传佛教。无论哪一种宗教的本意，都是用来教人向善，也是给人以希望，教人在俗世中想象着，还有一个极乐世界或者天堂，在等待着每一个人。因此，尘世的苦，都是可以忽略不计的。而且，受苦是人生的常态。

早上驱车，当然是他们的车，我至今不会开。对于车子及其他机器类的东西，我天生有一种排斥，也有一种惊悚感。果不其然，车子在雪上奔驰的时候，有几次严重打滑。坐在上面，我觉得了一种即将倾覆的危险。后来，司机下车，猛然的雪花和冷风，一群钢板一样冲了进来。我看到，满天满地的大雪，封住了昔日焦黄、枯燥的戈壁滩，零星的新疆白羊和沙枣树等歪斜着身子，枝干上绉满白色的雪花。这雪花，在沙漠戈壁上，就变成了一种活的东西，像蚂蚁，一只一只，以强大的黏结力，附着于任何可能的事物内外。

这条公路，从酒泉开始，直通阿拉善盟，也可以沿着贺兰山，抵达宁夏。然而，最近的还是鼎新（民国早期为毛目县）及大湾城。到河东里，车子脱离公路，在白雪蜂拥吮吸的戈壁上颠簸而行。这样的道路，其实不是路，但也是路。戈壁大漠，到处都是路，但不是每一个方向都可以抵达某个有生机的地方。此时，天色暗暝，朔风带着大朵大朵的白雪从各个方向持续冲击。

远远看到弱水河，不过是一条河道。弱水，也称居延泽。"泽"即泽国也，这说明，在汉代乃至稍后一段时期，这一带的水资源是非常丰富的。弱水河并不像现在这样，只剩下一道干涸的河床。也可以想到，没有水，王朝何以设置军镇？这也说明，自然本身也在进行不断的调整。有些事物消失了，有些新生。还有一些，在改变中存在，也在存在中改变。弱水河便是其中一例。

《道德经》说："夫物芸芸，各复归其根。"弱水河身上所体现的"无常"和"常"与老子所说的"道"乃至天地之道是吻合的。到大湾城跟前，只见一座高约有二十米的黄土墩子，老虎一般蹲在那里。风在吹着，雪花一片片地扑打着它。双脚落地的时候，忽然打了一个趔趄。"穷腊天地闭，云气匝野垂。"这两句诗歌，大抵也写这样的天气和境域。那一天风雪之大之猛烈，是我平生仅见的。岑参"风头如刀面如割。马毛带雪汗气蒸，五花连钱旋作冰"也是此情此景的绝佳写照。戴好帽子裹紧大衣，几个人闭嘴而行。到那面黄土墩子前，同行的朋友说，这叫"鄣"，意思是像屏风一样的遮挡物。也可以理解为，这"鄣"就是大湾城主城的"屏风"。

继续向内，脚下的积雪之间，有许多的骆驼草。此时它们已经枯了，只有干硬的枝条和尖刺。还有一些一人多高的马莲草，一丛丛的，匕首一般坚韧、细长。在旷野，所有尖锐的事物都是对自己的一种杀伐，也是对时间这个无形之庞然大物的抵抗。这"鄣"的东面，还有一段残墙，大约六七米的样子，是从"鄣"延伸过来的。与之呼应，西面也应当有一面土墙。可惜，西面的土墙，因为处在风口，受损自然严重。其倒塌和荡然无存，也是命定之事。

这大湾城，其实是都尉所在的地方。都尉，大抵是一处驻军地的最高长官。当年，李陵就是酒泉骑都尉，好像是酒泉郡和张掖郡驻军的一个教官。他出塞寻击匈奴主力，缓解李广利大军的压力，也是从这里出发的，可惜，他的副将韩延年并"荆楚勇士，奇才剑客"数千人战死在了漠北浚稽山（阿尔泰山中段），李陵虽然苟活，但其内心之痛苦，想来是巨大的，一生都无处排解掉的。

在城中，四面漏风，而且是狂风，雪花似乎越来越大，也越来稠密了，我们一个个缩成一团，走到"鄣"后面的黄土房屋面前，因了"鄣"，它们比城墙还要完好。同行的专家说，这是宋元时期的建筑，并不是两汉时期的。元代在此驻军，是完全可以理解的，而两宋的疆域之小，武功之弱，如何能兵行此地？那些房间，有些狭小，好像是放兵器的仓库，也好像是守夜将士轮流的休息之所。同行的专家说，这大湾城，其实有两座，一个叫东大湾城，还有一个叫西大湾城。一在弱水河东，一在河西。这样的布局，当也是军事作用使然。

他还说，1930 年，贝格曼在此发掘出了数千枚汉简。这个大湾城，以及肩水金关、更远处的黑城（哈日浩特）都属于"居延文化带"。我们站在风雪的岸边，看着无水，但被雪充斥的弱水河河道，眼前的苍茫好像无休无止，也好像这地方乃是一个混沌的境界。也可能，这正是边关古塞特有的气氛。历朝历代，无数的人来自不同地方，应征入伍，在如此的地方驻守、作战、生活，过的是一种极致的铁血生活。而边情的不确定，战争的残酷以及驻地的艰苦，使得更多的人心怀建功立业、马革裹尸的战斗梦想，却并不一定能够完整地实现，但可以肯定的是，军旅之人的内心和灵魂当中，始终飘扬着高贵的旌旗，也回荡着冲锋的号角与金铁交鸣的黄钟大吕之音。

| 黄沙中的哈日浩特 |

天空尤其蓝。初秋时节的巴丹吉林沙漠，天空一般不会出现云朵，更不会下雨。风暴可能会有，但频率不高。我们去到，在靠近额济纳旗达来呼布镇的地方，转到一面略显平整的戈壁滩上。这里是内蒙古，也是蒙古土尔扈特蒙古部从伏尔加河回归祖国的驻牧地之一。黑城可能就是马可·波罗笔下的"亦集乃城"，他在自己的游记中写道，这里有一种兰猎隼，还有很奇怪的婚配习俗等。

但我一直觉得，马可·波罗的东方游记有相当部分是不切实的。也或许，他完全凭着想象完成了我们这样一个"东方帝国"各地的想象性"记载"。这一次，我们去到的地方是当地人叫作黑城，蒙古语称之为哈日浩特的遗址。关于这座遗址的最初建造者，可能是回鹘人。在兴盛的年代，他们修建了诸多的可敬敦城。"可敬敦"的意思是公主。而黑城，就是众多可敬敦城之一。只不过，后来为西夏人占据，他们将之改造成了自己的居住地。

再后来是强大的蒙古。在这里，有一个当地人尽皆知的传说。元末，明将冯胜西征至此遭到了守将卜颜帖木儿的强力反击，无奈之下，改道弱水河，城中军民受困，挖井也不见水出。绝望之余，卜颜帖木儿将诸多财宝投入枯井之中掩埋，率众突围时候，被杀。而这个卜颜帖木儿，当地人称之为"黑将军"。关于这个故事，我是半信半疑的。《明史》上也没有更详细的记载。传说，尤其是关于某个遗址的，似乎都是缥缈的，但不可否认的是，人类古来的城郭和军事要地，都是千疮百孔的众生罹难之处。

天空的蓝让人沉醉，仰望几秒钟，便有一种飘然上升的感觉。这种感觉，除了沙漠，其他地方似乎是不会有的。可能还有新疆和西藏的某处。我们走进，看到的是一座尚还完好的古城。西边有一座佛塔，基本完整，甚至连上面的黄泥也没有多少脱落。佛塔正对的城墙之外的空地上，有一座喇嘛的坟茔。我知道，苦修或者修行，是每个人的事情，当然还有一些人舍却俗世，身体力行地悟道。这种精神，我觉得太过伟大。仅仅这种行为，已经足够令人敬佩了。

我鞠躬，向这位不知名的修行者。步入城中，才发现，四边的城墙都是完整的，只是北边城墙几乎与外面的沙丘齐平了。日复一日的风，将沙子吹过来，由于城墙的遮挡，只好落在这里，积沙成丘，在这里的体现无比形象和确切。忽然看到两只野鸭，黑色，还有一只是白色的，箭矢或者小型无人机一样飞过这空旷的古城上空。我惊叫了一声，同时觉得，这种生机和死寂的比照，它们在我们来到之时，无意中掠过我们头顶和古城，简直像是一首深有意味的诗歌。

只能说一片空旷，城中除了依稀可见的房屋的遗址，一无所有。秋天的日光打在这古老的城郭之中，除了风声，一切都是寂静的。这令人悲伤，不自觉地被一种叫作沧桑的感觉侵袭。也想起诸多关于遗址、废墟的诗句，如李白"吴宫荒草埋幽径，晋代衣冠成古丘"，陈子昂"念天地之悠悠，独怆然而涕下"，等等。这座城，不管是谁建造的，谁居住过，最终也没有逃过倾颓的命运。1886 年，俄国人波塔宁发现了这座被明朝荒废了的古城。数年后的科兹洛夫，循着波塔宁的足迹，再次来到黑城。他雇用了一个当地人给他带路，并给他送粮食和水。科兹洛夫在此挖掘出了诸多文物，运回了俄国。

再后来是斯坦因、斯文·赫定等人，他们也是最大的收获者，与科兹洛夫的挖掘收获可以相提并论。斯文·赫定的《亚洲腹地探险八年》是一本好书。科兹洛夫好像写有《中国的唐古特——西藏边区与中央蒙古》一书。此外伯希和关于亚洲腹地探险的著作，也是极好的书籍。我很早买了读，也从中了解了关于西北地区的人文历史，尤其是近代以来的探险发现。在读他们的书的时候，我明显地觉得了一种撕裂，一方面是对众多文物流失的痛惜和对外来探险者的获取的痛恨与不甘，另一方面，又对那些远程而来的探险者之别异经历，尤其是他们对于地理人文，乃至当时中国西北情况的观察记录，表示钦佩和赞叹。

科学无国界，可人们总是有你我之分，这是天性使然。在黑城之中行走，我也希望自己能无意中捡到古物，但这基本上是妄想了。这一座古老的遗址，已经被专业考古学家挖掘了数次，该发现的都发现了。现在的黑城，只是一个遗址。沉浸在荒漠之中，不远处的胡杨树因为长期缺水，早就成为一片枯木之林。胡杨这种古老的柳科树种，据说在中世纪之前，从地中海，沿着欧亚大陆，一直延伸到额济纳旗甚至更远的地方。可惜，由于河流改道，再加上沙化严重，它们分别在不同年代里，逐渐地消亡了。

这是自然的变迁，也可以称之为调整。地球乃至其中的一切，说到底都是不断地，每时每刻地变化着的。在黑城，这种感觉尤其明显。抚摸着结满灰尘的墙壁，可以明显看到当年的居民在上面留下的痕迹，如兵器的戳痕，其他硬物撞击的凹槽，拴马和骆驼的地方无意留下的深刻蹄印，等等。唯独没了人。现在，基于黑城的所有言说都是猜想和想象，当一个朝代过去，一个时空转换，后来的人们，无论有再超群的想象力，也无法复原彼时人们在此生活的真实情状。

但文字的可靠性要强大得多。正如斯文·赫定在《亚洲腹地探险八年》中对他们进入额济纳（居延）地区遇到暴风时的记录，我觉得是非常美和贴切的。他写道："当天下午，我们目睹了一幕大自然的撼人景象。一场旋风从西北席卷而来，带起了浓厚的尘土和沙粒，眼前离得最近的帐篷在尘雾中也隐而不见了。风暴凶猛无比，刮倒了几座帐篷，篷顶与衬边的物品扔进箱子，以防被吹走。风暴持续了几分钟后就渐渐停了下来，剩下的只是奇异的宁静。"而"奇异的宁静"用来形容今天的黑城，也是很贴切的。

肩水金关

1973 年，好像是秋天的某日，一队人来了。他们的装束显然是现代的，但也朴素。无论在哪个年代，人们总是会穿与自己身份相匹配的衣装。这群人带着各种仪器和设备，都是当时最先进的了，可无论再怎么先进，对待古物，还是要像古物形成时候的模样，小心地探测和挖掘。这里是黑河流域，距离金塔县城 152 公里。黑河，就是《尚书·禹贡》中所说的弱水河。后来的人，总是改掉从前人的命名。这实在是一个不好的做法。黑河，哪有弱水河这个名字好听，有诗意啊！

弱水河的两岸，从公元前 102 年左右开始，就陆续有了烽火台、侯官府之类的军事建筑。当时的皇帝及其政权所为的，只是为了防备匈奴的进攻。人为的建筑在某些时候确实有一定的作用，但更多的却是防御。这群人来到的地方，名字叫肩水金关。如果我没记错，这关隘，当是西汉路博德领军所修。这个人，虽然也是战功赫赫，但后来的名声，绝不如至死都没封侯的李广大。他还有一个封号，叫作伏波将军。据说路博德也带军去到了儋耳郡，也就是今天的海南儋州。

因为他也曾漂洋过海，带着朝廷的军队，征服了当地的一些军事力量，进而被那里的人牢牢记住了。可在巴丹吉林沙漠，与匈奴作战期间，路博德督军修建的诸多烽火台和侯官府，以及肩水金关、大湾城等，尽管遗址尚存，路博德这个名字也早不被人提起了。直到现在。人们从《史记》《汉书》《后汉书》等古籍中查阅到弱水河流域的军事建筑，准确地说，是冷兵器年代的军事建筑。热兵器之后，这些地面上的堡垒和屏障，在战争中已经失去了意义，当然，除了住人和供人浏览参观之外。所有的古建筑，都成了一种先祖们生活和战斗过的痕迹，如此而已。

肩水金关这个名字，取"（此地高台，）河流南来，如扛在肩，固若金汤"之意。与它临近的是大湾城。这两座古城之间的关系，即统帅区与前沿阵地。古人在设定某些建筑军事功能的时候，早就懂得了地理缓冲或者有效的缓冲之于军事指挥作战的现实意义，即《孙子兵法·军政》中所说："不知山林、险阻、沮泽之形者，不能行军；不用乡导者，不能得地利。"帅府在后，利于指挥，可进可退，边关在前，利于防守与进攻。这可能是"武"的张弛之道。

可现在，无论是汉军还是匈奴，都灰飞烟灭了。余下的只是一座遗址。于1973年来到这里的人，显然是跟在斯文·赫定、科兹洛夫、斯坦因等人之后的。先前，也就是二十世纪二十年代，上述的这些人首先在弱水河流域的遗址中，发掘出了数量巨大的汉简，以及其他文物。其中相当一部分，也被带到了俄国、瑞士和英国等地。

尽管如此，1973年来到的这一批考古学家和探险家，也在肩水金关挖掘出了："居延汉简11577枚，占这一带汉简的三分之一。货币、残刀剑、箭、镞、表、转射、积薪、铁工具、铁农具、竹木器械、各类陶器、木器、竹器、漆器、丝麻、毛、衣服、鞋、帽、渔网、网梭，以及小麦、大麦、青稞、麻籽、糜、谷，启信、印章、封泥、笔、砚、尺、木版画和麻纸等实物1311件。"

这队人有一个共同的名字：甘肃省居延考古队。在他们之前的1927年，考古学家、考察团成员黄文弼在居延博罗松治（卅井侯官）发现4枚简牍。时隔三年，1930年，瑞典人贝格曼在北到额济纳河下游的索果淖尔和嘎顺淖尔，南到金塔毛目（今鼎新）的广大地区等410

多处遗址中，发掘出了10000多枚汉代简牍。"居延汉简"这门显学诞生。从上面的叙述看，弱水河流域遗址之多，先前的人们留下的古物之多，有些匪夷所思。

居延汉简，就是两汉时期的遗物，这些东西，看起来是仓促留下的。具体情况是，这里的守军突然之间失败，而失败的原因，则是两汉帝国自身的衰落而导致的连锁反应。真的失败，往往是从内向外的。封建帝国尤其如此。这些器物等等，可能是当时还没来得及销毁的，也可能是埋在地下以为销毁了，却没有想到，物的生命力，毅然决然地比人长久许多，甚至超出了我们的预期和想象。

很多年后，我来到，在弱水河畔，巴丹吉林沙漠的西部边缘。趁一个周末，和一个朋友去到肩水金关遗址。这古关，实在是残缺了的，但昔日雄姿犹在。旭日东升与金乌西坠的时候，站在旁边风吹石头跑的戈壁上，就着干涸的弱水河专心仰望这座古关，除了"残缺的英雄"和"白日残垣"，我实在想不到更好的词语来形容了。也觉得，李白的"西风残照，汉家陵阙"所言的意境和趣味，真真切切地道出了人类及其所有物体在时间之中的无奈与沧桑。尽管我也想挖掘和发现，但内心并不强烈。我只想在这古关中坐下来，感受长风穿胸的悲怆，时间的悲怆，生命的悲凉，以及尽可能地体验到古代守边将士于此地的军旅生活感觉。我始终相信，被建造，被使用，被发现和发明的事物，只要与人有着密切关系，它们就会携带了人的某种气息，尤其是人在具体时空中的体温甚至情感。

夕阳下落的肩水金关，风使得灰尘不断腾起，在关墙内打着旋儿，贯穿了我的呼吸，也使得我在古老之物的怀抱中内心情感复杂，不可言说，胸腔甚至灵魂被堵满，不知道从何说起，也不知道怎么样才能够洞彻那些消失了的军卒们，在戍边时候的真实心境和经历过的那些人世悲欢。

｜鼎新或毛目｜

现在也有很多人居住于此。后来几次路过，我只是在车上看几眼，楼房和土坯房相间，散落在一片戈壁上，还有加油站、棉加厂、学校、政府等建筑和公共设施。有一些年，我几乎每个月都要去一次鼎新镇。它在民国早期的名字叫毛目，还是一个县级行政所在地，现在，则是金塔县的一个镇。

斯文·赫定在《亚洲腹地探险八年》中说，他从额济纳所在的气象观测站到毛目，骑马需要五天。到肃州，即今天的酒泉市要八天。他还说，毛目当时有邮局，他的很多文件和物品都是通过这里收发的。我后来在当地县志上查到，"毛目"即弱水河在其侧，如眉在目的意思。早些年间，我一个同乡，居然在这里的一家理发店，结识了酒泉市的一个女子，两人恋爱。那女子浓眉大眼，一副贤淑模样。有几次，他带我来鼎新，目的是看望他对象。

这类事情，对于我这样的当时还没对象的年轻人来说，简直是折磨。一个人看着另一个同性和异性卿卿我我，耳鬓厮磨，自己则树桩一般钉在旁边，那种滋味，当是比脸上忽然凭空多了一道疤痕还要难受和尴尬。其中一次，他们带着我去了鼎新镇附近的河边。这河流，当然是弱水河。他们在红柳丛中，我则躲得远远的，在水流微小如母羊撒尿的河边试着找鱼。再后来，那女子回到了酒泉市，我的那位同乡也便不再去鼎新镇。

我后来独自去，目的和他一样，找一个对象。可惜，我在这只有一条街道的小镇上晃了好几次，也没有找到一个愿意和我处对象的女子。后来我恍然大悟。像我这位同乡，他来西北的目的很明确，尽可能地做好自己的事儿。如学个汽车驾驶，或者留转志愿兵，再入个党等，如此有一样，即使几年后回转家乡，也是了无遗憾的。而我这位同乡，却比其他人多了一个想法，即在西北期间找一个合适的对象带回去。可谓一举多得。可他的运气真是好，那女孩家在酒泉，父母都是做生意的，不缺钱，她也不要任何彩礼。果不然，三年多后，他带着她回到了河北定兴。

我继续留在西北。

有几次，我问当地的几位老人，还记得毛目这个名字不？他们说，记得。并且还告诉我说，他们祖上是从高台搬过来的。有几个，说他们的祖先是在这一带当兵的河南、山东和四川等地人。由此可见，鼎新乃至西北大多数地区的人们，都是由中原一带迁徙或者因从军、经商等而留在西北的。当然，还有屯田的，被流放、贬谪，甚至是犯人的后代。这种情况，与蒙昧时期的西北情况有些类似，如曾经的"西域三十六国"，其中不少是来自陕西、甘肃、宁夏和青海等地的移民家族建立的政权。

这鼎新镇，处在马鬃山、合黎山不远处的戈壁滩上，另一边则还有狼心山等。当年的匈奴且鞮侯单于带着数万兵马远征，与西汉争夺西域这个战略要地，失败后返回漠北时，在此遭遇暴风雪，牛羊和人马冻死大半。自此，匈奴元气大伤，不久又发生了九王并立的纷乱局面。从鼎新镇向南，则是一片70公里长的戈壁滩，其中有铁矿，山中也有肉苁蓉、沙葱等植物，但极少有人进去。

每次乘车穿越那片戈壁的时候，总是昏昏欲睡，即便睡上一觉，醒来，窗外仍旧是莽苍苍的一片。出了戈壁，有几个村子，大都被杨树包围着，沙枣、红柳荆棘甚多，牛羊在村子内外咩咩叫或者仰天吼。然后是金塔县城，看起来像是内地的一个镇子。西北地区的灿烂和繁华应当是汉唐时期，今天的迟缓，大抵是距离海洋太远之故。再 40 公里左右，穿过临水乡、泉湖乡，就可以到达酒泉市。也就是说，鼎新镇和鼎新绿洲处在酒泉—金塔与河东里—额济纳之间，它的地理位置，约等于这漫漫长途中一个驿站。事实也是如此。有一年，我第一次发表了文学作品，得了一笔在当时看起来还不错的稿费，我兴奋异常，又觉得冬天马上到了，只身去到鼎新镇，在那里的一个商店里，挑选和买了一双看起来比较洋气的皮鞋。

斯时的鼎新镇，只有几家理发店和餐馆，餐馆里没有米饭售卖，一色的面，牛肉面和拉条子。尤其是拉条子，这一带人们几乎最喜欢和经常的吃食。这一带，还产大枣、杏子和苹果等水果，尤其是苹果梨，这种个大、汁多、皮薄，既像苹果又像梨子的水果，吃起来令人口舌生津，越嚼越甜。当地人还会故意把梨子放在零下二十多度的屋外，把梨子冻得乌黑之后再吃，若是感冒了，咽喉肿疼了，拿出来吃，很有功效。

数年之后，我到鼎新镇去得多了一些。大致是 2006 年深冬，我听到两个有关毛目的消息。先后有两个流浪者冻死在了鼎新镇向着金塔县方向的公路边上。那个冬天奇冷，至今回想起来，也禁不住打冷战。那两位流浪者似乎没有意识到这一点，即便是黑夜了，依旧选择前行。却不料，他们的生命在戈壁被严冬夺去了，一前一后。另一个消息说起来有些滑稽，鼎新镇一个男人，夜黑风高之时，骑着摩托车去弱水河对岸的天仓村约会自己的情人，从冰面上抄近路的时候，不小心掉进冰窟里，虽然弄得很狼狈，也被自己的老婆发现了，但没有发生更悲惨的事情，也算不幸之大幸。

在鼎新附近生活久了，我也慢慢发现，相对于兰州和秦岭以东地区，河西走廊乃至更西北地方，人们的"礼教"意识和色彩要轻淡一些，家族和亲情意识并不十分浓烈。有，肯定是有的，可似乎并没有其他省份那么强烈和充分。这是我也在这一带谈了对象，算是融入其中之后才体验到的。我不知道有没有学者注意到这一个显著但却常被忽略的事实。

| 巨大的孤独与离乱 |

我还在文化活动中心暂住的时候，每天清晨，起床号嘟嘟嘟响起，我就直奔礼堂外面的大操场。无论春夏秋冬，几个单位都在这里出早操。文化活动中心是一个新的建筑，距离礼堂还有差不多 800 米的距离。有天早上，我正跑步去参加早操，却看到两个人在用沉重的竹扫帚扫马路。起初没在意，等我早操回来，她们还在这里。其中一个老太太，和我奶奶或者大姨妈的年龄相仿，脸上的皱纹已经很多了，也很黑。另一个女人，戴着一个大白口罩，看动作，似乎年轻一些。

单位有一些职工，是建场初期从全国各地来到的。这个老太太，应当也是。看到她的刹那，我心疼了一下。那是冬天，早上的冷甚至胜过午夜。一个六十多岁的老人家，还在寒风中扫马路，维持生计，这有些残酷。要是我的母亲，我可能会无地自容。尽管如此，我还是无能为力的。普通人的力量，总是太小，另一些人的力量却又太大。世事和人事总是如此这般，看起来奇怪又极为正常。从此之后，尽管我很多时候看到她们，但也只能独自叹息一声。也不知道她们是谁，为什么这样。

几年后，我也成家了，同时到另一个单位任职。那个单位处在巴丹吉林沙漠西部边缘地带，其围墙之外就是浩荡的沙漠戈壁，即使盛夏时节，也会爆发沙尘暴，在沙中生活，或者称为"吃沙子的人"丝毫不为过。曾有两个同事，一起聊天时候，其中一个一句话不对，惹怒了另一个，两人动手打架，双双被处分。事情的原因很简单，即，其中一个同事的妻子是沙漠边缘乡村人。另一个则在河南老家娶了老婆。聊天时，河南的同事无意中说，咱们在这沙漠里面，天天吃沙子，连沟子里（即屁股）都是沙子。另一个同事附和说，可不是咋的，这也没法子。河南的同事笑了一下，说，你老婆是本地人，是不是她的那个地方也有沙子啊？

如此一个玩笑，本来当不得真。谁知，娶当地女子为妻的同事一时气急，上去就踹了河南同事一脚。河南籍同事以为这是玩笑，对方不该动怒。被踹了一脚，一时脸上挂不住，随即也还了对方一脚。对方觉得受了侮辱，当仁不让，两人就扭打在了一起，直到被其他同事们劝开。这一个冲突，显然是为了说明在巴丹吉林沙漠生活的不容易，尤其是沙子与人的生生不息甚至同气连枝的关系。

在这个沙漠里的单位，我负责的是保卫工作。陆续收到一些反映。说，有一个女人，天天晚上打电话过来，谁也不知道她是谁，要做什么。下属几个单位里的单身男几乎都接到过那个陌生女人的电话。电话内容也没什么，就是闲聊。据说，那女人声音尤其好听，好像黄鹂鸟鸣，或者播音员一样。有几个男的，晚上与之煲电话粥，至凌晨，甚至可以聊到第二天早饭前。

这件事，最先给我说的，也就是这两个同事，一前一后，两人相隔了不到一天时间。他们两个都在单位任分队长，也是十几个人的领导。发现了这个情况，就给我讲了。起初的时候，我觉得这个很正常，单身男女夜间煲电话粥，谈情说爱，这也有利于解决单位诸多大龄男青年的婚恋问题。可他们却说，这情况不正常，主要是那女人，有时候说她是某个领导的亲戚，有时候说单位的主要领导她都相当熟悉，替下属办个调动甚至调职之类的，都是一句话的事情。

紧接着，其他单位也有此类情况发生。综合分析，觉得这个女人，乃是同一人。我把几个与那女人煲过电话粥的单身青年分别叫了来，了解了一下，从他们说的情况看，再一次确定了那女人和这女人，其实是同一人的判断。

一年后某一天，我接到门卫报告，说有一个女人，在单位大门口闹事，说朱建林不出来见她，她就一头撞死在大门的水泥柱子上。

斯时，正是腊月，风沙经常不说，冷还钻地三尺，冰封山河。手伸出来，就会被冷风扯掉一层皮。她在大门口闹的时候，沙尘暴正猛烈，吹得戈壁上的一切都在移动和摇摆，有些不大的杨树都被连根拔起，卷到沙漠深处去了。我裹紧大衣，迎着犹如钢针飞钻的沙子，到大门口，把那女人带到单位的招待所里来。进门，开灯，我扭身，却吓了一跳。眼前的这个女子，且不说身材，就是那张脸，就能令人一下子明白什么叫真正的相貌丑陋。

她的脸几乎不算是一张脸，或者说，鼻子以上是一张脸的模样，鼻子以下，却斜到了右肩膀上去了。也就是说，这是一张上下两部分完全不对称，一面正常，一面不正常的女子的脸。要细看，眼睛倒是很大，也圆，还有神。鼻子也在正中，可就是鼻子以下，从人中到下巴的部分，却斜到了右肩膀上。她可能也看到了我的惊骇神情，往凳子上一坐，大声对随我执行公务的兄弟说，饿了，老娘饿了，有吃的没，赶紧拿过来！其中一个兄弟看了看我，我点点头，他转身出去，拿了两包方便面和一个饭盒进来。

这个女子，名叫侯建英。父亲是早年来这里工作的职工，后因肝癌去世。她母亲带着她和她姐姐两个孩子，艰难生活。单位为了照顾她们母女，就让她们做清洁工。我前几年在文化活动中心，早操时一直看到的扫马路的两个人，就是侯建英和她的母亲。吃了东西，侯建英说，她和我们单位朱建林建立了恋爱关系，两人也发生了关系。本来都挺好，最近，朱建林却一再要和她分手。这不，她实在没办法了，才想了这个办法。

朱建林我很熟悉，是我们单位一个技术能手，也是大学毕业后，分配到我们这里的。甘肃临洮人，长得一表人才。听了侯建英的诉说，我很是吃惊，怎么也没想到，朱建林居然真的和侯建英在一起了，而且持续了一年多的时间。

其实，从侯建英一进门就要吃的这个细节来判断，我就知道，她的寻死不过是用来要挟朱建林的一个手段，她绝对不会真的会为了他们的爱情，而舍掉自己的生命。这一点确定之后，我有些舒心。毕竟，人命是最大的，也是最可珍惜的。我安顿侯建英暂且住下。次日一大早，找来朱建林了解情况。朱建林说，侯建英所说的情况属实，当初要不是她说可以通过关系给他调职、办调动的话，他是不会和她有一丝半点的瓜葛的。我当场批评朱建林说，你存有私心，这哪是爱情，完全是利用关系。

爱情只是一种情绪，而婚姻则是合作。男女婚配，其中肯定有利用和喜欢被利用的因素在内，也肯定存在优势互补、求同存异的倾向。但如果起初就不是因为相互的欣赏、迸发的爱意而走到一起，那么，这种爱情完全不可能走向婚姻，也是不道德的。朱建林点头称是。他说，他现在只想和侯建英一刀两断，大路朝天各走半边。可他哀求了侯建英无数次，侯建英就是不要和他分手，并且扬言，朱建林敢和她分手，她就到单位来闹，死给他看。朱建林说，他想侯建英不会真的这么闹，却不料，侯建英简直就是魔鬼，还真的付诸行动了。

对于侯建英，我只能好言劝慰。但她不听，非要朱建林和她在一起。我把朱建林也叫了过来。朱建林一进门，侯建英一个猛子就扑了过去，抱着朱建林央求说，你别生气，都是我的错。只要你还和我在一起，一辈子不领证都可以。朱建林脸上的表情明显是厌恶。一边推开侯建英，一边说，这不可能了！侯建英站定，两只眼睛狼一样盯着朱建林说，你敢不和我在一起，老娘一辈子让你不得安生！朱建林也被激怒了，大声呵斥侯建英说，你妈的，你这个婊子，老子就是一辈子见不到一根女人毛儿，也绝不和你这样的婊子在一起！侯建英的脸一会儿煞白，一会儿又变得紫红。

我明显地看出来，侯建英气愤到了极点，以至于全身颤抖。朱建林一脸的决绝，倚在窗台上，兀自点了一根香烟，使劲抽起，眼睛看着墙壁。我想，这下，两个人的关系可能真的崩掉了。可没想到，侯建英暴怒的表情忽然变得和悦，先是自己咳嗽一声，然后笑着对朱建林说，我这个婊子就喜欢你朱建林！我他妈的这个婊子也只属于你朱建林。……建林，咱别闹了，好好地在一起行不？侯建英的这副神情，极其卑微，也极尽谄媚。但朱建林依旧在狠狠地抽烟，脸色如冰，看也不看侯建英。

这样的情况，显然不适合再僵持下去。我把侯建英叫到另一个房间，对她说，人回心转意也要一个时间，再者说，哪个男人会喜欢一个泼妇，和一个耍混撒泼的女人在一起呢？我建议你还是先回去。我再给朱建林做做思想工作。古人说得好，宁拆十座庙，不坏一门亲的嘛！侯建英迟疑了一下，然后说，那行，我就先回去。拜托你，好好给我们家建林做做思想工作，事成之后，你就是我一辈子的大恩人！说到这里，侯建英居然扑通一下，双膝跪在了我的面前。我急忙上去，把她拉起来。

我向领导报告了这一情况。两个人不管因为什么走到了一起，起初都想着一生一世和地久天长。不能怪谁，朱建林的世俗私心，侯建英的爱情渴望，都无可厚非。现在，朱建林不愿意了，或者说，目的没有达到，侯建英便对他失去了吸引力。随后，我又先后与他们两个分别谈心，了解思想。侯建英一如既往地渴望朱建林，而朱建林却说，宁死也不再和侯建英有任何瓜葛。这就是悖论，两个人既相悦而合体，也会因为排斥而陌路。随后，朱建林和侯建英两个人似乎也没再发生冲突。

但这只是我想的，或者他们两个人给他人的感觉。事实往往在人们看不到的地方波澜壮阔。由此，我也觉得，无论是谁，只要在人间，命运便是存在的。孤独也是存在的。侯建英之所以不断地用电话聊天的形式，展开地毯式的"恋爱寻觅"，及至和朱建林一起后，再没有听说过深夜有女子打电话给单位某些人的情况发生。"煲电话粥"，而且在深夜，看起来是寻觅恋爱，其实是侯建英无法忍受无边无际的孤独感，而采取的一种柔婉的排解方式及策略，而朱建林与之呼应的本初，也是被常年深处戈壁的巨大孤独所驱动。

我忽然觉得了一阵悲凉，想起自己单身时候，也如此这般，倘若只听侯建英的声音，说不定也会对她萌生向往之情。在情感上，人是脆弱的。在孤独中，人可能极度脆弱，但凡有一点可以慰藉内心的东西，可能都会毫不犹豫甚至奋不顾身地抓住。平素，我和一些大龄男青年聊天，坐在黄昏的戈壁滩上，周遭的一切都是巨大的，也都是空旷的。他们的偶尔会敞开吐露的内心言辞，总是让我觉得了一种黝黑的冷，也有一种人在沙漠的无所适从以及情感、身体上生生不息的"离乱"与"动荡"。

｜沙漠故事，抑或真实的个人｜

远处戈壁上有一个小红点。在巴丹吉林沙漠，这其实不算什么景观。也不足以引人诧异。但对几个在瀚海中行走多日，干渴、孤独，甚至绝望至极的人来说，任何引发眼睛联想与惊奇的景象都预示着生机。果不其然，几个人踉跄跑近，却是一位红衣喇嘛，在一棵绿叶稀疏的沙枣树下诵经。

人是最大的生机。在附近，他们果真找到了水，还有现在已经出名的石头城，蒙古语名字叫"海森楚鲁"，一片巨石。有状似巨龟的，也有如马奔腾的，更有犹如被利剑劈开的双条石。这些形状不一的巨石，在沙漠深处，独占了一处空间。那泉水，就由海森楚鲁的顶部，一块状似母腹的巨石之下滚冒而出。泉水的名字，当地牧民叫作苇杭泉。

苇杭泉向北五十公里，是古日乃苏木，芦苇丛生，马莲草遍地，偶尔可以看到于黄沙窝里楚楚动人的马兰花和野菊花。有芦苇及其他沙生植物的地方，就预示着水、青草和生命。芦苇无际，黄羊、骆驼、驴子和蒙古马在其中隐藏，还有一条废弃的铁路，僵死的蟒蛇一样向前延伸。有一年，我再次去到这里。在一个名叫巴根的牧民家里喝水，吃酸汤面片，还有手抓羊肉。巴根宰杀羊只的方法很简单，从大群中捉出一只，杀掉，剥皮，就丢在清水锅里，大火烧两三个小时，捞出来，切割，再加上蒜瓣、盐粒、小葱就可以吃了。

喝酒是必然的，酒中的歌曲与酒后的沉醉也是必然的。另外惊异的是，虽然常年在沙漠核心，但牧人的歌声依旧辽阔，没有受到缺水的丝毫影响。在歌声中，谁不沉醉谁就是同行者的敌人，也是主人不喜欢的客人。在古日乃，我醉倒过无数次。每一次醒来，都还心情激越，内心对主人家有着一种膜拜甚至虔诚信任的感情。很多历史书上说游牧民族文明迟缓，而在今天，他们的那种旷达、鲁莽和拙朴，显然是我们大多数人所缺乏的，也最应当转身贴靠的。

在古日乃，我还认识一个叫青格乐的女子。她说青格乐的意思就是青天。说时，她穿着民族服装，把脸抬向天空，神情当中有一些笑意，还有些惆怅。她内心的感觉我似乎能够明了，但总是模糊的，无法表达的。我想起一位牧民所说：谁成为他的女婿，就会获得上百峰骆驼、几百只羊，当然还有毛驴和狗。那是一种游牧的习俗。竟然让我好几次想象着自己和一位蒙古女子，骑着花斑马，在青草稀疏、四边黄沙雄视的古日乃草原放牧。天空永远是湛蓝的，云朵永远都是跨马征战与水中丝绸的模样，风是干的，好像是一根根的细针。

然而这又能阻挡和改变什么呢？

穿过巴丹吉林沙漠西部，向北，黄沙堆积，浩瀚无际，以乳房的形式，与平展而幽深的天空两两相对。到额济纳旗府所在地达来呼布镇，蓦然觉得，这又是一片绿洲。但是极其小，与传说的汉唐时期的水泽之国、居延粮仓有着天壤之别。小小的居延海在唐代诗歌中占有巨大分量，而今只剩下一面小湖泊，以镜子的方式，在四面低纵的丘陵当中，对抗风沙和逐渐溃败的自然环境。

胡杨林可能是唯一的。有几次，我到林中去，在干燥的白沙与红柳树之间，头顶灿烂黄金，并可从金色的叶子缝隙中看到深得让人心神俱空的天空。坐在某棵干枯多年的胡杨树桩上，闭上眼睛，就可以看到无数的人，骑马挥刀的、翩翩起舞的、跪地仰望的、驱赶羊群的、骑驼缓行的，甚至在阔大帐篷中交合的、在黄沙窝里四目相对的、用胡杨叶子喂羊只的、弓箭射杀鸟雀甚至鹰隼的……那种景观，好像贯穿了额济纳的所有历史及其民众的生活图景。

我多次说，十月的胡杨林是天然的宫殿与洞房，世上所有的王者与相爱的人，都应当在此度过他们最美好的人生一刻。我后来听到的故事是，在河西某城市读书的两个学生相爱了，可是，男生父亲是教授，女生家庭是农民。遭到反对。他们先是在人去屋空的教室内有过男女之欢，却被人看到。众口纷纭之后，秋天来临了。某一日，这两名学生失踪了。许多天后，额济纳的一位牧民，在林子深处，胡杨叶子最灿烂的地方，看到两具裸着紧抱的尸体。

还有一对，我不知道他们是哪里人，相拥殉情的景象也在额济纳胡杨林出现。众人唏嘘，猜测。但根本的问题在于他们都是用世俗的眼光和言语来评判。这对殉情的人来说，是一种污蔑吧。我相信，每个人的身体和灵魂当中都有类似神的部位，一旦这一部分占据了全身的统治地位，那么，他们的一切行为都可以视为在履行神意。

当我沿着现在已是平展宽阔的公路回返，沿途的弱水河畔，到处都是烽燧、侯官府及其衍生品，破旧的城堡在大漠中沧桑苍凉，与沙漠浑然一色的村庄被杨树包围。妇女们总是以头巾裹面，有人附会说是当年玄奘西去印度时候，猪八戒色心难改，沿途总是骚扰女性，女性怕，而以头巾裹面的方式规避灾难。而事实上，确实，沙漠风沙大，妇女以头巾裹头面是防止沙尘进入头发，又缺水，洗不干净之故。

我所在的单位就在巴丹吉林沙漠边缘，南边是鼎新绿洲，向北就是大戈壁之后的沙漠了。这也是一个小小的区域，不多的人，被弱水河滋养，被沙枣树、红柳和杨树护佑。从1992年开始，除了读书，几乎所有的时间我都在沙漠。有些年，还直接在沙漠核心部位工作。起初是焦躁和不满的，荒凉是对人视觉的巨大摧毁。逐渐地，我安静下来，生存和生活，是每个人的首要命题。随着时间，我在发生变化，从肉身到灵魂。鼻血不再流了，身体觉得坚硬，内心不再仓皇，而是沉静。

在沙漠是一种修行，一种由外而内的塑造。沙尘暴通常在春秋两季，夏天偶尔也会风暴连天，日光昏黑如夜，风暴的声音如万千奔兽，匈奴骑兵，那种摧毁是无可匹敌的。但在安静的时候，月光普照，可以把人照穿。

高尚使人痛苦，庸俗使人快乐。我发现自己适合沙漠，在沙漠当中，我可以是一匹狼，也可以是一只羊；可以骑马狂奔，模仿古代的将军和骑士、刀客和盗马贼，也可以一个人歪坐在一棵沙枣树下喝酒、看书，用冥想自我破解隐秘心事。

到2010年，我在沙漠正好十八年的时间。沙漠于我，好像是骨子和灵魂里的了。风沙呼啸之后，是超乎寻常的平和与安宁；烈日之下，黄沙如金。一个人在瀚海当中，可以忘掉自身以外的世界，对他们的喧嚣也觉得可笑和浅薄。在沙漠，一个人可以确切无误地找到并透视自己，自己看自己都极端清晰。我记得，有一个朋友说，沙漠太可怕了，一辈子都不想去。我笑笑，然后低头。事后，我对他说：不去沙漠，就不知道逼仄、紧凑的生存之外，还有一种辽阔；庸碌的时间当中，还有一种洞彻灵魂的博大与安静。沙漠也是一种自然构成，人，你和我，全世界的人也都是。沙漠，作为一种存在，它于人的塑造，确是这个时代所缺乏的，比如：自我审视和塑造，对生命的深切理解与热爱、生死之惑、精神方向、孤独的真正缘由、内心所需，以及一个人在一个时代的真正价值和位置。

在沙漠，走不了很远，但可以走得更深。

疫情之下，陌生人的痛与乐

"今年多大了？"他一边驾驶车辆，一边问我。斯时，正是 2020 年 1 月 23 日，武汉新型冠状病毒疫情愈发严重，封城，黄冈、荆门、重庆等地也出现严重疫情。我戴着一面蓝色的一次性口罩，他也是。我说："你看呢？"他说："今年有没有六十？"听到他这句话，我真是沮丧透了，心一下子从峰顶掉进了冰窟。少顷，我才语气不满地说："不到五十。"他哦了一声，又问我说："几个孩子？"我说："目前只有一个，上高中了，马上大学，不过，还有一个，在肚子里。"他说："那还好。好，太好了，人啊，一定要多养几个孩子。"

这时候的甘肃玉门市，大地一片荒寒，风中有一些峭冷，使得我直不起腰来，出门就缩着脖子。对于西北的冬天乃至一切，我大致是熟悉的。1992 年到 2010 年，我的人生基本上都在西北度过。那时候的单位，在巴丹吉林沙漠西部边缘的空军某部。相对于紧靠祁连山的玉门市等地，空荡荡的瀚海大漠的冬天更为寒冷一些，一般在零下二十度以上，而此时的玉门，也就是零下十六度左右。

我们住的地方，因为距离玉门市区还有十多公里的路程，到市区去时，还是要打车。这位司机，便是我们经常用的。他是玉门人，具体哪个乡镇的不清楚，但似乎与我岳父母比较熟悉。上述的一番对话，恰是我一个人，独自去玉门市见几个朋友时候说的。说完"一定要多养几个孩子"之后，他又补充说："哎呀，现在的女人，上了五十岁就不能要了，他妈的整天没事找事，烦得够呛。"我说："正在更年期，难免会无故发火，心神不定的，过了这几年就好了。"

他大致不到六十岁的样子，身材矮胖，有着一副国字脸和粗重的黑眉毛，鼻梁也是高挺的，一口的西北土话。他说："你看，我整天在外开车，一天除了吃喝、油钱，起码也挣个三四百块。你说，这个收入，在人口少得可怜的玉门市来说，已经算是很好了吧。我有几个同行，啥毛病都有，最大的毛病就是懒，租了出租车不干活，最后只能赔钱退回去。你看我，哎呀，每天回到家，给老婆200块钱。她开始不要，我就给她放在茶几上。就是这样，她对你还是爱搭不理的。男人嘛，干了一天的活，累得够呛，回到家里，就想着吃一口热饭。可是，别说热饭了，一口汤都没有，冷锅冷灶的，她在家，整天玩手机，看电视，连饭都不给你做。不知道自己是做啥的，生气的时候，老子就想把她打一顿，踢出门去。可是，毕竟下不了那个手。嗯……要我真是一个坏男人，早就把她踢到一边了，另找一个比她年轻的，再要上一个娃娃，多好！"

听了他的话，我说："你暂且不用给她钱。有时候，钱对有些人无效。民间有句俗话说，'一句好话暖人心'，男人嘛，在家里，是没道理可讲的，偶尔给自己婆姨低个头，说两句好听的话，哄哄她，也没什么。"我话刚说完，他又说："哼，去他的，也不是没有低过头，说过好话，可说了白说，低了白低。吃了邪药一样，该咋还咋，犟驴子一样，根本没用处。"我又问，"多要一个孩子有啥好呢？"他说："哎呀，你不知道，多要一个孩子，就是多一个自己，主要啊，还是婆姨，要是再有一个孩子在身边，她怎么着，也不能像这个样子吧？"

说到这里，我的目的地到了。几位朋友在等。这是大年二十八晚上。几个人吃饭，喝了几杯酒，扯了一顿淡话。天就黑了。西北天空上的落日下落时候的辉煌，总是有一些悲壮的感觉，那顽强的余晖涂抹在大地上的颜色，令人顿时产生一种舍我其谁的英雄豪气与日暮西山的浑浊感觉。

酒局快要散了的时候，我再次打了刚才那位司机的电话。不一会儿，他就来了。一台车打着明晃晃的灯，在路边等我。一上车，他就说："你刚才拿的四瓶酒喝完了。"我说："没有喝，那是我专门送给朋友的。喝的其他酒。"他哦了一声，说："新型冠状病毒厉害了，估计又和那年的非典一样，到处封闭。哎呀，这人，一辈子当中，总是不可能太安生。上天总是要给你找点磨难，才能让你过完这一辈子。"我因为喝了一点酒，思维也有点活跃。先是习惯性地看了一下手机。

此时的微信当中，全是关于武汉新型冠状病毒疫情的各种消息和言论。有人莫名地义正词严、斩钉截铁，有人通透地含糊其辞，一问三不知；有人貌似出离了愤怒；有人总是冷嘲热讽，顺便抢占道德高地；有人鼓动血性，呼天抢地、恨铁不成钢；有人在如圣哲一般布道讲解，悲悯生民；如此等等者也，难以分辨。根本的是，尊重每一个生命及其尊严，这一点大多数人是一致的，只有少部分人，继续祭起道德的大旗，并且自己选择站在制高点上，对其中的每个人，尤其是被称为"猪"的大多数痛心疾首、锥心难安。

我觉得了惶恐，悚惧。一个是病毒，而更大的问题是，人心的病毒，诸如蔑视人的生命甚至轻薄其他人。此时此刻，哭喊和控诉都是无济于事的，唯有自救。但也想到一句民间谚语，"该死鸡儿鸟朝天"。这句话，虽然冷血和宿命了一些，难听、不雅，且有轻视生命的巨大嫌疑，可也是一个客观的事实。瘟疫从来就没有离开过人类，而且对人类的文明进程也起到了推动作用，十八世纪和十九世纪神权的没落、人的觉醒，乃至黑死病、麻风、霍乱、鼠疫等在各个时期的爆发，导致的人间惨剧何其多？倘若只针对一起瘟疫而进行歇斯底里的诅咒与讨伐，破坏与自毁，也是不够妥当的。更可怕的是，满屏的言论之中，鲜见有人出来忏悔，尤其是那些经常以美食为人生宗旨和乐趣，甚至捕食野味的那些。

尽管，我们的文化中，人人不承认自己有罪，一旦发生大规模的灾难，责任都推到了别人身上，反而把自己打扮得光彩亮丽，且始终紧抓道德制高点，俯瞰、俯视他人。这样的一种心理惯性，情感上的自我超度，道德上的自我"掠夺"，是我们一直以来的民族文化习性的一种表现。

车子慢行。

黑夜的西北，村庄甚少，沿途都是光着身子的新疆白杨树，枝条乱舞，向着黑夜中的天空。透过车窗，我看到了在天际静默闪亮的星辰，那么高远、神秘、自在，而他们始终是不寂寞的，因为，在他们周围，还有更多的星辰。宇宙之所以浩大与永恒，就在于，它也是包容的，无论是哪个星辰，都各有其序，尽管也会有冲突，但始终有一种神秘的力量在均衡和尽可能避免。

"每次回家都是那样。不仅一口热汤没有，还冷言冷语。一句话都不给你说，别说暖个心了，唉，实在是，要是我的人品稍微差点的话，早就和她说拜拜了，再找一个年轻的，生一个娃娃。多好。"这位司机又说，语气里充满了失望和疑惑。我说："我也觉得有点不可思议。怎么会这样呢？按道理，男人在外面挣钱，自己啥也不用操心，做个饭，多轻巧的事儿啊。"我知道，这时候，我该顺着他的意思说了。少顷，他又说："去年，我一次性给她五万块钱，让她自己拿着，想做啥就去做啥，出去玩也行，做点小本生意也行。反正，钱这个东西，就是用来安心的。"司机又对我说。我对他说："你做得好，男人挣钱，就是让老婆孩子过得好一点的。要是，你这样她还不领情，我建议你暂时不要给她钱了。再过一阵子，她手头没钱花了，就会想起你的好来！"

"哎呀，这个方法不是没试过。有几次，我就不给她钱了。谁知道，她打电话给我们女儿告状，说，你爸也不给我钱了，不知道给了哪个狐狸精了。又是哭。"他说。

我说："你俩有孩子啊？"他说："肯定啊，有一个丫头，结婚了，就在邮电银行上班。"

起初，我还以为他们夫妻两个是半路夫妻呢。要是原配的话，两个人都到了五十多岁的年纪，共同的孩子也独立成家了，两个人当了姥姥姥爷，帮着闺女带带孩子，平时自己再做点事情，赚点小钱，就好了，人生至此，也就没有了更多的想法。但我没想到，这位师傅的夫人，居然在这个时候，与自己的原配丈夫从心里和情感上有个隔阂。

我说："你是不是打骂过人家？"

司机说："有过，但那都是年轻时候的事儿了，现在没有的。"

我说："女人千万不能打的，尤其是自己老婆。我估计着，女人到了五十岁出头，刚好是更年期，这个年龄段的女人，通常会莫名其妙地心烦意乱，有时候还有些事儿想不通，说不定发脾气，没事找事，胡搅蛮缠。这都是正常的。你也别急，等两年，说不定她就好了。"司机说：
"这个我当然也理解，让她去带外孙吧，怎么说她也不，上次，她电话
问我，今年给外孙多少压岁钱？我就给她说，照旧呗，1000 块。结果，
你知道，她咋说，今年嘛，给个一二百就行了。唉，想不通，真的想
不通。"

说到这里，我的目的地也快到了。

我说："你是对的，去年给一千块，今年给二百，即使自己闺女没
啥，女婿心里也不舒服。我觉得，还是给一千块吧。"他嗯嗯说好。车
子停下，我要下车，他忽然说："我就是太胖了，要是有你这个个头，
那就太好了。省的人嫌弃，还说胖得像猪。"我笑笑，嘱咐他返程时候
注意安全。他说，"再用车，打电话就行了啊！"我嗯嗯答应。我已经站
在了地上，他又大声对我说，"哎呀，兄弟，再要个娃娃，是对的。"在
西北大部分地区的方言中，"是对的"这句话的意思，绝不是敷衍，并
且其中有斩钉截铁的意味，是一个人对某件事物的绝对性支持与理解。
听了他这句话，我惊愕了一下，觉得他这句话中，似乎包含了某种经验
性的验证，还有一些说不清楚的，基于他自己人生际遇的一种无奈与
羡慕。

此时，夜有点深了。

因为喝了点酒，也不觉得冷。酒这个东西，对于男人来说，大致只
是一种乐趣的辅助手段。酗酒是最糟糕的。我没有回家，而是站在院子
里，点起了一根香烟。此时的星空愈加博大，那么多的星星之上，天空
依旧是蔚蓝色的。这种天气，大致只能在高原和大海上看到了。我抬起
头，心里想，这空中到底存在着什么？万米以上的高空，我们大都在飞
机上看到过，人间的云朵、天气的变化，大都在云层之下，也就是说，

万米之下的空中才是属于人间的。所有的风云际会，阴晴变化，雷电交加，人都是可以看到的。而飞机之上的高空，肯定还有一些什么，可是人无法肉眼看到，即使看到了，也只是日月星辰，那只是宇宙的一个具象的显现，而且只是其中一点。

想起刚才那位师傅说的话，其实，我心里最想问和说给他的是，"你媳妇，是不是有了别的想法，主要是感情上？"可这句话在咽喉滚了几次，我都把它咽下去了。因为我知道，这样的话，是不可以随便说的，这涉及一个男人的尊严。是的，女人的另有新欢总是会使得男人气急败坏，哪怕最理智的人，也会有一些愤愤不平，心有不甘、如鲠在喉的感觉。

手机中，新型冠状病毒疫情愈发剧烈。

果不其然，各地的通知当中，都要求关门歇业，就连玉门市，这么偏僻的一个地方，也采取了封闭措施，原定的春节晚会取消，除牛肉面馆之外，其他餐饮全部停业。回家，和岳父母、妻子一起打扑克，至深夜，再看手机，关于新型冠状病毒的报道更加汹涌。我不由得感叹，人啊，这一生，总是要经过磨难的。四五十年代的人，地震、洪水、饥荒、血吸虫病等都经历了；六七十年代的，洪水、大地震也经历了；现在的八九十年代的人，也大都差不多，而对于2000年后生的人来说，这一次的新型冠状病毒疫情，肯定会使得他们其中一些人终生难忘。

聊天之间，从岳父口中得知，玉门市，乃至周边的阿克塞、肃北、酒泉等地，也曾爆发过鼠疫。其中，最近的一次，就是2014年7月份，赤金镇一男子捕食旱獭之后因发热性鼠疫而死亡。此后，至今再没有发生过。我又从资料上看到，二十世纪初期，由西伯利亚传入中国的鼠疫事件，是在伍连德的科学指挥下，最终采取火葬方式，而使得那一次总死亡人数在 60000 人以上的大规模的"人间鼠疫"得到了有效控制。另外，我小时曾听爷爷奶奶和父母都讲过大饥荒、洪水和地震的悲惨状况，尤其是蝗灾。至今，我们太行山区的某些村庄里，很多人还记得不少关于蝗虫的经历和感受。

这说明，病毒乃至人间的所有瘟疫、疾病、灾难等，也都是跟随着人类的科学技术能力而"同步增长"甚至"超前预演"。其中反映的是，人类的生存发展路上，总是会伴随各种灾难的，即便是疾病和传染性极强的病毒，也与人类的医疗能力基本持平，并且时常会高幅度地超出当时的医学能力。

接下来的春节，好像寡淡无味，越来越多的病例，使人心慌；感染途径的不断扩大也令人心惊胆战。遥想 100 多年前的"人间鼠疫"所造成的恐慌，大抵是超过现在的。不管怎么说，这是一个和平的年代，也是一个科技的年代，人们会很快找出应对病毒感染的办法，也会对感染者进行及时有效的药物研发，尽管在这个过程中，也会有一些病例黯然逝去，一些人饱受苦疼，但对于更多人来说，毕竟希望还在、此身还在。人类的生存发展，本身就要付出代价，这不是轻视生命，而是，我们每一种生存资源的获得，伴随而去的，或是鲜活的生命，或是另一方面天性的丧失。

大年初一，我们照例燃放了鞭炮。连续几天，都在家里待着，被有关这次疫情的各种消息所包围。这种日子，使得人失去了基本的自由。以前，过年就上班，心态还需要几天的调整，现在，干脆是蜗居，无论是谁。初七上午，我们要坐火车回成都，又给那位师傅打了电话，他说马上来。见面，他有些诧异。一路上，一句话没说。到车站，他突然要我的手机号码，我留给了他。次日，我们回到成都，尽管此时成都已经确诊 69 例感染者，但小区保安也没有把我们挡在大门外。2020 年 2 月 3 日零点 5 分，成都青白江发生 5.1 级地震。当时，我正要关灯睡觉，忽然觉得床在晃，起初以为是妻子翻身，再看门，居然也在晃动，而且幅度很大。我没有觉得怎么惊骇，心里说，地震了，便把手按在妻子背上，意思是不惊醒她，怕她害怕，谁知她自己醒了，她也很淡定，还对我说："小震不用跑，大震跑不了。"她的乐观还是把我逗乐了。

也就在这个时候，我收到两条手机短信。一条说，"兄弟，我是那个和你聊得来的出租车司机，姓薛。上次路上给你说的事情，我看你欲言又止，知道你有些话不好说，其实，你想说的，我也知道。自己不敢面对而已。这几天，我也想通了，人和人，之间是缘分，尽了就尽了。我不会阻拦她的。"第二条是，"现代的人，名义说，追求自由，其实呢，最后还不是进到另一个笼子里去？只不过，这个笼子，有的大有的小，再就是，有好看的，和不好看的而已。再说，人也不能总是以为自己对，别人都是错。这人啊，一辈子遇到啥灾情病祸的啥的，可能真的是有定数和别的啥神秘说法的，……其他的不说了，如果可以，你下次再来玉门，我歇一天车，咱俩喝点小酒聊聊行不行？"

我回复他说："好的，薛哥，人生没有尽善尽美，只有不完美地活下去，开心一点就好了。我回去一定联系你，你有空了，也可以来成都转转。"发出之后，几十秒钟，他又回复说："好的，兄弟，疫情很重，多保重身体。除了这个（身体）再没有啥是自己的。"我再回复他说，"薛哥通透，早点休息。"

这是多年以来，第一次在行程中遇到的情况。尽管，薛师傅的情况，在这个年代，大致是司空见惯了的，这个年代人的各种变迁，花样百出，趣味和荒谬感之强，也是前所未有的吧。西蒙娜·薇依说："深信他人的存在就是爱。"无论再小的个体，他所遇到的一切，都是人类命运的一部分。这位薛师傅，为人大致是憨厚的，也是有心的，更有自己的想法，心思是澈明的。关于他的事情，这几天来，一直在我心里盘桓，虽然说这是一件再平常不过的事情，但也可以从中看出，人生果真是无常的，人心的变化不能说有罪，但根本的问题是，每个人都在不断地寻找一种理想，而这种理想，或许是一个更好的感觉，也或许只是肉身上的某种短暂的和谐愉悦，也或许是一种地域性的逃离方式，更或许只是想挪动一下现在的位置。其实，最终，还是从一个笼子到另外一个笼子里去。薛师傅与其夫人，尽管已经有了孩子，且还有了外孙，但他夫人的心，乃至情感，甚至精神的依附，还是在不断地变化。

无论何时，人的一辈子都在路上，而这条路，永远都在变化。这些年来，我也一直在路上，有时候去这里，有时候去那里。在路上，永远是一种不确定的姿态，包括内心。总是渴望遇到一些奇怪的事情。这么多年以来，出行很多，但每一次都波澜不惊。但这一次的玉门之行，在疫情的笼罩之中，却无意中结识了薛师傅，他不设防地对我说的这些，令我觉得惊异。一般情况下，女人熬了五十多岁，就该没有太多的人生想法了，而薛师傅的夫人却还是想做点改变。到现在，我才觉得，薛师傅那么强烈地说"再养一个孩子就好了"真实意图所在。因为，人总是需要羁绊的，对于陌生的两个人，成为夫妻之后，共同的孩子虽然也是一种羁绊，但这种羁绊，从另一方面上说，也可以安定人总是想要改变的心及其自觉不自觉的实际行动。

我们每个人，有没有认真地想过，病毒乃至一切的疾病和瘟疫的爆发，都是偶然的吗？人在这个世上的所有作为，难道都是理所应当的吗？病毒乃至微生物的进化，再次证实了人类并非自然界的最高主宰，甚至可能是部分物种的宿主而已。就像薛师傅的困惑，还有他和夫人之间的关系，或许，人类也承袭了某些物种的习性，无论在哪里，和谁，和什么样的环境、物质在一起，大致也不过是宿主和寄生物的联系和暂时的组合而已。

黄沙中的城与乡

岳父母也是父母，与生身双亲无异。这是我多年以来根深蒂固，且不断自我加强的一个亲情认知。也觉得，人生的很多东西，都不是独立完成的，每个生命和每一种生活的背后与内里，起决定作用，甚至影响和延宕一生的，血缘亲情应当是其中最坚韧、温暖与关键的部分。自从2000年8月1日与前妻成婚，至2017年离婚，这一期间，每逢过年过节探望与陪伴双方的父母，便成了我们一家多年来不变的"传统"或者家庭仪式之一。

1992年到2010年，除了在上海读书．我的大部分时间，青春与梦想，困厄与幸福，都是在位于甘肃金塔盆地与巴丹吉林沙漠之间的鼎新绿洲生成、展开、消耗的。这里是我曾经就职的空军某基地驻地，也是我曾经的岳父母祖辈的生息之处。2010年年底，我由该基地调到成都工作，一年多后，前妻和儿子也聚在了一起。2016年春节前几天，我坐飞机到兰州，再乘火车，再一次回到了曾经的岳父母所在的鼎新绿洲。

过黄河，穿越乌鞘岭，便是窄若盲肠、纵横千余里的河西走廊；南边的祁连雪山冠盖缟素，姿态巍峨；北边的荒山以及它们背后汹涌的沙漠、戈壁浩瀚无际，天如深井。深冬时节行车其上，西北之阔大和苍凉令人心生惆怅，同时真切地也觉得了一种来自大地与天空的雄浑与苍茫力量。

在历史的黎明时期，这里是乌孙、羌、大月氏、匈奴的领地。其中的匈奴不仅是蒙古高原、黄河谷地与黄土高原上的第一个大部落联盟和战斗力极强的闪电劲旅，也是推动早期欧亚大陆民族大迁徙和文化大碰撞的第一架强大"发动机"。到酒泉转道向北，过金塔盆地，便进入了阿拉善高原边缘，其中的弱水河自祁连山莺落峡发源，到张掖逆行向西，又折身向北，过鼎新绿洲，曲折穿越数百公里的巴丹吉林沙漠，在今之内蒙古额济纳形成了著名的居延海。

曾经的岳父母所在的村庄名叫东胜，位于金塔县鼎新镇与空军某试训基地之间，距离酒泉市 170 公里，额济纳 360 公里，隶属于金塔县航天镇。但这个航天镇是最近几年才组建的，以前叫双城乡。1992 年冬天，我伙同很多同乡走州过县，于一个雪花猛击窗玻璃的傍晚进入该地区之后，似乎一眨眼，被这昏冥天空笼罩的不毛之地震撼了。冬天的戈壁及其附近的村庄，都沉浸在飘浮不尽的黄土和沙尘当中，部队的楼房苍灰不堪，沿途稀落的村庄落寞，一色土坯房，在乌鸦堆积与叫喊的杨树之间，给人一种无以托付的寂寥与孤独感。大致是 2004 年夏天，营门外那片兔走狐奔的荒野忽然耸立起一座砖瓦房屋。建造者是鼎新镇友好村的一个村民。随后，更多的人跟随而上，仅仅两三年时间，一座小镇便海市蜃楼般地突兀在眼前。

因为靠近军事管理区，军人和经商、建筑队的逐年增多，人口带来的消费及其他利益使得这一地区很快就成了甘肃金塔县和内蒙古额济纳旗都很在乎的"生财之源"。据曾经的岳父岳母说，此前四五年间，金塔县和额济纳旗双方采取多种方式，就这一地区的归属和管理权问题进行磋商。未果。2013年春夏之交，有部分群众以激烈的方式声讨或抢夺，其中一次，有数百当地人以暴力方式冲击对方政府机关。2011年，金塔县撤乡设镇，并迅速在靠近我们部队营区的另一面荒滩上，修建了政府办公楼、学校、银行、宾馆等一系列的设施。2015年3月，航天镇政府正式入驻并开始运作。

岳父说，这两年额济纳那边再没闹了。其中的原因是因为额济纳距离该地区路程较远，其下属的东风镇位于120多公里外的酒泉卫星发射中心附近，就近的古日乃牧区又不过600多人口，且多为牧民，无论从行政还是人口数量上，都难以辐射到该地区。这种不了了之的"辖区"争执一方面体现了西北地区的农牧民逐年"强盛"的经济意识，另一方面则是城镇化建设在西北地区的一种自然和人文形态。

到二老家第二天，我跟随也是军人的挑担（连襟）和小姨子，又去了曾经的老单位。我调到成都不过五六年时间，原先狭小、常年陷于戈壁围困的老单位居然又换了一个模样，楼房、马路、广场、超市及其他服务设施齐全，且如云连片，俨然一座戈壁之上的现代化程度较高的小型城市。营区西南3公里处，原先的荒滩上耸立而起的航天镇与之相呼应，亭台楼阁，大厦平房，也似乎一座微缩的城市。2015年初夏，我借去内蒙古的机会，回这里看望岳父母，正赶上航天镇一年一度的庙会。戏剧是秦腔，老一代人都很喜欢看，许多人仰着脸坐在戏台下，看得入迷且还能说出戏剧的历史背景。

甘肃大部分地区应当是和陕西在文化甚至精神要求上是一脉相承的，河西走廊乃至整个西北汉族聚居区民众喜欢秦腔，大致是三秦文化在其更西地区延宕的余波。历史上，武威、张掖和酒泉都是建过都城的城市，不管是五凉王朝还是沮渠蒙逊等少数民族后裔建立的政权，其本身也对儒教文化推崇备至并且不遗余力弘扬，但在陆上丝绸之路相对兴盛的两汉、五代十国、隋唐时期，作为主要的通道和动脉，河西走廊饱受了民族战争、东西文化、宗教、物产方物的洗礼、"推演"和碰撞融合，使得这一地区的文化传统和居民日常生活呈现出一种高度杂糅、混血的气质和成分，游牧文化及其生活习性在无形中占据了主导地位，并且在当地人的日常生活和行为习惯中起到了与汉民族固有文化传统习性分庭抗礼甚至有过之而无不及的暗导与旁趋作用。

棉花承载的现实生活

前岳母早就炖好了羊肉。羊是自家养的。这里的农民大都如此，养羊和鸡鸭兔之类的家畜，除了售卖之外，每年都要宰杀几只（头）自己吃。肉是大块的那种，习惯叫作手抓羊肉。这也可看成游牧民族风俗影响汉民生活习性的一个明显例证。晚上陪前岳父小饮几杯。闲谈之间，说到收入。他说，今年不如往年，棉花根本挣不到钱，只有把自己种的瓜果蔬菜等拿到空军某基地营区外的菜市场，还能换几个零花钱。

鼎新镇曾用名毛目，曾是西汉与匈奴对垒的前沿。公元前 100 年，酒泉教射骑都尉李陵便是沿着弱水河由此深入漠北的。20 世纪初期，斯坦因、科兹洛夫等人曾在弱水河下游的黑城遗址、居延侯官府、大湾城遗址等地发现了大量的汉简和西夏文物，并因此形成了一门显学——

居延汉简。民国时期，鼎新曾是毛目县县府所在地。现辖区面积118平方公里，11个行政村，9900多人口，耕地面积23696亩。前岳父一家所在的东胜村，平均每口人可以分到3.5亩的耕地。2010年以前，这里农民的主要收入来自棉花。棉花价格好的时候，三口之家可以有5万块的收入，去掉种子、化肥、薄膜、水费等费用，差不多可以盈余3.6万块左右。

那些年间，东胜乃至其他附近的村子里，有不少人承包集体或者他人田地种植棉花获得了较高的收益。另一些则通过土地租赁、转买，或自己开垦田地种植棉花的方式，获得了一定的经济效益。但2011年后，棉花价格极其不稳定，既而导致农民种植棉花的热情减退，生活水准随之大幅度降低。

我长期注意到的一个情况是，每年九月底十月初，棉花大面积成熟，即将开始采摘时候，棉花价格还没确定，直到棉农将多数棉花摘回家，拉到附近的棉花加工厂售卖时，价格才公布。其中也有忽高忽低的现象，即前几天价格高，隔日或者几天后价格猛然下降，或者起初价格低，几天后忽然大幅上涨的现象。

前岳父说，这几年种棉花赔本，再说，也种不动了。他所说的我完全理解。这些年以来，这一带的棉花价格长期不尽如人意，村民大都缩减了棉花种植数量和规模。即使有种的较多的，也是抱着碰运气的态度。"万一今年的棉花价格涨了呢？"这种毫无把握，类似瞎蒙的心理，几乎是鼎新绿洲所有坚持种植棉花的农民的普遍态度。

鼎新绿洲是那种自然资源极其匮乏的西北地区之一，鼎新镇四周都是戈壁荒山，尽管合黎山中有铁矿和煤矿，但很早就枯竭了。其境内出自《尚书》并被大禹治理过的弱水河也因祁连山雪线逐年上升，屡有断水现象发生和濒临干涸的危险，致使鼎新镇附近的水产养殖也难以为继。

尽管这里是绿洲，但树木很少，品种也只有新疆杨及沙生的沙枣树、榆树、红柳等有限的几种，且多数并不能用来做木材用。在此情况下，鼎新镇一带的农民呈现出以下三个方面的生计手段：一是进城做买卖或参与打工，但有能力进城的多是早年因为大规模承包土地种植棉花与从事棉花加工而获得可观收益的，另一种是自身学得了建筑、建材、装修、长途贩运和手艺的年轻人；二是以临近的空军某基地和酒泉卫星发射中心，以农产品贩卖为主业，间或做一些收转卖废旧用具等生意；三是依托自家田地和果园，将蔬菜和水果自己拿到部队的菜市场销售或者卖给其他收购者。

前岳父岳母只生养了两个女儿。在至今农耕文明色彩还很浓重的西北汉民族聚居的乡村，劳力和人口依然是决定生产和生产效益的根本要素。早些年，我也劝他们说，不必要再种地了，两个女儿女婿，每年给您们一些钱就够花了。可前岳母说，自己还有力气，不能坐吃山空；你们也都有了自己的孩子，要买房子买车子养孩子，现在我们还不老，自己挣一点是一点，尽量不给你们添负担。和二老相处十多年来，我也深知他们是慈祥的，也像其他的父母亲一样，一生都在为自己儿女着想和操心。这种美德，可能是西北地区汉族农民最为"儒化"的道德伦理观与现实生活要求的体现。

| 移民与新移民 |

年三十上午，日光很好，我和前岳父贴对联。这一点，也和我老家

南太行山乡村有很大不同。在南太行乃至整个中原和北方地区，过年是一种极为隆重的节日，春联必须要在年二十七八贴好。因为在前岳父家过的春节多，我也从侧面了解到，这里的人对春节并不怎么热衷，过年似乎就是一个形式，弄些好吃的、好喝的，亲戚来了尽情吃喝一顿，然后又各自忙生活，其亲情的表现也极为单薄，不像我老家南太行山那一带热切与真诚。我开始不理解，但很快就入乡随俗。我还在临近的空军某基地工作时候，每年春节，我都和前妻一起，弄一台车，把过年吃的、喝的、用的一起买上送到家里。我一直觉得，岳父母把女儿嫁给了我，我就是他们家中一员。从某种程度上说，这种"关系"在某种程度上高过我对父母之家的重视。

我的这种思想可能有些偏狭。他老人家常说，两口子才是一辈子最重要的人。父母兄弟姐妹都是一时的。话说得很残酷的，但细想也是这个道理。有一段时间，在与二老及其他亲戚的交往当中，我无意发现，这一带的当地人，大都是移民者的后代。较为典型的例子是，这里的方言当中夹杂了太多的四川、河南、陕西、山西、河北等地方口音。探询之间，果然如此。后在《后汉书》、新旧《唐书》看到，自公元前121年西汉军队驱逐匈奴之后，几乎每个王朝都对西北边防地区采取不间断的移民屯边政策（典型的如两汉和隋唐时期的移民实边、屯田制）。这些移民成分相当复杂，囚犯、贬官逐臣、逃难者、戍边士卒的后裔，以及历代王朝强制性的地区性人口迁徙等，构成了西北地区现有汉民族的基本迁徙来源。

前岳母告诉我，她的父亲是从高台迁徙过来的，最先好像是陕西关中一带。但她父亲好像有一半的蒙古血统。和前妻恋爱的时候，她也告诉我说，她是外爷外奶（即姥爷姥姥）带大的。她说，外爷家有很多蒙古人使用的工具，如镶金的刀具、靴子、算盘、酥油灯、奶茶罐、羊皮袄、黄铜经筒，等等。与她外爷面对面居住的一位高姓老人，是附近村里较为有名的相师，他算命所用的巫卦和起课术，是一种具有巫术色彩和萨满教气息浓重的原始卜卦方式。据说，他的这一本事也是由祖上传下来的。我去过一次，闲聊之间，老人家自己也说，他们祖上是蒙古人，原先好像在今天的鄂尔多斯或通辽。

此外，鼎新镇所属还有一个叫作芨芨的村庄，远离公路，是鼎新镇最为偏僻的一个村子。妻子舅舅的第一任妻子娘家便在芨芨村（因急病去世）。他还说，芨芨村的人自称是汉李陵及其当年部属如韩延年等人的直系后代，而且少数人家还保留有祖先的盔甲。我大为惊异，也很清楚这一段历史：公元前 99 年，李陵带五千"荆楚勇士，奇才剑客"深入漠北遭遇匈奴单于主力部队，血战八昼夜，自己被俘虏之前，副将韩延年等人杀出血路，除韩延年和多数士卒战死外，还有 400 多人生还。

但至于他们为什么会滞留此地，并且繁衍至今，很多人却难以说清。与此相对，鼎新镇至额济纳之间的弱水河畔，至今还耸有数十座烽燧，并有大湾城侯官府、肩水金关等汉代军事遗址。可以推想，今天的部队官兵可以选择在驻地找对象并结婚生子，即使退役和退伍后也可以留在妻子户口所在地，在漫长的历史时期，戍边士卒之间，当然也会有此类情况发生。由此来看，鼎新绿洲的居民来源是极为复杂的。现在，空军某基地和酒泉卫星发射中心的官兵还有人在当地谈对象并且退伍退役后留在当地，以做生意、领取退役保障金和开私人性质的出租车为生的也相当多。

无独有偶，大年初一，有人来给前岳父母拜年。经介绍，才知是前岳父的侄女儿并其新婚的女婿。从侧面得知，我这位堂小姨子的女婿是陕西富县人。前些年在附近的空军基地当兵，与堂小姨子认识并恋爱，去年正式结婚成家。这个小伙子名叫李强，退伍后，因为和小姨子成家，就没有返回原籍。二人在酒泉市区的南关车站附近买了房子，开了一家烧烤餐饮并歌厅。李强说，生意还可以，这种玩乐方式酒泉目前很流行。他还告诉我说，因为有玉芬（他媳妇的名字），留在酒泉也挺好。再说，他们同年兵，还有其他年度的退伍兵以和当地女子恋爱结婚的方式，选择继续在酒泉生活的有二十多个。

从历史上看，河西走廊及其周边，始终是外来人口最多、迁徙最为频繁的流民辗转生息之地。与前岳父家紧挨的名叫章兵的另一户人家，前些年也在村里以种植棉花为生，两个女儿先后嫁给部队军官和士官后，老两口也搬到了部队大院居住。大致是 2008 年冬天，我忽然听说，章兵把房子卖给了一家来自武威的新移民。据我所知，鼎新绿洲一带，一直到现在还在接受外地移民，每年多少不等，被政府分别安置在东胜、东光、天仓、新民等村庄，并分给他们一些田地或者荒滩自行开发耕种。

在我印象中，章兵是一个非常温和的人，每次见面他都很客气。但 2007 年冬天他做的那件事，让我对他有了一种说不出的恐惧感。原因是，他把房子卖给由武威迁徙而来的人家，说好的是六万元。移民一家搬进去还不到一个月，他和他妻子、女儿等忽然返回，说要的钱少了，让武威移民一家再补给他一万块。外地人初来乍到，也很怯，想给但自己确实拿不出钱。如此几次催要不果，章兵竟然拿着镐头和铁锨，砸掉了窗户，拆除了土炕。正值隆冬季节，穷苦人家就靠烧土炕过冬和取暖。前岳母说，那一家人和孩子就在地上睡，实在冻得不行，就在家里点火，中间挡了一块铁板，免得在睡觉时被火烧死了。

我还得知，作为主要经济来源的棉花不值钱之后，前妻的干爸干妈卖掉了房田，与其儿子一起，托关系举家迁到了额济纳旗，以种大棚菜为生。当地人说，额济纳是少数民族和边疆地区，每个人到了六十岁，就可以按月领到 1000 多元的补贴。关于这一政策，我在云南的西双版纳和西藏的山南地区也听说过。从前妻的干爸干妈电话反馈的消息看，这应当是真的。前岳父还告诉我说，现在村里想迁到额济纳生活的人越来越多，即使没有门路，只要在达来呼布镇（额济纳旗旗府所在地）买房子，就可以转成额济纳户口。

| 黄沙中的城与乡 |

前妻的舅舅再婚之后，二人再没有生育。他自己和已故前妻生有一个女儿一个儿子，再娶的舅母也是丈夫亡故之后另嫁，带着一个女儿。如此组建起来的家庭，矛盾和困境重重。多年以来，这位舅母数次闹离婚，有几次私自出逃。最终都在前妻舅的哀求与亲戚们的劝说下重新返回。近几年，前妻舅的大女儿已经结婚并生子，舅母带来的女儿在酒泉一家按摩店打工并与天水一男子认识并恋爱，于 2015 年在酒泉买房并结婚。现在，前妻舅的儿子虽然在安顺一家军工厂工作，但年已 27 岁，还没有恋爱。春节前，因为他的婚事和买房事，前妻舅和舅母又闹了一场。原因是，妻舅挣的钱全部拿给了舅母的女儿装修了房子，而自己的亲生儿子至今找不到对象，并且也没有购置结婚必需的房子。

如此的情况使得重新组合的家庭充满了诸多的不确定性。前妻舅的儿子一气之下，摔碎了手机，过年也躲到芨芨村的姥姥家没有回来。而他的大女儿肯定也偏向自己的亲弟弟，与他和舅母的关系处在紧绷状态。大年初四上午，前妻舅和舅母来给我岳父母拜年，聊天时，我才得知，他们也将在上元村的房子闲置起来，田地以每亩350元每年的价格承包给了其他人。他们二人则随同其两个在城里安家的女儿，以打工方式生活。前妻舅说，几个老板让他带人帮忙种植和销售黑枸杞。这种近年来在西北兴起的特产，品牌和宣传口号虽然用的是宁夏中卫并且是野生的，实际产地却在甘肃酒泉、瓜州和玉门一带。据他说，这是近年来酒泉一带最有潜力也能赚钱的行业，一斤黑枸杞多的可以卖到200元，少则七八十块。

前舅母说，棉花不值钱，种玉米也不够本，还是打工好，挣到一个算一个。她还说，城市就是机会多，朋友套朋友，亲戚托亲戚，找个活儿干还是很容易。前妻舅也迎合说，现在的人，谁还种地？城市里有大把的机会。言下之意，他在城市里混得如鱼得水。可我早就知道，这两口子都是大手大脚的人，也爱面子好吹牛，并且因此吃过很多亏。至于他们到底在酒泉混得如何，除了他们自己和两个女儿女婿，我们不得而知。就此也可看出，进城不仅是年轻人的奋斗目标，也是上年纪人的梦想。无独有偶，2015年，我最后一次回去陪前岳父岳母过年，他们也向我表达了一个意思，即想在酒泉买套房子，搬过去住，目的是，城市医疗条件好，人老了，有个啥灾殃病情的可以及时治疗。

对此，我将全力支持。早年间，前岳父岳母即在鼎新镇买了一套240平的房子，但一直交由小姨妈开饭店做生意。现在，随着公路改道，特别是到酒泉更为方便之后，先前作为一方行政和经济中心的鼎新镇就没落了下来，老两口买的房子基本上没有升值。我也觉得他们说的是实情，鼎新镇一带，唯一好的医院就是空军某基地所属的部队医院，但由于是军事管理区，有保密等诸多不便原因，进去看病治病往往要费些周折。人上了年纪，选择在酒泉市区生活，一来可以更好地安顿自己，二来也可以在就医上获得一些距离上的便捷。

类似前岳父母的情况，在鼎新镇占据多数。但大多数人家并没有这个实力。特别是棉花不再盈利之后，类似龙娃一家的人家基本上陷入了前后无靠，种田吃粮食、换零花钱的拮据状态当中。与前岳父的大哥两口子攀谈，尽管他们有两个儿子，也都聪明伶俐，其中一个在酒泉长期做窗帘制作安装，一个在驾校当师傅，但说起在酒泉买房养老，也是一脸的无望与茫然。也就是说，在西北乃至更多的乡村，农民要想晚年在城市生活，对于绝大多数人来说，仍然可望不可即。就此来看，鼎新镇一般人家要想摆脱一生农民的命运，有一个好的晚年，自己和儿子能力不够的话，只有靠女儿，即女儿找一个好的对象，有进城生活的能力，也才能把父母带到城市里去。

与我南太行乡村老家情况一样，尽管自发的城镇化建设初具规模，但仍旧有许多的限制与不尽如人意，最根本的还是教育和医疗水平。我一直觉得，医疗和教育压根不应当产业化，这是两个与具体人关系最大，也是最能体现人性关怀与国家情怀的行业。受教育和基本的医疗保障，是万众之命脉。再者，医院和教育系统也应当去行政化，采取科学严格的制度和政策，用来保障这两个行业摆脱自身既有的行政属性和经济属性，使之成为以人为本、救死扶伤的带有慈善性质的社会公益和福利机构，或许会使得每一个人从中受益，因而获得向上的动力和渠道，乃至更充盈真实的幸福感。

以上这些，显然是我个人的一种想法。在前岳父乃至更多的鼎新绿洲乡村人看来，这一切显然不现实，他们也从来没有这么想过。对于多数中国农民来说，听天由命既是"传统美德"，也是他们压根对现实不抱更多希望的表现。如前岳父的一个单身多年的邻居所说，农民就是自己管自己的命，几千年了，都是这么过来的。这种消极的、基于历史与现实的发言，符合实际，也透露出一种自我悲悯、无处安放的悲凉。

初五早上，新民村一个老人无疾而终。我路过时候，特别看了一下。灵柩放在四合院内，儿女们齐聚，但没有听到任何哭声，甚至亡者的直系亲属脸上也没有表露出真切的悲戚表情。前岳父说，人死了就死了。按照规矩，设个灵堂，再找个道士看看吉凶，然后拉到老坟上埋掉就好了。并没有特别多的讲究。由此我发现，鼎新镇一带乃至更多的西北地区的汉民族，父母儿女、兄弟姐妹之间显得不怎么热切，尽管孝敬是人人想做到的和内心渴望的，但现实中，父子、母女、兄弟姐妹之间的情意不怎么牢固和真诚，遇到一点矛盾就会激化，甚至终生不相搭理，断绝往来。

前岳母的二胞妹即是如此，早年间，她一家在芨芨村生存很艰难，为生儿子，在前岳父的帮助下，举家迁徙到了额济纳，过了几年穷日子之后，忽然赚得了钱财，此后便疏远了前岳父母并妻舅和小姨妈等亲戚，并多次当众羞辱自己的姐姐、妹妹和兄弟，甚至骂前妻舅和自己的亲妹妹是穷鬼。东胜村一个叫章安的邻居，早年，与其亲兄弟也因为一片田地，闹得不可开交，如今二人都是六十多的人了，还互不来往。据说，在赡养老人问题上，也是相互推，说好一家伺候一年，往往到了临界日，便急不可耐地将其母送给对方，这期间母亲没有大病，另一方就很少探望，甚至希望自己的母亲死在对方家。如果父母病重，这一代的农民，极少愿意出钱为其诊治，等死对于老人来说，是生命最后的悲凉，也是心灵与精神的巨大磨难。

如果这是剥除了繁文缛节的儒教伦理和道德纲常在西北地区汉民族

内心和现实生活当中的具体体现，那么，西北地区多民族、多文化的混血特点，使得由中原而来的农耕文化在一定程度上持续受到了游牧文化的冲击和改造。近年来，以获得近距离医疗保障为目的的老年人进城现象，也从另一方面体现了老人对于自己晚年的担忧。珍视生命并期望获得更长的在人世的时间，是每一个生命的正常欲求。从前岳父岳母的言谈中，他们也抱有此类心态，尽管我一再对他们说，当初娶你们女儿时候，我就说要给你们养老送终的，这个诺言，我不会变！他们也说，俺们相信你，但是，以后的事情谁也说不清，人靠谁都靠不住，还是自己可靠。他们还说，你的人品、心意我们都很清楚，但俺们说的也是大实话。我真诚告诉他们，我一点都不生气。是的，谁也无法保证自己以后会怎么做，以及做到什么程度和达到的效果。

初六上午告别前岳父母，乘车往嘉峪关坐火车。载我的出租车司机名叫沈岩令，家也在鼎新绿洲。路上攀谈，他告诉我，尽管航天镇搞得很漂亮，各方面都齐全，但还是不能和酒泉、嘉峪关相比。他的意思是，在酒泉、嘉峪关买房子养老是对的，他自己也早就这样做了。行至金塔县鸳鸯湖时，忽然起风，紧接着是黄乎乎、遮天蔽日的沙尘暴。

这是环境持续恶化的结果，如今的鼎新绿洲，包括近 400 公里外的额济纳绿洲、阿拉善高原，沙化现象日趋严重。但沙尘暴只是自然的一种表现形式，而对于这里的居民，在时代的裹挟之下，在时间当中，更多的问题和忧患层出不穷。每一个人在世上都有自己的位置乃至生命轨迹，生存和生活之外，更多的精神厄难与灵魂困境似乎更使人煎熬、心灵无处安放。作为我个人，今生可能与鼎新绿洲已经同衣连体了，必将一次次回到和离开。

后 记

从南太行到巴丹吉林

那是一处幽秘和卑微所在，尽管附近山地之间发生过诸多的战争，至今还有战国、隋唐及明清的军事遗迹；近代以来，八路军 129 师及其领导刘伯承、邓小平等在此区域进行过多年的发动群众与抗日战争，但它仍旧是偏远和荒僻的。我给它起了一个比较文雅的名字：南太行。从地理上说，这一名称泛指太行山在河北邢台、沙河、武安、涉县、石家庄，河南林州、浚县、安阳并山西左权、和顺、潞城、长治、晋城等地的庞大存在。从文化传统上说，属于北方游牧与农耕文明长期剧烈冲突之后的融合与并行状态。二十世纪七十年代初，我在南太行其中一座峡谷中的村庄出生。那是一个黎明，随后延展的是，熟悉而岩石深嵌与草木葳蕤的高山，窄如刀条的苍天与星空，还有铺展、横斜于村庄和山间每条小路上的宛若贫穷与苦难的砾石、荆棘。

更重要的是人。十八岁以前，我以为世界就是村庄及其周围的村庄那么大，世界上所有的人也都像我们村的那些个。1991 年冬天，一场大雪之中，我第一次出门远行，并且离家千里。那个新的容纳我的地方名叫巴丹吉林，是一片旷大无际的瀚海泽卤。起初我被失望的情绪长期缠绕。因为，那时候，几乎所有的农民子弟都无比渴望城市。我起初的想法是跻身于城市，哪怕是一座县城，也足可安慰我心，并且可以在回乡省亲之时，在大多数一辈子没有坐过火车，把城市想象成地狱或天堂的乡亲们面前大加吹嘘。沙漠何其苍茫，大地迢遥无疆。几年后，我在沙漠突破了生存的障碍，并且在与当地的妻子恋爱之后，才忽然发现，世界上的人太多了，每一个人都有一个自己专属的"位置"，而沙漠，可能是最适合我的地方，就像我出生地南太行乡域一样，巴丹吉林沙漠于我，有一种强烈的命定色彩。

在弱水流沙多年之后，一个偶然的际遇，我从巴丹吉林沙漠去到了从没涉足过的四川成都。回头之间，发现自己在沙漠的时间居然和在南太行乡村基本等同，内心惊异。仔细回想起来，人生有诸多的偶合与蹊跷。但我确信，地域气息，尤其是地域本身所具有和积攒的那种文化传统对人的具体塑造是无与伦比的。南太行作为我的出生和成长之地，那种奇崛的地理环境与相对封闭的生活场域，教给我的似乎只有微小、倔强、自卑，不服输，还有一些因为视野长期受到障碍之后而累积的想象力。当然，这只是个人的事，充其量也只是一种于世俗生活无补的"个人质地"与艺术上的一点"小天性"而已。而在巴丹吉林沙漠的这些年，正是我个人心性与思想意识"大规模"成熟时期，以至于令我觉得，沙漠对我的"思想改造"与"心灵引发"作用显然超过了故乡南太行乡村。

多年容身沙漠和雄性军旅，再次激发了我少小时代的文学梦。在沙漠的大部分时间紧张而干燥，风暴如虐如怒，沙尘无孔不入；暴雪以内，孤独之中，而个人的内心和精神却渐渐丰茂，以至于不可收拾。起初写诗，表达铁血军旅生活与渴望英雄的理想，当然还有青春的迷茫与对爱情的渴望。当我发现诗歌这一体裁不足以承载自己的文学梦想，并且在同代诗人作品面前显得陈旧与落后的时候，我选择了散文。一方面力求表达个人在沙漠的种种现实生活和心灵际遇，精神诉求和灵魂图景，另一方面开始着力对故乡南太行乡村进行远距离的审视与省察。

这可能是我散文写作之"两翼"。当然还有一些想象、实验之作。十多年来，我几乎走遍了阿拉善高原境内的所有遗迹与奇特之处，对那一片荒芜区域的人文历史和自然风貌的了解，显然超过了故乡南太行乡村。我一直觉得，一个写作者首先要建立的，便是专属于自己的文学地理。但在"地域"往往也是一种强大的限制。我一度很困惑。但很快就释然，超越地域限制的唯一有效方法，就是专注到地域上的人群。世界如此之大，人生如此浩瀚，每一块地域上的人都是其生活地域的产物，从日常习性到文化认知，从思维意识到精神形态等概莫能外，但人的命运、情感、思维和思想、精神要求和灵魂图景却不存在任何"地域性差别"和诸多层面上的"隔膜"。

文学就是要探究人心人性，呈现人的生存状态和精神困境，以及各个不同的命运和灵魂景观。也一直觉得，对于写作者来说，"此时我在"的存在意识和时代现场感是其文学创作的"命门"和"要诀"所在。因为，前世已经成为历史，已经有很多那时代的写作者写作了，留下了，时过境迁之后，再卓越的艺术家，也难以复原其当初状貌；未来在很大程度上带有巨大的不可预测性质，也更应当留待后人去做。我们所处的这个时代如此的丰富与驳杂，壮观而又剧烈，如果一个作家不能够准确地发现和表达他们自己"所属的时代"，那将是一件悲哀的事情。因此，在南太行乡村和巴丹吉林沙漠这两个已然初具规模的"文学地理"上，我力求书写"时代的个人经验"和"个人的时代经验",进而为两个地域上的人群"树碑立传";留下我和他们在这一个时代的生命痕迹、命运遭际,以及精神、灵魂上的,大相迥异而又无限"幽微与辽阔"的纷纭景观。不管我能否做到、做好,但我觉得,这可能是我应当坚守的一个方向。